蔣公銅像的復仇

•

唐澄暐

i

他提著消防斧，沿著路燈微弱的窄小街道，向中正公園走去。酒精讓他的步伐搖晃，讓他耳中充滿血液流動過快的噪音。在那些尖銳的嗡嗡聲、模糊的回音間，一段很久沒聽見的歌聲浮了上來。

總——統　蔣——公　您是人類的救——星　您是世界的偉——人
總——統　蔣——公　您是自由的燈——塔　您是民族的長城……

他很快就發覺那是自己唱起來的。沒想到在這時候，這首歌會這麼自動地、一字不差地從遙遠的記憶中跑出來。

他以前確實唱了太多次。很小的時候他什麼都不懂，就只是跟著全班、跟著全校一起大聲唱。過了很多年，等到開始覺得不對勁時，他已經沒辦法忘記這首歌怎麼唱了。

這令他感到懊惱。畢竟現在是要去砍蔣公銅像，怎麼反而歌頌起他了呢。早知道就不應該先喝酒的，一喝醉就會忍不住哼歌。他早先喝酒是為了擺脫整天下來煩躁不已的各種感覺——老闆為了省錢凹人講的鬼話、漲價自助餐裡的餿油味、下班車陣間的廢氣、以及樓裡不知道哪邊在敲的聲音。但壞就壞在不該喝酒時開電視；一看新聞，又是倒了多少店、房子有多貴，不三不四的人開著名牌車，到處酒駕撞死那些孝順兒子。以前，他覺得只要再努力一點，就可以擺脫這一堆狗屁倒灶的事，可是他已經努力到快受不了，還是什麼都沒變。

怎麼會這樣？電視上的政治新聞、新聞過後的政論節目，還有一年接一年的中央地方選舉，讓他漸漸找到了答案。造成一切不幸的淵源，就是銅像用來紀念的那個人，以及到現在還在崇拜銅像的那群人。如果當初他們沒有來台灣，或者現在他們全部消失，台灣和他自己才有變好的一天，但也因此，變好的一天還是沒來。所以現在能暫時用來擺脫這一切的，就只有酒了。

酒讓各種煩躁的感覺變得模糊疏遠，進而使他內心的念頭變得明確強烈，好比說哼歌，好比說去砍銅像。最近，兩方陣營在新聞上為了銅像越吵越兇，破壞銅像的新聞也越來越多，或許，這就是全面開戰的信號，而他也該為台灣的將來投入戰場了。想著想著，他便順手抓起一把丟在牆邊的消防斧，穿上拖鞋，推開門就往外走。

◆

隔一條馬路就是中正公園了。他便走著他自以為的直線往馬路對面去。

走到路中央時，他開始感覺右側越來越明亮，並在最刺眼的一刻響起尖銳的嘶吼聲。他往右一看，一台車莫名其妙停在他面前，車上駕駛一臉驚慌地看著他。是怎樣，他心想，靠那麼近是想撞死人啊。如果不是還要砍銅像，早就砸你的車了，還看。他晃了一下斧頭，警告地瞪了駕駛一眼，就繼續穿過馬路。

一盞微弱的小燈照出橫寫「中正公園」的金屬板，他便從旁邊的小徑搖搖晃晃走進園內。他沒想到半夜的公園居然這麼暗，只有幾個昏黃的光點在半空搖曳；他勉強認出那是燈柱上的燈光，被一堆樹枝樹葉擋在前頭。他順著枝葉往下看，發現四周全都是站著不動的人，嚇得他一瞬間彷彿都快醒了。他定神一看，原來那都只是直挺挺的樹木。

他先是覺得好笑，但又感到有點難為情。自己怎麼會這麼膽小？酒精的暈眩讓他只能抓著幾個名詞直直地想——膽小是因為黨國教育，黨國教育一直都在嚇唬人。那就只是樹，但不知道是什麼樹，既然這麼高，應該長很久了。這公園感覺很有歷史，那些樹搞不好日治時代就在了，如果不是中間硬塞了一個銅像，不然本來一定很美的……

朦朧思考中他穿過了樹林，來到公園中央。公園中央是一個圓形廣場，從其他入口穿過園地的小徑，也全都通到了這裡，而蔣公銅像跟它的底座，就像一座祭壇似地立在圓心。此時廣場一片陰暗，只剩底座周圍幾盞燈斜斜朝上，照著這尊一手插腰、一手拄著拐杖的蔣公銅像，讓它在紫色雲層下，有如一團透著金屬質感的巨大陰影。

這銅像的底座不算高。他歪歪扭扭地爬了上去，貼在蔣公身上。風越過樹梢吹來，讓他感到一陣冰涼。要怎麼砍蔣公，他其實到現在都還沒一點頭緒。他先想著砍頭，但蔣公的頭有點高，砍不著。還是砍它的腳？但砍腳好像不夠氣勢。還是砍胸口吧，他心想，胸口一個破洞就很好看到了。

他舉起消防斧，在銅像胸口輕輕畫出一道標記。斧刃擦過銅像表面，發出一陣古怪聲響，令他起雞皮疙瘩。那聲響簡直像從蔣公體內冒出來似的。他不自覺停下動作；一些模糊的往事好像隨著那發毛的聲音浮現，一些小時候大家都在傳的故事，說什麼蔣公銅像會眨眼，蔣公會對著你笑，蔣公半夜會出來巡視……一想下去，他反而縮回了手。可是沒了那聲音，眼前的蔣公又好像只是一尊破爛銅像。於是他把一股涼氣深深吸進他發熱的口鼻，抓緊斧頭，對準了銅像胸口一劈。

他以為這一劈會發出敲鐘一樣的聲響，但意外地，銅像並不堅硬也沒有彈性——斧刃陷進了一種絕對不是金屬的質感，他甚至感覺有股力量要夾住斧刃。他抽回斧頭擱在一邊，掏出手機往砍下去的地方一照，看見剛砍出的那道缺口正不停流出黏稠的液體。

銅像裡面怎麼有這種東西？算了先不管了。他跳下平台，卻感覺兩腳落在黏答答冷冰冰的東西上。他納悶而厭惡地用手機一照，自己的雙腳正浸在一灘半透明液體裡，液體還沿著腳踝一路往上包覆，一股異樣的噁心觸感從小腿直衝他腦門。

搞不清狀況的他只想趕快先踏出去，卻發現兩條腿都抬不起來，黏膩感甚至摸進了他的短褲裡。他用雙手握住右膝想拔起腿，反而讓液體順著手指包覆上來，手背上更敏銳的觸覺，讓他感覺到那液體裡有種活生生的力量，正抓住他的手往上爬。

他只來得及發出一聲叫喊，那液體就爬上了他的脖子，繼續鑽進鼻子嘴巴。他一邊看著那液體逐漸蓋住燈光，一邊感受外物強制進入體內的噁心，同時陷入徹底的恐懼——他呼吸不到空氣，只有窒息感一直往他肺裡頭鑽；他最後的一絲感受，就是完全清醒——有個活生生的東西正在傷害他，他用身體內外的所有部位，同時體會了這個事實。

ii

晚上開車時，他最討厭的就是那些亂七八糟的光源——號誌、檳榔攤、便利商店，三更半夜還在那邊亮啊閃的。尤其已經很想睡覺的時候，那些五顏六色的光還一直隨車飛舞，看著看著好像連自己都要跟著飄走了。

還有一種燈他更討厭，就是現在車屁股後面那種不知在亮什麼的銀色車燈。每天半夜都會碰到，先從後面傳來囂張的轟轟叫，接著照後鏡裡就一整片白，然後那些低到快磨在地上的車身，就會轟地一聲從旁邊加速超過他，車屁股上一道道還在閃動的刺眼藍光、綠光、紅光，便在他眼前左搖右擺地急速離去。

看著車屁股越扭越遠，他心想，怎麼不去死一死呢這些人。現在就是這樣太自由、沒規矩，什麼都不給管，才會從上到下都一團亂；特別是那些搞政治的，要不就怕事不敢管，要不就整天把錯推給八百年前死掉的人，就是沒人肯實在做事，害得像他這樣的人如今越過越辛苦。

說穿了一個字，就是亂，跟街上的五顏六色一樣難看。他很難不去懷念以前那個有規矩的時代，而他一路活到現在所得出的結論就是，一定要管。只要每個人都管好自己、管好別人，國家社會就會好好運作，就會強大。而且，最上頭一定要夠強，強到讓所有人一個指令一個動作地服他。就他看來，夠格的人在這時代只出過一個，就是——

一道白影突然出現在前方車燈光束裡，嚇得他猛踩剎車。他驚魂未定中一看，那人居然還一臉不知錯的表情，還在那邊瞪，還瞪。但他看到他手上好像拿著一根什麼，原本要猛按喇叭的手就縮了回來。那人晃了晃傢伙又瞪了一眼，便轉過頭繼續往馬路那頭的公園走去。馬的，活太久了是不是，他忍不住在心裡罵著，並鬆開了剎車。

但他忽然覺得不對。一個人半夜拿傢伙去公園是要做啥？會不會是殺人之類的……他想了想，還是覺得別多管閒事比較好。萬一什麼都沒幫到，還惹上麻煩怎麼辦？而且都累到有點眼花了。

可是，如果真的出了什麼事，追究下去是不是他也會有責任？一想到這種可能，他便立刻掉頭，逆向切到剛剛的公園邊，加快腳步跑進入口。

一片陰暗的公園令他緊張起來，但眼睛也沒那麼花了。走在黑板樹的臭味和微弱照明中，他忍不住埋怨那些負責管理公園的官到底在幹麼。就在那時，他聽見一聲喊叫，從更前頭傳來。他立刻朝那方向跑去。

穿過樹林，他看見蔣公銅像的剪影落在眼前暗紫色的夜空下，一股刮擦聲持續從那底下傳來。他心想，說不定那人只是來砍蔣公的，如果是這樣，他反而應該先揍他兩拳才對。他抱著這樣的期待靠近了蔣公銅像，雖然看不清那人，但刮擦聲就在前方。他握緊拳頭，小心翼翼地走近——

當他覺得已經近到能打下去時，燈忽然像布幕掀開似地一盞接一盞亮起來，為他揭露眼前的真相。燈光照在一張臉上，那張臉已經像麵皮一樣拉到變形，但還是能看出睜大了眼的驚恐表情。那臉被一層膠質包住，而膠質正被什麼往上吸，所以那臉也跟著一起向上拉長，眼睛鼻子牙齒嘴唇全都像剛加進咖啡的奶精一樣，一邊變形一邊順著蔣公銅像的表面，流進它胸前的開口裡。接著向上流去的部分旁邊好像有兩隻手，接著是兩隻腳，最後是一把消防斧，拉不動掉下來又重新拉上去，就這樣反覆刮擦著銅像腿部，而不停發出毛骨悚然的聲響。

那聲響讓他兩腿發軟，跌坐地上。抬頭一望，蔣公光頭剪影裡看不見的面孔，彷彿正向下打量著他。僅剩的逃走念頭驅使他翻身向外爬，接著勉強起身，然後狂奔。他根本找不到來時的小徑，就只是拚命向前跑，撞上一棵棵發臭的黑板樹，跌倒又繼續跑，直到飛撲在引擎蓋上。他跌跌撞撞地摸向前車門，發抖的雙手摸出鑰匙，上車一發動就猛踩油門。眼前雜亂的七彩燈光瘋狂向後飛馳，耳中的聲音只有引擎的怒吼和自己的喘氣聲。好像沒有東西追過來。當他正要鬆一口氣時，一對巨大的銀色眼睛在他車前亮起，朝他撲了過來。

四周靜了下來。銀色眼睛什麼的全都不見了。只是身體不知為何動不了，頭暈得很難受。發生了什麼事？是不是該回家了？他勉強睜開眼，看見面前的景色全是龜裂的線條和血跡。他想下車卻沒有力氣，只能稍稍把臉往左偏一些。他看見有個人影向這頭走來，在車門外停住，一個漆黑而光滑的頭顱剪影向前伸了進來。

他發出慘叫。

iii

房間裡每件東西都在原處等著他。他拿起掛鉤上的褲子穿好、把被子摺好、走進浴室、刷牙、洗臉。他拿起掛鉤上的毛帽蓋住光禿的頭頂，把鞋櫃上的襪子穿上、穿好皮鞋，拿起櫃門上的鑰匙、出門，沿同一條小巷到公園邊上的市場吃同一家早餐。

他不太去區分這是今年、去年還是更久之前的某個早上。他至少也得從某一年開始分不出來，但既然都分不出來，是哪一年也不知道了。他知道自己老了，剩下的日子不多，但他不怎麼擔心。分不清過去和現在，就感覺不太到日子有在變少，在那之前，人還能動，每個月還領得到薪餉，這樣就夠了。

在這些分不清的日子之前還有一些回憶，他已經記不得細節，但他清楚知道那些事只發生過一次。打仗。子彈像口哨一樣拔尖飛過他身邊。砲擊從遠方震動著他的身體。聽見信號之後，向前衝，或者向後逃。滿地不成人形的屍體，行軍行到只有雙腳還醒著。那些事都只發生在確切的某一刻，但會不時潛入那些分不出來的日子，讓他在某個下午、深夜或清晨突然醒來。

構成他生活的這兩種時間感，在他心中始終有一道清楚的界線，直到那天半夜。一聲沉重的巨響令他反射地做出防禦姿勢，但跟不上意志的身體，讓他發覺自己並不在戰場上。他手邊沒有步槍，只有房間裡的東西在原處。他不知道發生了什麼事，只能吃力地起身，然後三步併兩步地，套了雙拖鞋就走出門。

外頭一片漆黑。路燈下，兩台變形的車在對街扭成一團，一股白煙冒著。不得了了這，他心想，快看看車上的人。他踏過滿地的碎零件，朝較靠近的駕駛座走近一看，這可慘了，人卡在座位上，血又流成那樣，要他說的話，大概沒得救了。

他正想再去看另一車的人還有沒救，面前這人卻抽搐著轉過頭來，瞪大了眼睛。看著那逐漸蒼白的臉，他倒也不害怕，這種事以前太多了。他把頭湊過去，想聽聽那人還有沒有什麼要交代，但那人突然慘叫起來。

「不要過來啊！……蔣公……」

突然聽見這兩字，他一時還反應不過來。這怎麼著？誰死不是哭爹喊娘的，哪有人喊老總統，是不是自己聽錯了？他忍不住把頭伸進車窗，看能不能聽清楚這人到底在說些什麼。

「不要……蔣公……不……」

然後那人就沒聲音了。

他想不透這到底怎回事。他不自覺抓了抓頭，才發現出門前忘了戴毛帽，襪子、皮鞋、鑰匙啥都沒拿。全都亂了套了。

i

士延滾動著滑鼠，盯著螢幕上不停從底端浮出的臉書連結。他已持續這動作好幾小時，希望能跑出什麼讓他心動一下的東西——專程給他的訊息，新奇有趣的內容，什麼都好。可是臉書好像已經看穿了他，一直送上那些貼過又轉貼的垃圾連結。

但他的眼睛還是離不開螢幕。他知道這樣很無聊，但下班後這種精神又很難專心做點什麼。這時候最適合的活動就是滑臉書，點開一個接一個看起來有說什麼、其實什麼都沒說的連結，就這樣持續好幾個鐘頭，直到再不睡就不用再睡了的時刻。

今晚也到了這一刻。他一如往常地想，再滑一下吧，但臉書越晚就越喜歡重複他看過的東西。他不甘願地更新頁面，這回倒冒出沒看過的新聞。標題寫著，「駕駛失魂撞車，最後一刻看到的居然是！」，搭配一張陰暗的行車紀錄器畫面擷圖。他一看就覺得這在騙點閱，但又想，浪費了一整晚好像還是要收個尾，才有結束一天的感覺。

一點進去，他就知道又上當了。那是早就滑過的新聞，只是換了個聳動標題而已。他又讀了一遍內文：南部發生了一起互撞車禍，半夜開車回家的辛苦爸爸跟飆車的富少對撞，兩邊都死了。不過有兩點不太尋常；首先，逆向撞人的是那個爸爸，不是富少。更奇怪的那個爸爸最後的行徑：警方表示，從行車紀錄器看起來，他先是在公園那邊差點撞到過馬路的人，後來不知為什麼又掉頭回公園，進去公園出來回車上後就逆向亂衝，很快就撞車了。

網頁裡有他先前就看過的兩台破車照，以及看到車禍現場的一個老榮民的照片，現在又多了一塊影片。他只是碰巧把游標從格子上晃過去，影片就自動開始播放了。

本來只是很普通、很平順往後一直飛逝的深夜街頭，中間忽然冒出一個人影直直逼近，逼得駕駛連忙煞車。那人不知道是愣住了還是怎樣，看了看就繼續穿越馬路。跳到下一幕，駕駛剛逃出公園，狂飆的引擎聲中混合著他的喘氣聲，他似乎慌張到忘記自己一開始就在逆向。下一秒，駕駛無視眼前迎面而來的一對車燈，直直撞了上去。畫面到此中斷。

好像哪裡怪怪的。心裡毛毛的他正想關掉網頁，不小心滑到重播鍵，影片又狡猾地跑了起來。這次他聽見駕駛的聲音裡夾雜一陣古怪嗚咽，好像想說什麼，但混在喘氣裡聽起來只像在呻吟。他忍不住按下重播鍵、把音量加大，閉上眼想專注地過濾引擎聲，結果只有在撞車的前一刻，多聽見一段跟影片一起被切掉的慘叫聲。

他忽然有種不妙的感覺。完了，太不小心，居然又專心在這種事上，以為沒啥了不起就多看了幾眼，這下又要怕起來了。他開始覺得周圍充滿著異次元的眼睛在盯著他，讓他不由自主停下所有動作。這是他從小的習慣，覺得四周很可怕的時候，就盡量不要動，一動、一發出聲響，或者做了什麼太招搖的姿勢，就會被那些眼睛逮著。行車紀錄器那種模糊的顆粒，影片中那人的詭異聲音，彷彿打開他心中的一個開關，釋放那種在半夜看空難、地震、大屠殺的東西時就會冒出來的恐懼。在那種恐懼中他連閉眼都不敢，一閉就會有模糊恐怖的東西出現他不設防的腦內畫面上。他沒辦法睡了——現在閉上眼只是讓腦內的恐怖畫面更清晰，搞不好還會反覆聽見剛剛砍斷了的慘叫。

不過和小時候相比，這種深夜恐懼現在有一個好處——可以蓋過明天上班的焦慮。

ii

活旺健康集團的天井式大廳，會讓整棟樓的聲音在裡面迴響不停；當全集團的員工都在一樓找自己的站位時，聲音更是一團嘈雜，讓士延腦筋一片空白。聲音一多他就沒辦法思考，好比說辦公室一下內線、一下外線，一堆人喊來喊去、催這個催那個的，讓他始終沒辦法把一件工作想清楚。但負責整隊的幹部吆喝聲還是蓋過了喧鬧，把他和賀兒喜的其他菜鳥釘在紅地毯邊。

「注意這裡！」幹部站在紅毯上大喊。「等下董事長一進來就開始鼓掌，然後音樂會下，就開始唱健康活力歌，然後鼓掌就改成打節拍，不要亂掉啊！大家應該都已經背很熟了，就不先練習了！」說完，便急忙退出紅毯。

全集團員工就這樣分成兩半，隔著紅毯對望著。現場只剩一些主管的竊竊私語。士延身體動彈不得又不能說話，又得注意隨時可能到達的董事長而不能東想西想，一股睡意反而冒了起來。

他昨天後來睡得很差。好不容易擺脫行車紀錄器裡的慘叫，卻好像被另一個聲音一直追趕。夢裡，他只覺得自己在一個大廳裡，最中間的什麼追了過來，但他不管怎麼向外跑，都跑不到眼前的大門，最後就在不知是誰的尖叫聲中，全身緊繃地醒了過來。這讓他到現在依舊腦袋模糊，即便今天下午的工作，也就只有恭迎董事長返國而已。他還滿慶幸董事長在這時候回來。反正董事長要巡視的話，皮要繃緊的人最低最低也就到主任而已，他們這種小咖反而可以趁機偷懶——像現在這樣正大光明地不工作。接待什麼的也輪不到他們說話，他們只要列隊鼓掌歡迎就好，還有，要唱董事長寫的那首健康活力歌。難聽到不行，但至少比其他工作容易多了。

他強迫自己左看右看來維持清醒。他們部門大約在整條紅毯的中間，自己身旁都是剛來的新人，跟他同期的已經都站到後面幾排了。他的小主管和部門主任應該都躲在人牆後面，不會一下就被董事長他們注意到。左右再過去那幾間健身房、復健器材的人，他就看不清楚了。不過紅毯正對面就很清楚——那邊有幾個穿套裝的女生，不論是身材臉蛋，都讓人忍不住多看幾眼。但這時，大門那頭傳來好幾聲巴結問候，然後掌聲就從那頭響起了，他連忙跟著鼓掌，然後健康活力歌的伴奏就跟著響起。

「大家的健康　是我們的希望
我們的活力　是大家的未來……」

眾人無神的歌聲在挑高大廳裡來回共鳴，不知怎麼地在士延腦中產生某種強烈的脫離感，彷彿他人其實不在此處，而是在一個隱約記得的其他時空裡；在那裡，有某個他極度想逃避的東西一直往他推進，但他想看清楚時，卻總是差那麼一點點……

當眾多高階主管所陪笑簇擁的董事長快要從他面前橫過時，時空裡的混亂瞬間合而為一。他看見蔣公。應該說是蔣公銅像。應該立在高處的蔣公銅像居然在走路，還轉過來對他微笑。他必須要逃，但他又得定在原地鼓掌唱歌，兩道指令一前一後壓著他，讓他兩腿不自主地一軟。

等他意識到自己回到現實時，他已經面朝地毯跪倒下去。他連忙用雙手撐住，才沒有整個頭磕在地上。當他慶幸地抬起頭，才發現自己正好就跪在董事長腳前，迎頭就是董事長光溜溜的腦袋，還有他不可置信的表情。馬上有高階主管衝上來把他扶起，在他耳邊痛罵：「你在幹什麼！」然後匆忙迎著董事長繼續向前走。

現場的歌聲、音樂和打拍子完全沒有因為他而停下片刻。沒看到這一幕的人還在繼續唱著最後兩句：

「我們都是　健康的夥伴

一起創造　活力的明天」

◆

回辦公室的路上，士延一直在想像某種時光機之類的東西，可以讓他回到董事長走過來之前。他又想，如果真的有那種機器，他幹麼不一口氣回到進公司之前，但那時候也沒有別的公司肯給他面試，所以應該是要回到考大學的時候吧？但那時候的分數哪有什麼像樣的學校好選……要回到什麼時候，才不會變成現在這樣呢？

這個想像卡住之後，他又開始幻想集團大樓的某個角落，有一個冷門到沒什麼人知道的辦公室，在那裡只需要一直做同一種無聊到死的事，但都不用跟人來往。別人可能不會想要那種沒出息的職位吧，但他絕對會欣然接受。也許那個部門的入口就在他回辦公室的路上，正對著他敞開……但什麼也沒發生。他還是回到了座位上。

部門裡每個人都有看到他出糗，但沒人來跟他說什麼。或者說，沒人要跟他說話。連整天念他的小主管，也靜悄悄地忙著。這讓他開始想，搞不好其實沒人會為這種小事怪他，畢竟這也不是什麼工作上的大錯，只是一時有點糗而已，董事長他們都是大人物了，應該也不會把他當一回事。不管怎樣，沒事就好，先把上次拖著的東西弄出來吧。但他沒打幾個字，電話就響了。那鈴聲即便聽了那麼多回，還是會使他焦慮。

「賀兒喜您好！」他拿起聽筒，以認真的聲調搶先開口。

對方頓了一下。

「……這是內線啦。來我這邊一趟。」主任的聲音說。

「是。」他難為情地放下話筒，聽見旁邊小主管的一聲嘆氣。

士延把跪倒在董事長面前的整套理由，還有主任可能會詢問他的所有進度拖延理由都想好之後，敲了敲門，進入了小隔間。原本專注在電腦螢幕的主任轉過頭，漫不經心地看著他。

「那個，」主任說，「你就做到今天吧。等下去領離職單。」

士延心裡一陣空白，但很快就回過神來。這也沒什麼好意外的，只是自己刻意不往這邊想而已。

「這兩個月以來我覺得你並未……」主任察覺到士延根本沒在聽，「嗯，總之就是這樣。離職單要跟人事部領。就這樣。」

「是。」士延還是回了話，然後轉身離開。

「對了，還是跟你說一下……」主任叫住士延，厭倦地搖了搖頭：「馬屁不是這樣拍的。」

iii

離士延被開除已經過了數小時，但他仍在活旺健康集團的大樓裡出不去。面前這位老師，正用一種奇妙的音韻對他說話，使他昏昏欲睡；但那不是因為他聽不進老師說的話，相反地，就是因為他專心聽了，才會昏昏沉沉——老師要的好像就是這樣，但他不確定這樣好不好，但已經越來越無法抗拒。為了保持最後一絲清醒，他試著回想自己怎麼來到這裡——

離職流程跑完的那一刻，他感覺輕鬆多了。他還發現了這間公司的一個隱藏優點：要人走路時很乾脆。跑離職不用多久。需要交辦的事項早就清楚留檔，根本不用講幾句話。反正當初也沒帶什麼私人物件來，他可以像下班一樣起身就走，一如往常地沒人跟他說再見。小主管揮了揮手，沒說什麼。

這時是集團規定的幸福下班時間，但多數人只是出來買個晚餐，等下就要回去加班。他看著那些人心想，不管接下來怎樣，至少自己現在自由了。他本來以為自己會想急著遠離這邊，但隨著對公司的反感在離職瞬間煙消雲散，他反而覺得，吃個晚餐再回去也沒什麼不可。他轉進每天報到的便利商店，許多人已經在排隊等店員替晚餐結帳、加熱。當他選好便當要加入隊伍時，他注意到門口剛進來的那個女生，好像就是歡迎董事長時，對面那幾個套裝美女的其中一人。他忍不住多看了她幾眼，直到她眼神也掃過來時才避開。

但她居然向他走來。

「嗨！」

「呃……」他不得不直視對方的臉，一下子有些呆住了。

「你今天還好吧？」

「我？」

「沒有啦，我只是想跟你說，今天迎接董事長的時候有看到你。」

士延滿臉通紅。「那個……我當時不太舒服。」

出乎士延意料，她露出理解的神情。

「沒關係，這種事難免啦。」她微微皺著眉但微笑著。「不過你知道嗎，身體不舒服，其實很多是心理的一種反射。比如說，一下子頭昏站不穩，不一定就是貧血，也許是你的心，」她指了自己的胸脯一下，讓士延忍不住多看了一眼，「……有什麼事想告訴你。你會不會也有這樣的感覺呀？」

士延回想起那時候的感覺，「好像是耶。」

她綻開笑容。「會嘛？我一直覺得——來來，我們坐這邊，不要站著一直講。讓我先買個東西好不好？」

接下來她好像講了一大堆東西，但多半印象模糊。一部分是因為他還在老師的話語中昏昏欲睡，一部分其實是因為，他沒有很專心聽那女生講了什麼，只覺得她身上有一股不太招搖的香味，並且話語中顯得對他很關心。聽到他被開除，她好像反而很認同他，說董事長就是很愛這套馬屁所以才討厭別人點出來，講著講著又講回士延身上，說他自以為想要的東西，可能不是心裡真正的渴望。

「因為人都有兩個自己。」她說的這一段士延就比較記得。「一個自己是想做什麼就做什麼，但另一個自己又害怕不符合外在規範……」他還記得，她講著講著開始想事情的表情特別好看，「有時候你以為自己現在很ＯＫ，但其實不是的，你心裡要的自己不是這樣……這時候，」她直視著士延，「心會想告訴你，但不是用說的。」

士延忍不住點了點頭。

「它會用一些動作來說。」他還記得她的指頭勾了勾臉頰兩側柔軟有彈性的髮絲。「但有時候它會太用力，身體就會做出一些奇怪的反應。比如說，身體不由自主，或者忽然喘不過氣來。」

「真的嗎？」士延半信半疑。

「真的。」她說，「但如果好好聽一聽心裡說什麼，就不會那麼嚴重了。而且，聽聽心裡說些什麼——」她直直望進士延眼底，讓他覺得自己分成了兩邊掉進對方的雙眼，「也許可以讓你找到真正的自己。」

士延就清楚記得，這時他腦中浮現這兩個月以來，從早到晚身不由己、每一天都討厭著明天的生活。此時那女生忽然伸手輕輕碰在他手背上，讓他觸電般縮了一下。

「嘿，」她傾著臉蛋，微微仰望著士延。「你要不要來聽聽看自己心裡怎麼說？」

他就這樣隨著那女生又回到集團大樓，從他一次也沒來過的大樓另一側，走進這個「心靈空間」。他只有在第一天背公司資料時讀到這名字，親眼看到還是第一回。剛進門，他就被溫和的燈光與異國雨林的壁畫所包圍，空氣中帶著濃郁的植物香氣。那女生牽著他走進一條走道，牆上的照明隨著腳步前進而昏黃，取代壁畫的那些小小圖像裡，那些不知是天使還是神祇的男女彷彿都在等著聽他說些什麼。那女生推開走道底一扇木門，裡面已有不少人在地毯上坐定，一聽見聲音便急切地看了過來，發現不是他們等的人，就立刻避開眼神。

「大家都是來這裡聽聽自己的心在說什麼。」那女生和其中一兩個人微笑打招呼。「不用太急，今天你就當做是感受一下，如果你覺得自己稍微往前進了一步，那我們再來決定下一步要怎麼走。你先找個地方一起坐吧？」

士延看了看房間唯一的出口，心裡有點遲疑。那女生彷彿猜到他的心思，輕輕把右手搭在他的左肩上。「如果你隨時想要離開，也都沒有關係，不用覺得不好意思。沒有人可以勉強你找尋自己。」她把左手也搭了上來，兩手輕輕把他推往房間一側。「這邊比較空一點，你就先坐這邊聽聽看？」

士延就這樣被定在房間角落。「那你就……加油囉！」她帶著微笑對他比了個握拳打氣手勢，然後轉身走出房門。他聽見她的聲音從走廊那頭傳來：「老師您好——我們今天有一位新朋友……」聽到那句話，許多人都轉頭朝門那邊盯著，他本來也跟著轉頭過去，卻注意到另一個角落，有個女生動都不動一下，好像沉浸在自己的世界裡。

就在這時，他感覺房間裡起了一陣無聲的騷動。一位穿著寬鬆舒適衣褲、身形有些單薄，但步伐十分穩重的中年女性，正一邊和大家微笑點頭，一邊往房間最裡側一座像祭壇的東西走去。他注意到身旁有幾個男女，臉上已露出感動不已的表情。

她站在那祭壇前，帶著輕盈的笑容環顧滿地的同學。「大家這幾天過得都還好嗎？」士延看到許多人猛力點頭。

「我這幾天去了一個叫做光復村的地方，在山裡走了一整個上午，最後終於在溪谷的深處，遇見了樹。我從來沒有見過那樣讓心震動起來的大樹，它好像把天地都連接了起來，而我在它面前，卻是如此渺小……」老師望著遠方說。「但我沒有因為渺小而消失。因為它有它的生命，而我也有我的生命。我很渺小，但我也是同樣的存在。不知為何，一想到這裡，許多煩惱突然就消失，整個人的力氣突然就湧了上來，」她的聲音瞬間澎湃起來，「就好像我和大樹在共鳴著……或許有一天，大家可以一起去那裡走走呢。」

「不過我們還是回來這裡吧。今天聽說有一位新同學……」大家目光往士延的方向緩緩聚集，「就這一次好嗎？讓大家把注意力，多放一些在你身上。」老師雙手比著她面前的空間，「也讓老師多認識你一下。」

士延本來只想躲在角落觀察別人要怎麼找尋自己，沒想到會被點名，他只好挪起身子向老師走去。他環顧同學們，每個人都在用殷切的眼神逼他就範，除了剛剛那個動也不動的女生以外。她也抬起了頭，但表情不是期盼，反而有點困惑。士延連忙低下頭去，拚命回想是不是公司的哪個同事還是什麼單位對口──他最不會記人臉跟人名了。

老師在他面前蹲了下來，用一種試探的眼神望著他。「我們要怎麼認識你呢？」

士延想了一下。「呃……我叫，劉士延。士兵的士、延長的延……」

「先別急。」老師打斷了他。「別著急。名字是我們認識一個人的方式，但不是唯一的方式。我們也可以像這樣來認識你：你聽見了什麼？你看見了什麼？你最清楚記得的是什麼？」

當士延正想整理思緒時，老師卻輕輕比了個停止的手勢。「你不用馬上回答。你可以慢慢想。我們也一起來想想吧。」老師隨即站了起來，「我們就和平常一樣，先把自己調整到最舒適的姿勢……」她轉身面對祭壇伸手弄了弄，一陣說不出是用什麼樂器演奏的音樂冒了出來，同時房間溫柔的照明也切換成一種更集中的光束，讓房間剩下銳利的光明與漆黑。

老師盤腿坐回士延面前。「大家一起，慢慢地深呼吸，讓感覺流進你的身心……想一想，這幾天遇見的每一個人、每一件事。你聽見了什麼？你看見了什麼？你最清楚記得的是什麼？……」

就是這樣一個接一個輕柔的問題，讓他感覺昏昏欲睡，但同時又想一口氣給出所有回答。那神祕的音樂彷彿也在和他對話，那燈光打出的銳利剪影又抽去各種物體的真實感，加上越來越濃郁的森林氣息，彷彿讓他跑到了自己身體的背後，看著周遭的一切。其他人好像也進入了某種出神的狀態，連老師都露出了某種不在此處的神情。他轉頭想看看那動也不動的女生，卻發現她正用一道清醒而焦慮的眼神直直盯著他。

他一看見那道眼神，就徹底掉進老師希望他進入的體驗。音樂在他耳中扭曲，光影逐漸勾勒出一個記不起是哪裡的方正空間，他就朝著那中央的陰影走了過去，而另一個人就像鏡子裡的自己一樣朝他走來。

那是一尊銅像。微笑和身體同個顏色的銅像走出了陰影，發出金屬刮擦的尖銳聲響，伸長雙手向他撲了過來。他轉頭拔腿就跑，拋下周圍驚慌的尖叫聲，衝進看不見盡頭的長廊，聽見銅像在背後叫著他的名字追了上來。他死命衝出長廊，發現自己不知何時跑到了街上，「心靈空間」的招牌燈光已在一段距離外。有個人氣喘吁吁地跑了過來，是剛剛和他對望的那個女生。

「你怎麼了？沒事吧？」她邊喘邊問。

士延明明也喘個不停，但她的聲音卻不知怎麼地穿過他體內的轟然巨響，清楚傳進他耳中，就彷彿在他耳邊說話似地。他甚至覺得這聲音有點耳熟。

「我……我不知道，我剛剛突然好像、在做夢一樣。」他勉強回答。

「你剛剛、不知道怎麼回事，」急遽衝刺似乎讓她有些站不住，「突然就、大喊大叫往外衝，大家都嚇了一跳。」

「真的嗎。」士延搖搖頭。「我好像，不小心看到很奇怪的東西了。」

「奇怪的……什麼東西？」

「是……」士延吞了吞口水。「……現在已經看不到了。我真的不知道怎麼會這樣子。」
兩人的呼吸稍微平順了一些。
「你沒事就好。要回去了嗎？」女生問。
「你說那邊嗎？」士延搖了搖頭。「算了，我可能還是不太適合。我先回家好了。不好意思。」
「不會啦。」女生有些疑惑地看著士延，想了想，突然開口：「這樣講很奇怪……但我覺得我應該認識你。」
「啊？」士延愣住了。
「我想不起來是什麼地方……可是就是覺得有印象。你剛剛說你的名字是……」
「劉士延。士兵的士、延長的延。」
她沉默了一下。「抱歉我真的忘記名字了，但總覺得在哪認識才對……」
士延看著這女生，努力回想上班時模糊的客戶臉孔，但心裡一點頭緒也沒。「我也不知道……那，妳叫什麼名字？」
「我嗎？郭嵐之，山嵐的嵐——」
一聽到那三個字，士延腦中好像有什麼被打開了一塊。
「我記得！妳是我國小同學嘛！」
那女生驚喜的微笑停在一半，反而變成困惑的神情。
「國小？敦美國小嗎？抱歉……國小的事情我都不太記得了，但你這樣一講，好像……是有點印象。」

原本驚喜的士延也有些困惑了。於是兩個人就這樣愣愣地看著對方，不知道要說什麼。

「真的好巧喔。呃……你……在哪邊工作……？」嵐之尷尬地擠出問題。

士延左顧右盼。「我……我剛離職。還不太確定。」

「喔，這樣呀……」嵐之開始搓起雙手。

「那妳呢？」

「啊對對，有名片，」她連忙從皮夾掏出名片夾取出名片雙手奉上，「這是我的名片。」

「啊，我……現在沒有名片。」士延接過名片，抓了抓頭。

「沒關係沒關係，你就寫這邊好了，」嵐之掏出筆來，讓士延把號碼留在自己的名片上，然後收進名片夾。「居然在這裡遇到小學同學。那我先回去囉，再連絡！」她揮揮手，轉身就往心靈空間的燈光走去。

「好——」士延跟著揮手，她的聲音還迴盪在耳中。他這時才想到，不知是忘記了還是故意，他留了自己的手機，名片卻讓她自己收回去了。

水泥柱頂端的一排燈光，把操場上那些跑步、走路、伸展身體的人們照得細節清晰。他看見小兒子直盯著光源，好像在看什麼有趣的東西。

「你在看什麼呢？」他問。

「好多蟲在燈旁邊飛來飛去。」小兒子一個字一個字回答。「爸爸為什麼那裡的日光燈比家裡的日光燈亮？」

「因為那是……」他腦中浮現小百科裡那些燈的名稱，不是白熱燈泡，也不是霓虹燈，好像是什麼水銀燈的？但那白光太耀眼，讓他想到這些早就不是正確答案了。

「因為那是LED燈啊。」

「什麼是L—E—D燈？」

「就是……比日光燈還要更亮的日光燈。」

他牽起小兒子的手，準備穿過校舍，出大門回家去。

沒想到不小心會迸出那麼舊的記憶啊，他心想，以後跟小兒子說常識，也要留意一下了。即便自認還算年輕，孩子還是讓他徹底察覺時代不一樣了。以前這時候，他早就被關在家裡準備洗澡睡覺，但現在同個時候呢，到處都還能看到小孩在玩耍。以前他爸媽得把他從電視機前面拉開，而現在小孩吃飯是非看手機不可。他心裡感嘆，好像才一下子，我就變成了另一個模樣，在看著當年的我。我居然這麼快就要看著下一代長大了。

而這裡還是他念過的小學呢；現在這裡是市中心熱門的夜間運動場地，以前哪有人會在這邊待到晚上。他還記得這裡以前有好多鬼故事，什麼有人半夜跑到學校，看到哪棟樓的哪間教室有什麼死掉的老師、死掉的校長在那邊盯著你，或者蔣公銅像會眨眼睛微笑之類的。不然就是校外教學的時候在山裡被鬼附身，或者廢棄的房子跑出殭屍之類的，哎喲。想著想著，他自己忍不住笑了起來，又嘆了口氣。現在學校晚上這麼亮，又有保全系統，那些傳說早就傳不下去了吧。

就只剩下你啦——他經過花壇時，心裡對中間那尊蔣公銅像說。再過幾年大概也要被拆囉。他個人不反對拆銅像這件事，他只是有點惆悵；不知道以後的小孩還能講什麼樣的校園鬼故事呢？

就在這時，蔣公銅像突然轉身面朝著他。

他像觸電一樣往後跳開，一下子還搞不清是有街頭藝人站在上頭還是怎麼回事。小兒子的尖叫聲讓他回過神來，他才發現自己剛剛躲得太急，把孩子纖細的手臂拉傷了。

「你為什麼要拉我啦……」小兒子又痛又害怕地哭喊。

他蹲下身，心疼又愧疚地揉著孩子發紅的臂膀。「不哭不哭，啊，乖乖……」他抬頭看了看蔣公銅像，還是紋風不動，跟他小時候沒什麼差別。

ii

士延像昨晚一樣，連續幾小時滾著滑鼠，盯著不停從螢幕浮出的連結。但今天他有了目標。

他打開網路新聞直播，把視窗掛在一旁當廣播聽，同時滑過臉書看看有沒有相關消息。新聞提到警方確認了行車紀錄器裡過馬路那人的身分，但那人進了公園後就不見蹤影，至今下落不明。結果新聞焦點反而轉到公園裡的蔣公銅像，先是記者引用網友又加油添醋地懷疑銅像是不是有什麼詛咒還是靈異現象，接著就是去蔣派市議員提案要在一個月內移除全市的蔣介石銅像，並遭到挺蔣派議員強力抨擊，說這是浪費公帑的作秀行為。有人受訪說早就該拆蔣公了，但有個老榮民說銅像有古怪，不能亂拆。這些老套了，反正——等等，「老榮民」說，蔣公銅像「有古怪」？他連忙上電視台首頁一條一條搜出這則新聞，然後重看一次。老榮民的訪談，就接在那尊蔣公銅像的畫面後頭。

「那銅像有古怪！那天那人轟一聲就撞到我對門，死、死了之前還喊什麼蔣……蔣公的，我後來去公園看那銅像就覺得，不對勁！整個像被什麼附上了一樣，動了一定會出亂子的！」

沒錯，是那個目擊車禍的老榮民。他是說有東西附在銅像上不要隨便亂動，而不是說，因為要尊重先總統　蔣公所以不可以動。

但士延心想，這可能也不代表什麼。畫面中那銅像，就跟印象中的蔣公銅像沒什麼差別。他又繼續點開直播，蔣公銅像的新聞已經過了，開始進入一些無關緊要的國際花絮，什麼發現南太平洋的鯨魚唱起不同頻率的歌聲，還是什麼百年難得一見的行星大連線之類的。他繼續滑起臉書，卻看到一則奇怪的爆料貼文。

那是那種專門讓大家講鬼故事或者撞鬼經驗的討論區——通常只有太好笑的才會跑到臉書上。但這則不太尋常。發文的人說，他今天經過蔣公銅像時看到銅像對他眨眼，沒想到底下的回文居然一直有人說今天自己也看到了，有人看到眨眼，有人甚至看到微笑、轉頭，甚至還有蔣公騎著的馬半夜甩頭噴氣的，越講越離譜，可是每個人都信誓旦旦說今天有看到。士延知道有些人就是喜歡跟著別人亂吹一通，但所有人都說是「今天」，就有點奇怪了。要掰這種故事，時間不用那麼一致吧？這故事明明是國小時在傳的，幹麼一堆人搶著說「今天」看到呢？

他想起今天，自己遇到了國小同學郭嵐之。有些記憶稍微隨著名字浮現了，好像他們以前做什麼分到同一組之類的；他不知道是什麼事讓他一聽名字就有印象，還是因為聲音？反而是她的反應很奇怪，說什麼一看就覺得認識他，但跟她講說是小學同學，她又一副沒印象的樣子。他不抱希望地把她的名字打進臉書搜尋欄，運氣不錯，她用的是本名。看著她的照片，好像還真能把國小的記憶和現在這個人合在一起。她的大頭貼比晚上見到的她有精神許多，在海景前側身回望鏡頭的模樣，算得上是可愛。滑下她的動態，有和朋友一起在餐廳、百貨、電影院還是觀光景點的合照，幫剛買來的好東西拍的照，搭配一些鼓勵自己樂觀向上的文字，沒有和哪個男生特別親密的照片。

感覺過得滿不錯的，士延忍不住嘆了口氣。雖然沒什麼意義，他還是點了一下「感情狀態」，也不意外地沒有狀態。他懶得再點開其他相簿——實在有點多，看不完。他把游標往「＋加朋友」的按鈕上移，想起了今晚自己的醜態，又有點難為情。但他心想，是那個心靈空間怪怪的，況且她在那間教室裡的表情，看起來好像也不怎麼信那一套，便按了下去。

對方沒有回應。都這麼晚了，她不在電腦前也很正常，倒是自己真的可以好好熬一次夜了，睡到下午傍晚都沒關係。可以來看看抓了很久都沒看的影集，但也應該要找找看下一份工作了——一旦開始算剩下的錢還能撐多久，他又沒興致看片了。

直播新聞又輪回到上一小時聽過的蔣公銅像後續報導。他關掉網頁，決定洗澡睡覺去。今晚，他毫不擔心閉眼又會聽到行車紀錄器裡的慘叫，因為他被開除了。直到睡著前，他只會煩惱下一份工作該怎麼辦、哪邊可以多擠一點錢出來、人生從什麼時候開始出了錯、如果中了樂透要怎麼和別人保密，又要先買哪邊的房子。一直想這些，就不用害怕了。

銅像再次出現在士延面前，是在他睡著之後。他又回到同一個方正空間裡，老榮民說有古怪的那尊銅像，就站在中間的平台上。他看到銅像彷彿原地騰空而起，對著他伸出了雙手。而他居然不是逃跑，而是朝它走去。他每朝著銅像走近一步，銅像的形狀就開始變化，但仍對著他微笑。而他自己也伸出了雙手，卻發現雙手變成了蔣公那樣斑駁的古銅質地。他聽見一聲尖叫，彷彿有些熟悉的尖叫，然後就發覺自己躺在床上，心跳快得像要爆炸一樣，但身體卻動彈不得，或者說，動也不敢動一下。

確認完房間裡什麼都沒有，他才緩緩挪動身體。他感覺比昨天更疲憊了。他想再多睡一下，腦中卻都是行車紀錄器裡的慘叫、網路上那些蔣公的鬼話、剛剛的惡夢，還有這兩天一連串的怪事。為什麼自從看了那段影片之後，整個人就開始神經不正常了？再這樣下去，最後會不會跟那個駕駛一樣，莫名其妙就發瘋了？那人到底在公園遇到什麼，跟老榮民說的古怪有沒有關係？感覺自己越躺越清醒，他索性起床，拿起手機皮夾，下樓走進天剛亮的大街。他決定親自去看一看——如果早去早回的話，還可以省旅館錢和一點點交通費。

iii

大巴士不甚順暢的運轉聲，從士延座位底下傳來。每一次加速減速，那種彷彿正在傷害車體的聲音就會特別劇烈。車身回應這種傷害而不停顫抖，讓他懷疑這巴士的每個部位都在分家，或許下一秒、下一公里或者下個看板前就會解體，或許就從他座位底下開始。他當然想過搭高鐵或是安全一點的客運，可是大清早在轉運站的岔口前，他還是往最廉價的售票口走了過去，然後買了一份便利商店的早餐，就上了這台破車。

震動搖晃中大巴士上了高架道路，逐漸離開城市。亮起的螢幕開始推銷他永遠不會想買的觀光優惠護照，還有他絕對不會想去的那些小吃店、禮品店還是算命攤。當然，還有那些一定派不上用場的安全須知。他還是稍稍期待了一下接下來放的電影，但看到那個絕對是爛片的片名出來後，他就知道，接下來又是一趟張眼睛不想看、閉眼睛又很難睡著的旅程了。

早餐下肚讓他有點意識朦朧，使他又處在那種介於清醒和睡眠之間的狀態。他彷彿在夢中思考著昨晚的事，想著在「心靈空間」那邊出糗的那一刻，因而打了通電話跟那美女解釋並得到她的諒解，但稍微清醒一點就發現，自己只是在夢中講了那通電話而已。不知從什麼時候開始，他就有這種問題——睡眠太淺、做夢太清晰，太容易把一些事在夢裡外帶來帶去，偶爾就會搞不清一句話到底是夢裡還是清醒時聽到的。他又回到朦朧中，在那裡頭用嵐之的聲音，加上臉書上的生活照，來揣測她現在是什麼樣的人。一陣顛簸又讓他醒來，關於剛剛想的那些到底有多少是真的，他又沒把握了。

電視上的爛片還沒有要結束的意思。他轉頭看看窗外，是離開北部都市的風景——夾在矮丘間的水稻田，中間卻有鐵皮搭成的廠房，金屬製的廢棄物在一旁堆成一座小山，幾個單色的人型像是被挑出來似的立在山腳邊。那是蔣公銅像嗎？會不會也有什麼古怪？那座金屬山反射著耀眼的陽光，讓他感覺眼睛刺痛。他拉上窗簾，重新閉上眼睛。

夢裡，他開始想起國小的嵐之。一開始他只記得，他們以前好像還滿常在一起的，但從什麼時候開始，兩個人就不講話了。小學的男女生幾乎都這樣。他本來以為自己忘了國小的嵐之長什麼樣，但隨著他想起教室的形狀、走廊上碰撞的聲音和廣播，他好像也稍微看到嵐之以前的模樣。他想起他們兩個，還有其他一群朋友，好像一起在山裡面走呀走的，周圍都是樹還有破房子。破房子裡面走出了蔣公銅像，然後周遭每個人都開始拚命逃，當他被蔣公追上時，他跌倒在地上，並聽見了嵐之的尖叫聲，整個穿過他的身體。

他一口氣清醒過來。巴士卡在車陣中緩緩前進，他打開窗簾想看看現在到哪了，卻看到護欄外的整面鐵絲網裡，立滿了裝飾用的巨大人像；在那些石造或銅造的神佛之間，有一尊破損的蔣公銅像，正直直地望著他微笑。

iv

還沒走到公車站，士延就覺得自己穿太厚了。他很少離開北部，對這裡的天氣和公車都不太熟悉。這時候他反而不太確定自己要來做什麼，說是要找那個覺得蔣公有問題的老榮民，可是找到了之後要幹麼？問他哪裡古怪，然後跑去敲敲看銅像嗎？這樣的話好像不去找他也沒差。他看著一個個陌生的站名心想，自己好像只是想找到一個同樣覺得蔣公銅像有古怪的人吧。其實會這樣想的人很少——現在講到蔣公銅像，如果不是說要拆，就是說不准拆，但那都不是他真正在乎的。他隱約覺得那銅像有超乎這兩種立場的怪異之處，不是銅像代表的那個人或什麼，而是銅像本身。他甚至覺得，自從那天聽見行車紀錄器裡的喊叫以來，就好像有一股力量在召喚他，要他去接近銅像，不准他逃開，還要他看見更多東西。

他一邊注意車上廣播的站名，一邊死盯著公車路線圖。下一站就是中正公園，再下一站就是那個老榮民住的榮光新村。透過車窗，他已經看見中正公園的樹木，蔣公銅像應該就在中間了；那邊現在有一根像是吊車吊臂的東西舉得高高的，好像正要往下垂。

該不會是要拆銅像了吧？

他連忙衝向前門，「不好意思我要下車！」

「不會早點說喔？」司機瞪了他一眼。

士延順著小徑跑到公園中央，看見一台吊車停在那銅綠色的蔣公銅像旁，吊臂尾端的纜繩和束帶，都已經纏在銅像身上，兩個工人站在銅像身旁，正在做最後確認。一旁，有兩個警察擋著一個比手畫腳的人，士延覺得哪裡眼熟，想了一下才認出，那人就是新聞裡面的老榮民。

「你們沒搞懂我意思，我是說那銅像有古怪！不能希哩馬虎就拆了！會出大事的！」老榮民對警察大喊。但那兩個警察只是似笑非笑地對著他，動也不動，好像也不打算回嘴。

士延連忙走近，「不好意思……」

老榮民轉過頭來，滿是皺紋的臉上滴下汗水。士延一下子不知從何問起，兩人一時愣著相望。

「請問你是他的家人嗎？」警察問。

「不是！」兩人同聲回答。「我……呃……有件事想要問一下他。」士延指著老榮民。

「你是哪一台的？」警察問。

「台？」士延一時還聽不懂。「不是，我是我自己想要問他一些事情……」

「你要問什麼？」老榮民瞪著士延。「為什麼不滾回大陸去，對不對？」

警察一聽，連忙準備架開老榮民和士延。

「不是啦！那個老、阿北，我是想問銅像……」

「反正你們這些人就是整天想拆，都不怕出亂子的！都已經有人發瘋了還不停手！出了事誰要負責？」

士延無可奈何地退開。這時銅像那頭傳來喊聲，他轉頭看去，本來應該要拉起銅像的吊臂，不知為何卡在半空。

「可以拉了啊！」台座旁邊的工人大喊。

吊車引擎轟隆聲瞬間爆響，但銅像還在原地。

「你們沒弄開我怎麼拉？」車上的駕駛喊。

「都弄開了啊！拉大力一點啦！」台座旁另一個工人不悅地喊回去。

吊車再度發出爆響，用力把銅像提高了幾寸。這時，銅像忽然一陣搖晃，反把吊臂連著吊車扯歪了過來。

「搞什麼？」兩個警察連忙跑向銅像，士延和老榮民也跟在後頭。

這時吊車司機也跌跌撞撞地下了車，跑向銅像。「現在是怎樣──」話還沒說完，他就被地裡伸出來的一根大刺貫穿了頭，就那樣無聲地釘在原處。台座邊的兩個工人還來不及反應，也瞬間被另外兩根大刺貫穿身體，發出駭人的慘叫聲。蔣公銅像就像是回應那兩股叫聲似的，開始劇烈甩動，腳下的台座也隨之崩裂，露出了裡頭形狀像樹幹，表皮卻又像某種生物血肉的東西；吊車隨著吊臂被銅像猛力拉扯，也整台翻倒在地。隨著原本束縛在蔣公銅像上的纜繩鬆脫，銅像腳底下的怪東西開始像急速長高的大樹那樣伸展開來。

士延呆住了。他只能望著前面兩個警察機械地掏出了槍卻不知往哪邊瞄，而那大樹般的東西也自顧自地繼續往上長。一聲槍響，他看到一個警察舉槍對著上頭的蔣公銅像，但那東西完全不為所動。又一聲槍響，另一個警察對著還在扭動的樹幹開槍，樹幹便停了下來。刺在駕駛頭上的那根大刺，這時像是章魚觸手般軟化蜷曲起來，順勢扔下駕駛的屍體，下一秒又拉直貫穿了第一個警察的身體，尖頭直指著士延，在他眼前迴轉一百八十度，又從第二個警察的背後往前貫穿過去，然後就以這倒勾的形狀，一口氣把兩個人都往樹幹那頭拉去。

現在士延、老榮民跟那東西之間已經沒有屏障。他可以看到現在有四個人掛在三根刺上，全沒了掙扎，地上還有一具頭已經開洞的屍體。眼前那東西暫時停止了生長，像真的樹幹一樣靜止，然後他彷彿看見，這棵樹開始顫抖——或者說，周圍的空氣開始抖動，像是大熱天遠方的蜃樓一樣。他轉頭發現老榮民已經不在身旁，才想到自己應該要逃走，但身體卻動彈不得——不知為何，他的身體只能硬朝著那怪物，而他眼前的畫面也隨著越來越劇烈的顫抖，而來到了另一個地方。

他覺得自己好像在某個遊樂園。遊樂園正中間有一尊蔣公銅像。他和一群孩子繞著那銅像玩耍，其中有一個是嵐之，還抱著一個洋娃娃。忽然銅像伸出了好多觸手，抓住了他和嵐之。那個洋娃娃掉在地上，嵐之拚命地叫，「妮妮！妮妮！」那娃娃一聽到嵐之的聲音，就自己跟著其他孩子逃走了。銅像把他們抓在觸手中，開始越長越大，不知為何，他在這時聽見了〈蔣公紀念歌〉，而周圍也越來越熱，好像整個世界都快要燒起來似的。

他感覺自己好像躺在什麼的懷抱裡，呼吸中都是燒灼感，四周劈啪聲響個不停。一睜開眼看，蔣公那尊銅像已經高高立在參天巨木般的怪物軀幹頂端，動也不動地像是在眺望天際，一股濃煙從它腳底下飄過。他正想起身，卻覺得有東西纏在手腳上，一抓覺得好像冰冷濕黏的肉，拉起來看才發現那是觸手，像沒有鱗片的蛇一樣繞著他。驚恐中他勉強壓住嘔吐感，忙亂地甩開踹開觸手，並感覺到那些觸手也無意纏著他，甚至有種逐漸收縮枯萎的感覺。一陣陣乾燥的熱氣帶著焦臭味飄來，稍稍驅散了噁心感，他便施力坐起了身，看見面前已經一片火光熊熊——好像是吊車那頭起火了，火舌正順著怪物的根部往上竄，怪物頂端已經陷入烏黑的濃煙中。就在這時，蔣公銅像忽然穿透了濃煙從頂端脫落下來，重重砸在他與燃燒的怪物軀幹中間，那張沒有眼神的青銅笑臉，就正對著坐在地上的他，讓他一時間以為這銅像真的在盯著自己，而止住了動作。

但銅像動了起來，稍稍抬高後隨即別過身去，似乎想逃離火場，但越來越猛烈的火舌輕易地就追上它緩慢的移動。士延看不見那銅像腳下是怎麼移動的，只看到火舌逐漸包圍了銅像的腿，在陣陣白煙中，銅像就那樣直挺挺地倒下了。

士延看著眼前的畫面，不確定自己是不是還在夢裡。但他確實感覺臉頰燙到難以忍受，連忙站起來拚命往公園外跑。他看見老榮民倒在他面前不遠的小徑上，還在努力地往外爬，同時聽見消防車此起彼落的尖銳聲響逐漸逼近。

V

「怎麼回事啊。」當第三還是第四台消防車的警笛呼嘯而過時，她終於忍不住開了口，並轉頭望去。這時她才看到藍天裡有一道不尋常的黑色濃煙。

「那邊是哪裡？」她朋友問。

「不知道耶，我很少到那邊去，記得都是舊房子……好像是眷村吧。」

她朋友本來還想接話，但忽然咳了起來。

「你還好吧？」她問。

「就，最近一直都在過敏。」

「花粉過敏？」

「小時候好像是這樣。但其實好像是空氣太髒。」

「這邊空氣真的很差耶……以前都以為南部空氣比北部好，結果來了才知道空氣比北部還差。」

「以前就這樣了。不下雨，就幾乎都這樣。」她朋友戴上口罩。「髒空氣不知道從哪一直飄過來。」

「然後沒事還在那邊失火……真是的。」

兩人走下捷運入口。從月台到車廂，許多人都戴著口罩，偶爾就聽見一兩聲低沉的咳嗽或噴嚏。密閉空間裡她們也不打算開口，就各自拿出手機滑了起來。車廂裡幾乎每個人都這樣。

不一會兒，捷運就抵達了至正大學站。出站時她們發現，即便在校門這頭，還是能看到濃煙逐漸在更高空擴散開來。

「拜託下點雨吧，或者來個颱風什麼的。」她半開玩笑地說。

「都十月底了，很難。」她朋友說。

騎著駿馬的軍裝蔣公銅像，是從校門走到綜合大樓途中必然會看到的景物。此時她們看見有幾個人正坐在銅像旁聊著什麼。中間那個大個子男生朝她們揮了揮手。

「哈囉！」看到是她們班上同學，她禮貌地揮手回應。她朋友也小小揮了下手。

「你們要去上課喔？」那男生問。

「對啊、中憲，快遲到了。」

「哎喲，中華民國憲法有什麼好上的啦！」

她乾笑了兩聲，瞬時只想到一個回答。

「那我們先走囉！」她微笑著輕輕揮手。

「掰！」他也用力揮了揮手。

兩人繼續往綜合大樓走去。

「那個人每次都這樣，不管講什麼都要講到政治。我覺得他好煩。」她收起了笑容。

「他剛剛也沒說什麼啊。」

「中憲就中憲，他就偏要那樣講。」她忍不住抱怨。「什麼都要政治化。」

◆

「你這樣是要怎麼追人家。」蔣公銅像旁，一個戴眼鏡的女生嘲笑剛剛那大個子男生。

「沒有要追啊，就只是覺得她不錯啊。」

「但她很難覺得你不錯吧。我看你們也很難合，聽剛剛那兩句就知道了。」

「真的嗎？不會吧？」

「唉，」她忍住笑，「算了算了。」

「妳講一下嘛！」

「那個……」旁邊另一個比較瘦的男生忽然插話，「我看新聞，剛剛發生大事了說。」

「啥？」大個子問。

「聽說中正公園那邊失火，情況還挺嚴重的，好幾個人死了說。」

「公園旁邊的眷村？」眼鏡女生問。

「不是，就是公園裡面失火，蔣介石銅像那邊。新聞寫說，今天早上市政府本來要突擊拆銅像，結果不知道為什麼發生大火，工人跟警察都死了。」他忽然轉頭盯著大個子，「那個……你有沒有聽說什麼消息？」

「我？」大個子愣了一下，連忙搖搖頭。「沒有。不會有人這麼誇張。怎麼可能搞到死警察啊。」

「可是上次是有一個……」眼鏡女生湊了過來，「忘記叫什麼，上次你們跟他喝酒的那個大叔，你們不是都怕他真的搞過頭嗎？說什麼『年輕幾歲，就直接去跟那些黨國遺毒拚命』的那個？」

「不可能啦，」大個子連忙否認，「他不敢真的做啦。那之後我就沒連絡他了。」

「那個……那我們還要弄嗎？」瘦男生問。

大個子看看他，又看看眼鏡女生，手托住腮幫子，遙望綜合大樓。「嗯……還是要吧，我覺得那應該只是意外，不是有人去搞的。」

嵐之望著門邊講起手機的重國，便稍稍放輕動作。她已經習慣在他講電話時收好自己的聲音，也可以趁機偷聽一下他在講什麼。也就因為這習慣，讓她察覺今天這通電話有些不尋常。她沒辦法聽清楚每個字，但聽得出他的反應：重國一開始覺得這件事跟自己無關，但不好跟電話那頭直接講；但聽到什麼之後忽然愣了一下，先是不能接受，然後勉為其難地答應了對方。聽起來應該還是工作，但她總覺得哪裡怪怪的。

電話講完了。重國朝她走來。

「怎麼了嗎？」她問。

「開一下新聞。」

「喔。」她看了看桌面，平板不在上頭。她翻過身，推開床上擠成一團的棉被，抽出底下的平板把它叫醒，坐起身開始搜尋新聞直播。

「你要看哪一台？」她問。

「現在應該每一台都在報了，沒差。」

「發生什麼事了？」

「那要看新聞怎麼報……」

嵐之一下子沒聽懂這句話，但也沒再問，就隨便點開了第一個直播。畫面上是火災現場，一整群消防員正在灌救一台起火的大型車，畫面底端的斗大黃字寫著「拆除銅像釀爆炸　工人警察多人死亡」。

現場記者略帶激動地說：

「……中正公園發生了一起嚴重的爆炸案，就在市政府突擊拆除蔣公銅像的時候，銅像因為不明原因而發生了爆炸，現在已知現場的拆除工人和警察，已經有五人不幸死亡，至於爆炸的原因……」

「這也太誇張了吧。這個……」她轉頭望著湊上來的重國，「難道有人因為銅像被拆就……不會吧……？」

重國搖了搖頭。「不知道。比較奇怪的是，上頭居然說要為了這個緊急開會。」

「開會？」嵐之問。「這跟我們有什麼關連？」

「我也不知道啊。」重國起身，扣起上衣鈕扣。「他們祕書也是講得模模糊糊的。」

「她講事情本來就不清不楚。上頭挑她應該是別的理由吧……」

「對啊，不像妳，靠的是實力。」重國笑著說。

嵐之聽了這句有些惱火，正想問他為什麼要這樣講，卻被重播的新聞轉移了注意力。畫面中，記者面對鏡頭重覆稍早就講過的情況。在記者背後稍遠處，有消防車在公園邊停靠，馬路這頭還有些民眾望著公園議論紛紛，但有一個人，好像沒看到公園那一團亂，也沒看到攝影機，就那麼恍恍惚惚地從記者身後穿過了畫面。

嵐之本來只覺得那人行徑怪怪的，但忽然心中一跳，那不就是昨天晚上才見過的國小同學，名字叫做——

在肩膀上來回撫摸的手打斷她的思緒。

「嘿，不要生氣啦。」重國放軟了聲音說。

她這時才想起剛剛那句嘲諷，加上被打斷的不悅，便冷冷地回他：「不要管我。」

「我沒有什麼別的意思。」重國的聲音也冷了下來。

「嗯。」嵐之心想，反正事情就是這樣，賭氣也沒用。「我知道啦。」為了避免他繼續往下鑽，她索性換了話題：「對了，我剛剛好像看到認識的人在新聞上耶？」

「真的嗎？」重國好像也樂得她轉移話題：「妳說記者？」

「不是，是路人。」

「是目擊者嗎？」

「不知道，就走過去而已。」

「真不知道怎麼回事……開完會應該就知道了。」重國穿好衣服，「我就先不過去了。有什麼事再跟我說。」

嵐之放下平板。

「好，」她迎上前簡單吻了他一下臉頰，「路上小心。」

重國開門走出，回身朝嵐之揮了揮手便關上門。嵐之把門鎖上，回頭撿起上班穿的那些衣服。

◆

嵐之舉起掛在胸前的卡片，在感應器前比了一下。「嗶」一聲，腰腹高度的閘門往兩邊退開，保全露出千遍一律的笑容。她趕上正要關門的電梯，在擁擠的人堆中勉強將卡觸到感應器，按了五樓。

辦公室門口也有一個感應器要刷。有人經過看到她，便問她下午能不能找黃主任，她就告訴他主任下午臨時有會，不一定會進來。辦公室進門這塊空間是她的工作區，隔著另一道門裡面是重國的；他沒回來的話，這裡就是她一個人的了——簡直有種放假的感覺，只是有件事還在她心頭上。她在意的不是蔣公銅像爆炸本身——那些拆蔣護蔣的政治狂熱分子，讓他們互相打到死也沒差；她比較在意的是，重國為什麼要為了這件事被抓去開會？雖然她知道重國和一些政府高層很熟，但生物科技和這種政治抗議怎麼會有關？

她心想，只能等重國回來了，希望不要碰到什麼麻煩。亂猜也沒用，畢竟自己又不在現場——她突然想起那個小學同學，新聞上他看起來恍恍惚惚的，就跟昨天晚上見面時一樣；記得那時候他好像說，他看到什麼很奇怪的東西就嚇得逃走了。應該只是巧合吧？可能他腦袋本來就不對勁。但她想想又覺得，搞不好他真的有看到什麼。她連忙打開包包，在一堆小東西底下找到了那張名片。她確認了一下筆跡，不是士「延」是士「廷」，然後在手機上按下他寫的號碼。

嘟嘟聲響了幾輪，嵐之才聽到士延接起電話。

「喂。」他的聲音聽起來有氣無力。

「士延嗎？我是嵐之。」

「嵐……之？」

「我們昨晚才見過的，有印象吧？」

「啊啊……嗯……」

「你聲音怎麼怪怪的，你還好吧？嘿！」

恍恍惚惚的呢喃聲隨著嵐之那一喊停住了。

「我、我——」嵐之在手機上聽見一陣嗚咽，令她毛骨悚然。她從來沒聽過男生帶著哭聲對她說話，但接下來她聽了一整串——士延顯然誤會了她的意思，開始講起他這陣子有多慘。她大略聽出來，士延之前好不容易找到工作卻完全不適應，有天半夜看到了一則蔣公銅像的新聞之後，就在公司出了一個跟蔣公有關的大包而被 fire 掉了。接著那天晚上他又被一個女生（大概又是那個美女業務吧，唉）拉進心靈空間，可是在那邊又看到蔣公在追他，他就逃走了。所以他第二天就跑去中正公園，看看那個蔣公銅像到底有什麼問題。

到這邊為止嵐之還聽得懂，但接下來士延說的，她就完全無法接受——根據士延的說法，根本就不是在拆蔣公銅像的時候爆炸炸死人，是蔣公銅像裡面有怪物，那些人一拆銅像，那怪物就從裡頭跑出來殺人，然後忽然蔣公就燒起來了，後來他就什麼都不知道了，直到她打來。

嵐之心想，他果然腦筋有問題。或者是爆炸讓他驚嚇過度，讓他用先前那些蔣公的幻想，來解釋眼前過於震撼的事實——雖然她心理學都沒好好上課，但多少還有點概念，應該沒錯吧。她思索著要怎麼把這段對話結束掉。

「嗯……我大概知道了。你要不要先去休息一下？。」

「怎麼可能？」士延反問。「現在要趕快想辦法解決怪物啊！警察都死了，要叫國軍來打才行，最好要開坦克……」

嵐之悄悄嘆了口氣；這樣下去恐怕沒完沒了。「你先聽我說，」她加重語氣，「已經有警察和消防隊過去了，電視台也過去了，我就是看電視看到的。如果真的有怪物，電視台不可能不報。」

「可是——」

「你可能受到太多驚嚇，而且聽起來你這陣子壓力也滿大的，有可能會出現一些幻覺，我在想你可能去看一下醫生會比較……」

「我沒有幻覺！我看到的都是真的！」士延在手機裡大吼。

「你怎麼知道你看到的都是真的？」嵐之也有點動怒了。

「因為，」士延停頓了一下，「中間我還有看到幻覺！」

嵐之忍不住笑了出來，「你不是說沒有幻覺，怎麼又有幻覺？」

「有那麼難懂嗎？」士延激動地喊。「我看到的都是真的，所以我才知道中間那些是幻覺啊！我看到小時候的妳耶！我還看到妳的洋娃娃，妳還一直喊妮妮，後來她就……」

聽到「妮妮」兩個字，嵐之愣住了。她感覺有一大塊的什麼隨著這兩個字浮了上來，但看清楚時卻只是個被吞光的大空洞，只有邊緣的一點記憶殘存：是有個娃娃叫妮妮，後來不見了，怎麼想都想不起什麼時候掉的。但有一件事她記得清清楚楚：她從來沒有對誰說過「妮妮」這名字，除了自己和妮妮之外。

她緩緩朝那空洞掉了進去，隱約看到什麼矗立在中間，直到聽見士延的聲音。

「喂？喂？妳還有在聽嗎？」

嵐之回過神來。「有。我在聽。讓我先想一下，好不好？」

「啊？」聽見嵐之突然冷靜下來，士延反而愣住了。

「我要先想一下……對了，這些事情……可以先不要跟別人說嗎？」

「可是……」

「士延，其實我還是不敢確定說，你看到的到底是真的還是幻覺……可是，有些事情是真的不太對勁。而且，」嵐之慢慢恢復思緒，「如果公園那邊真的需要軍隊的話，一定早就有人通知了，如果沒有的話……」她回想起當初打這通電話的目的，「我自己這邊也想到一些情況，只是我還想再確定一下……而且，我也有一些別的事情想問你。」

電話那頭，士延沉默了一陣。「我知道了。」

「那你等我好嗎？我晚點打給你。你人會在哪？」

「我……那我先回家去了。」

「好。你先好好休息，等我電話。」

「OK。」

「抱歉剛剛對你那麼兇。」

「不會啦。」

「那就先這樣子囉，晚點再說。」

「好，掰。」

嵐之確認通話結束後，大大呼了一口氣。她打開電腦，點進網路新聞，記者仍在用同樣激動的語氣，以公園為背景連線報導爆炸案，但內容還是跟先前一模一樣。這讓她感到放心，同時又開始有些不安。

◆

接近下班時間，重國推開辦公室大門。嵐之用一種助理看見老闆應有的表情迎接著他，直到確認沒有其他人跟進來。

「還好嗎？」她試探地問。

「不是很嚴重，」重國說，「就是公園那邊的爆炸，有一些、化學外洩的問題需要處理。」

嵐之知道他沒有講實話。不是因為士延那通電話，而是因為表情——之前重國他太太起疑那陣子，他就露出過那表情。過一陣子她才知道，那代表事情有些嚴重，但他不想讓她知道。

「化學的話，應該和我們沒什麼關係吧？」她故意問。

「也有感染方面的疑慮。」重國掏出感應卡，準備進自己的辦公室。

「那也不用開一個下午的會吧？」

「還有別的事情，我不需要每件都告訴妳吧。」重國板起臉。「我之前不是說過嗎？這裡是辦公室。」

「抱歉。」嵐之故作無心地說下去：「我只是在想，現場是不是有什麼不尋常的生物之類的。」

重國猛地轉過頭來，「妳剛說什麼？」

「沒有啊，就隨便猜猜而已。」

「妳從哪邊聽到的？」

「是我不應該多問的，下次我會注意……」

「我問妳的時候要講清楚！」重國惡狠狠瞪著嵐之。

「這裡是辦公室。」嵐之克制住內心的竊喜。「主任對我工作的不滿我會檢討，但沒什麼事就被這樣責怪，很抱歉我還是有點難接受。」

重國挫敗地冷卻下來。「抱歉，小嵐，是我太兇了……」

「你沒有對我說實話。」嵐之抓準時機臉色一變，瞪著重國。「我看得出來。我們之前講好，有大事不可以再瞞著對方，不是嗎？」

「可是這和我們兩個無關啊。」

「那和什麼有關呢？」嵐之逼問。

發現說溜嘴的重國一時語塞。

「其實我也不是亂猜，」她收起臉色，「其實剛剛看到新聞之後，我就連絡了一下我說我認識的人，沒想到他真的在公園附近，還說他親眼看到怪物從蔣公銅像裡跑出來。」

「真的嗎？妳覺得他說的可信度高嗎？」

嵐之想起士延口中的妮妮，猶豫了一下。「我不確定。但我覺得他應該知道一些事情……」

重國低頭抓了抓，然後嘆了口氣。

「小嵐，」他抬起頭，「我接下來講的事情，絕對不可以說出去。」

嵐之點點頭。

重國望了望大門，「進我辦公室。」

重國晃了晃感應卡，打開自己辦公室的門。其實嵐之的卡也能開這扇門，但她盡量不去用它，畢竟重國的工作有不少要保密的事，這樣不僅保障安全，也是讓他感覺安心。辦公室的整潔不需要她太操心，重國自己都會收拾妥當，她只要知道最關鍵的東西在哪就好。重國挪出自己的辦公大椅坐下，嵐之便坐上桌對面的小椅子。

「如果妳那個……」重國問，「他是妳什麼人？」

「小學同學。」

「嗯。妳有沒有辦法叫他暫時不要講出去？」

「其實我已經跟他說了。」嵐之說。「他應該不會講出去。」

「太好了，」重國鬆了口氣，「那或許還沒那麼糟。妳怎麼會想到叫他封口？」

「……直覺吧。所以到底是怎麼回事呢？」

「剛剛我被找去……很高層那邊開會，本來還想說為什麼要我去，可是一看到照片就……」重國抓了抓頭，「我也很難相信啊，但他們真的在蔣公銅像裡面找到不明生物。」

「可是新聞沒說有不明生物啊。」

「新聞不會講的。可能他們偷偷把它移走或是跟媒體怎樣喬的我也不知道，反正確定不會報出來。」

「但是爆炸那麼大，消防車都過去了，還有人死掉了呀。」

「一定有理由可以混過去的，這只是小事。」重國皺皺眉，「問題比較大的是那個不明生物。第一，雖然我們還不能確認它是什麼，但很確定的是，當前生存的生物從來沒出現這種形態。第二個問題是，它有攻擊性，而且已經死掉好幾個人了。從屍體的情況看來，那幾個人都是被那生物殺死的。但是前後發生什麼事，我們都不知道。」

「如果不是你說，我也很難接受……」嵐之喃喃自語。「那現在怎麼辦？」

「生物的屍體整個附著在蔣公銅像裡面，所以他們把它連銅像一起送到我們這邊來了。」

「就在這裡？」嵐之驚呼。「沒問題嗎？」

「它已經死了。傳染的問題應該是沒有，畢竟這麼大的東西不可能突然就鑽進銅像裡面，它一定在裡頭很久了。如果有什麼傳染病的話，應該老早就爆發了。但我們還是比照最高層級的病體把它隔離起來解剖。」

嵐之點了點頭，心想，只要重國想好怎麼做就沒問題了，之前都是這樣，只要沒有瞞著什麼，就不會有問題。「那……接下來就是我們來處理嗎？」她問。

「我會負責處理。但有件事妳得幫我。」

「我同學那邊嗎？」

「對。如果他真的目擊整件事的話，那他知道的可就有價值了。妳跟他熟嗎？」

嵐之搖搖頭。「昨天才見面的。本來都忘記以前有這個人了。」

「那這樣就比較麻煩……」重國思考著。「要是我們是警察就好了，直接把他抓來問話最方便。」

他忍不住笑了出來。

「我找的話他應該會來吧。」

「是怕他不配合。」

「不然就花錢嘛。他剛剛跟我說他最近被 fire 掉，上次看到的時候整個人也滿慘的，感覺應該很需要錢……」

「可是花這個錢好像又……」

「你不是說他知道的很有價值嗎？唉，有價值就花錢買呀。」

「也是啦。」

「你啊，」嵐之說，「有時候真的是，該花錢的地方就要花。」她沿著桌面向他靠去，傾著頭望向他。「上次說要幫你買衣服也是，你也算是『要人』了……」

「那樣會被懷疑啦。」

嵐之嘆了口氣。「好吧。」她坐回原位，「反正我就去連絡我同學，把他找來這裡。」

「對。剩下的我跟他談就好了。妳跟他提說有錢就可以了。盡量當面講。OK的話就馬上跟我說。晚上直接打來也沒關係，我去辦公室等他。盡量快，免得消息走漏。」

「知道了。那應該就沒事了吧？」

重國點點頭。「嗯。我要打個電話。」

一聽重國提到電話，嵐之便起身走出辦公室。她回身關上門後，隱約聽到重國在電話裡講起不是國語的什麼語言。

ii

和嵐之通完電話後，士延整個清醒過來，彷彿從蔣公殺人到電話響起前都只是一場惡夢。即便餘悸猶存，嵐之的聲音仍讓他安定下來，彷彿只要抓緊，就不會掉回先前那團恐懼中。安心感讓他放鬆不少，只是他環顧四周，才發現自己恍惚間已經不知道走到哪——其實沒亂走也一樣陌生。

他東問西問才搭上回程客運，一路睡到轉運站才醒來，什麼也沒夢到。北部日落後微降的氣溫，鬧區一如往常的人群，跟他離開前沒什麼差別。只是當電器行櫥窗裡五六台電視同步放映蔣公銅像的新聞時，他還是加快了腳步通過。他原本想吃個自助餐，但一進門就看到頭頂的電視上，另一家電視台正用聳動的合成交響樂開始「蔣公爆炸特別報導」，他只好走了出去，在便利商店買了個便當加熱帶走。

公寓的灰色樓梯爬到頂樓，就是士延的租屋處。他打開鐵門經過其他房門，打開自己的木門，床鋪、書桌和廁所就一起擠在眼前。他才把餐盒放上桌，手機就響了起來，他急忙拿出來看，是不認識的號碼，便接了起來。

「請問是劉士延嗎？」他一聽覺得聲音不對。「您好我們這裡是台灣信託，不好意思打擾您幾分鐘時間，劉先生現在方便通話嗎？」

「啥？」士延愣住了。

「感謝您，我們近期有推出一項全新的特優惠型貸款——」

士延折騰了好一陣子才結束這段通話。想起自己還要很久才能繳完的學貸，他居然開始覺得，白天那些事情發生了又有什麼差別，學貸還是要繳，下個月還是要付房租……哪有人會去管他被 fire 還是遇到怪物，只是自己現在根本沒心情去想下一份工作。他打開電腦並撕開便當發燙的包裝，點開臉書，發現全都是蔣公銅像爆炸的消息，便決定改看遊戲實況——看那幾個揮著大刀的角色，勢如破竹地沿路砍殺怪獸，還是比較令人自在。

手機在飯快吃完時再度響起。他看了看，是另一個不認識的號碼。他便關掉直播的聲音，按下通話。

「喂？是士延嗎？」不知為何，不太會認人的他，卻總是能馬上聽出嵐之的聲音。

「我是。」

「我是嵐之。你回來了嗎？」

「嗯，回來了。」

「那個，關於下午跟你說的事，我想跟你詳細談一下……你現在方便嗎？」
「方便啊，」士延嚼下最後一口飯，準備聽嵐之怎麼說。
「那我現在可以去找你嗎？」
士延皺起了眉。「找我？……也是可以啦……那，要約在哪？」
「嗯……你一個人住嗎？」
「對啊。」
「那我去你家好不好？」
士延一下子搞不清楚怎回事。「妳說要來我家？」
「可以嗎？這些事不太方便在電話上講……但我真的很需要你幫忙，可以的話，還是希望盡量在沒有別人的地方……」
士延看了看一團零亂的桌面和床上，「……好吧。」
「可以給我地址嗎？我到的時候跟你說。」
士延背出了這個小套房的地址。
「好，我馬上到。謝囉。掰掰。」
「掰掰。」
自從士延自己租房子以來，有女生要來還是第一次。但他完全沒有預想的那種期待，只覺得慌。他納悶嵐之要跟他談什麼，畢竟他自己也不太確定白天看到的究竟是什麼，以及看到之後會怎樣。同時，他也煩惱起他亂七八糟的房間，怕有什麼沒清乾淨的東西沾在哪邊。就算房間都收乾淨好了，這地方還是很讓人難為情，而他居然還花了薪水的那麼一大部分來租這地方，也就透露了自己有多遜——約在外面至少還能藏一下，來這邊就蓋不住了。

他才勉強把垃圾全部塞成一袋，手機又響了。

「我已經到樓下了。」嵐之在電話裡說。

士延只能帶著一點怨念下樓。突然他想到，今天這樣一來回，全身早就髒得要命，但也來不及了。打開樓下的鐵門，穿著套裝、一身潔淨的嵐之就站在門外。她禮貌地笑了一下。

「要上頂樓。」士延說。

◆

一打開門，兩人都看到電腦螢幕上還在打殺的直播畫面。士延連忙跨過床鋪，擋住螢幕把直播關掉，確認沒有什麼不對的畫面後才轉過身來。

「妳坐這邊吧，」他略帶不安地拍了拍椅子，回頭推開棉被，坐上床鋪。

嵐之繞過士延，淺淺坐在旋轉椅前端。「你這邊的牆壁隔音好嗎？」她問。

「應該……還可以吧？」他順手敲了兩下牆，牆壁發出空空的聲音。「還是……我們換個地方？」

「沒關係。」嵐之說，「你把剛剛那個聲音開大一點吧。」

士延重新打開直播時，嵐之環顧了一下房間，忍不住皺起眉頭。

士延看到，只能尷尬地解釋：「抱歉，頂樓比較不通風……」

「沒、沒關係啦。」嵐之也尷尬地回答，並把椅子往士延靠近。「好。那……接下來我要說的事情，你可以不要跟別人說嗎？」

士延猶豫地看著嵐之。

「如果你能保密，我這邊可以提供你一筆酬勞。」

聽到酬勞兩個字，士延眼睛亮了起來。「……大概是多少？」

「不會太少。」嵐之有點心虛地說。「至少有……萬以上吧。」

「只要不講就可以了嗎？」

「對。如果你之後能繼續幫忙的話，我還可以再幫你多爭取一點。」

士延眼神掃過嵐之和自己狹小的房間，點了點頭。

「確定能保密？」嵐之問。

「確定。」

「好。」嵐之向前一傾，壓低了聲音對士延說。「事情是這樣子……你今天看到的東西是真的，只是現在還不能公開。」

「本來就是真的啊。」士延忍不住抱怨。「而且，情況那麼嚴重，早就蓋不住了吧。」

「目前還是保密喔。」嵐之說。「你後來都沒看新聞嗎？」

士延搖搖頭。

「新聞都沒有提到那個東西喔，到現在都還說是爆炸而已。」

「可是，有那種……東西，怎麼可能保密？」

「那個東西已經祕密送到我們這邊調查了。可是親眼看見它活著，然後又活下來的只有你。所以我才想要你幫忙。」

士延點了點頭。「你們那邊指的是……？」

「我記得上次……啊對，後來名片又被我拿回來了。我們這邊是一個生物科技研究單位。」

「可是現場總有警察吧，怎麼可能妳說要保密就……」士延問到一半，忽然覺得不太妙，而硬把問題吞了回去。

「唉呀，我們不能強迫你怎樣啦。我們哪有辦法。」嵐之連忙說。「我們不是政府單位，也跟警調沒什麼關係。保密是他們在處理的，我們只是受委託研究，等我們有結果再公開。因為這件事實在太特殊了，隨便公開的話問題一定很大，所以他們的決定就是先不要公開。至於我來找你這件事……真的就是私下請你幫忙。其實也是運氣好，正好那天先遇到你，有留手機，然後今天又在電視上看到你。」

「我有在電視上？」士延嚇了一跳。

「只是晃過去而已啦，我正好就看到了。所以才想到打給你的。」

「還真的很巧耶。」士延笑了一下。「妳眼睛也太靈了。」

「還好啦。」嵐之也露出笑容。「是滿巧的。」

「那，這樣的話，」士延稍稍放鬆了些，把背靠在後頭那團被窩上。「接下來我要怎麼幫忙？」

「我得帶你去我們那邊一趟。然後你可能要把事情跟我主管再重新講一遍。」

「好。這樣就可以了嗎？」

「應該是這樣就可以了。但還是看他怎麼決定。」

「酬勞的話……」

「沒問題的！他已經答應了。他要是沒給，我一定會幫你跟他要到。」
士延停下來看了看嵐之，然後點了個頭。
「好，那就……這樣吧。」
「士延，真的很謝謝你幫我這個忙……」那一瞬間嵐之望著他的神情，還有她講這句話的口吻，讓士延心跳稍稍加速了一下，但她隨即起身，「那我們就出發吧！我開車帶你去。」
「現在就去嗎？」士延嚇了一跳。
「對啊！可以嗎？早點去早點讓你拿到錢。」
士延一聽便跟著起身，隨手拿了皮夾和手機。「對了，那個……嵐之，我想問一下……」
「嗯？」
「現在去大概什麼時候可以回來？」
「看情況耶。」嵐之已經走到了鐵門邊。「看他怎麼說。」

◆

士延以為嵐之的車停在他家門口，但他跟著嵐之走了一小段路，才抵達附近的收費停車場。連他自己都不知道附近有這地方。
嵐之的車是那種小巧的房車，烤漆、內裝看起來都挺新的。看她熟練地將車開出狹小的停車格，順暢地滑到閘門邊插卡，一股自卑感從士延心裡冒了出來。
嵐之按了下立在前車窗下的手機，不一會兒，士延就聽到她彷彿自言自語地，叫耳機裡的那個人到辦公室等她，然後又講起了一切其他的事情。他不太確定那人是不是嵐之口中的主管，因為聽起來又不太像在跟主管講話。但他也不想多管，便轉頭看向車窗外。窗外的夜晚還不夠深，還有少數人在招牌的燈光下行走，但上下高速公路後，周圍已經沒什麼人車，只剩下寬闊的馬路和昏黃的路燈。士延不太會認路，只能猜測這裡是市區邊緣新開發的地帶吧。

「前面就到囉。」嵐之說。

士延往前車窗一看，車子正開向好幾棟並連的方正建物。建物上沒什麼燈光亮著，只剩外面幾盞水銀燈照著底層，更凸顯了建物頂端在紫色的雲層下，像是堡壘般的巨大漆黑剪影。

iii

欄杆隨著貼上感應器的卡片舉起。嵐之從向下的螺旋坡道轉進停車場，把車停進自己的格子，兩人下車走過空盪的一排排車位來到電梯前。嵐之瞥了瞥電梯旁重國的車位卻嚇了一跳，他怎麼開那台SUV過來？有一次員工活動看過他開這台帶全家一起來，他總不可能現在把全家帶到辦公室吧？但他為什麼不開平常上班那台？還是說——

「妳怎麼了？」士延的聲音讓她回過神來。

「沒怎麼啊！幹麼這樣問？」她沒好氣地反問。

「沒事、抱歉。想說妳是不是在想什麼，忽然停下來。」士延尷尬地回答。

「喔，沒有啦。」嵐之連忙按下電梯向上的按鈕。

◆

士延對這空間的第一印象就是密閉。沿路沒看到幾扇窗戶，只看到門，一扇又一扇關著的門，沒有一個鎖頭，旁邊都是卡片感應器。這裡好像從上到下沒有一扇門不用卡片的，除了嵐之現在面前這扇。嵐之剛剛用卡片帶他進了這間辦公室，把包包放在一旁的辦公桌上，然後在更裡面的這扇門前敲了兩下。裡面一個男人的聲音說，「請進。」

嵐之緊張地打開門，看到重國一個人坐在那便鬆了口氣，但忍不住責怪地瞪了他一眼。重國似乎沒注意到，只是擺出了平常她領訪客進門時那種公事公辦的表情，然後起身。

「你就是嵐之的同學啊！抱歉讓你專程跑這趟，歡迎歡迎。」

士延點了點頭。面前這人令他想起把他 fire 掉的主管，使他有些不自在。

重國繞過辦公桌走向他們兩人。「請坐！請坐。」他對士延比著旁邊那套沙發，士延便走去坐了下來。

「嵐之應該跟你講過了吧？」

「嗯。她有大概講講。」

嵐之忍不住心裡嘀咕了兩聲。

「好，那我來和你詳細說明。」重國坐進士延對面的沙發，轉頭對嵐之說：「接下來我處理就好，妳先回去休息吧。」

士延這時抬頭看到嵐之，覺得她表情瞬間有那麼一點不對勁，但下一秒就像沒事一樣禮貌地微笑，點了個頭。「那我先走了，主任晚安。」她對士延輕輕揮了揮手，「有空再聊。」

「路上小心。」主任對嵐之說。

士延正想回什麼，嵐之已經退出房間，關上了門。

「嵐之已經講過的話，那你應該……對了，要怎麼稱呼你？」

「呃……我叫劉士延。士兵的士……」

「士延。好。那我想你應該已經知道，你答應協助的話要保密吧？」

「嗯。」

「那好。那我就先跟你說明目前狀況。目前我們知道，蔣公銅像裡面有一種不明生物，但已經死了，我們正在研究它的殘骸，但很多事情我們都還不清楚。最大的問題是，除了你之外，沒有人看過它活著是什麼樣子。所以我們希望你能盡量告訴我們你看到什麼。到這邊沒問題吧？」

「呃……」

「嗯？」

「我可不可以問一件事？」

「請說。」

「關於保密的事情，我在想……」

「你是要問怎麼有辦法保密，還是為什麼要保密？」

士延因為瞬間被看穿而不安起來。「都是吧。」他小聲回答。

「其實，」重國有點嚴肅地說，「我不太會去問這些細節，我只要知道實際狀況確實是這樣，然後做我該做的就好。」他轉了轉眼睛，「我只能說，只要媒體不報，經手的單位處理得快一點、小心一點的話，讓一般人不知道也不是什麼難事。至於為什麼的話比較簡單——這個東西一直躲在銅像裡頭，忽然跑出來殺掉三四個人，其中好幾個還是帶槍的警察，而且我們連它到底是動物還是植物都不知道，搞不好都不是；你覺得這樣告訴大家會比較好嗎？」

士延想起第一次跟嵐之通電話的情況，搖了搖頭。

「說真的，如果它從別地方冒出來就算了，偏偏這東西好死不死躲在蔣公銅像裡面。現在整天沒事為了拆蔣公鬧成這樣，還有人半夜跑去砍蔣公的，你現在跳出來說，蔣公銅像裡面有不明生物會殺人，就算你把屍體扛出來給大家看好了，你覺得大家是會說，喔原來如此，還是會覺得政府說謊，然後鬧得更兇？」

「搞不好真的看到屍體會……」

「不可能、不可能，你太不了解民眾了。」重國不悅地搖搖手。「你太不了解了。久了你就知道了。」

士延原本還想回話，但他覺得回了也沒意義。而且每次他聽這種訓話，就會開始精神渙散，而忍不住在此刻打起呵欠。

重國看著他打完呵欠。「已經有點晚了，我們還是趕快開始吧。」

重國回電腦前，拿起手機和記事本，坐回沙發。

「你是怎麼看到蔣公在動的呢？」他按下錄音程式的開始鍵。

士延一五一十地，從他因為網路新聞而決定去找蔣公銅像講下去，但跳過了自己在公司及嵐之面前鬧的笑話。重國顯然不怎麼感興趣，只催促士延描述蔣公銅像內的怪物，它怎麼開始活動，它怎麼殺人、殺人的順序是什麼，還有士延自己是怎麼逃脫的。

不知道是因為不斷翻攪記憶，還是因為嘴巴講個不停，又或者是精神一整天劇烈起伏，肉體過於疲累；士延講著講著，開始有一種出神的感覺，而重國偶爾穿插的一兩句詢問，不僅沒把他拉回來，反而讓他更穩定地向外飄去——就好像在心靈空間那時候，整個人徹底掉進老師希望他進入的體驗一樣，而且這次好像還有一種不知名的力量，在不遠處隔著什麼呼喚他……

「我看先這樣吧。」聽到重國這句話，士延才驚醒過來，一下子摸不著頭緒。

「我看你也滿累的，有些事都講不清楚了。」重國也打了個呵欠，闔上筆記本。「連我自己都有點睏了。不然我看這樣吧？你今天就留在這邊吧？我們明天再繼續。」

「睡在這邊嗎？可是我什麼都沒帶來……」

「我們這邊有空房間，床鋪和衛浴設備都有。抱歉我實在沒辦法送你回去再回家，我家那邊……」

光是聽到床鋪兩字，士延就投降了。「好吧。」

「那就走吧！我帶你過去。」

士延迷迷糊糊地跟在重國後面，通過一扇接一扇自動門，穿過幾條看起來一樣的長廊，直到一扇小門前停下。重國用卡片打開小門，開了燈請他進去，裡面真的有一張床、一間衛浴，甚至還有小冰箱，天花板上還吊著一台電視。這房間比他現在住的地方還大，當然整齊清潔太多，只是沒有窗戶，而且太素淨了，讓人想到病房。

「這邊應該還可以吧！」重國站在門邊，肯定地說。「明天我會叫人送早飯來，等我處理完一些事情就來找你。談完之後，就再來看錢要怎麼算。」

聽到錢還沒算好，讓士延有點不悅，但他已經累到可以用睡眠來換錢。

「那就明天見吧，晚安！」重國說完，門便被他關了起來。

士延幾乎在同一時間就脫掉鞋上了床，被子沒掀就趴了進去。本來他還想著要關燈，但他還沒想到開關在哪，就已經進入夢鄉了。

iv

校園裡一片漆黑，已經是連大學生也入睡的凌晨。一身軍裝的蔣公連同身下的駿馬，扯緊了一股衝刺力道，無聲無息地停在台座上。它並未俯視整個校園，而是望著烏紫色天空遠處，某個遙遠的、地平線以外的地方。突然，一陣黏膩的液體濺在它身上，一股刺鼻的氣味冒了上來。

三個戴著護目鏡和口罩、穿著薄外套的人，在底下望著他們的成果。

「那個……整桶都被你潑掉了說。」比較瘦的那個男生望向中間的大個子。

「這力道很難控制耶！而且又那麼大隻。」大個子拎著空油漆桶抱怨。

「那我現在是要寫在台座上，還是要寫在銅像上面？」另一旁是那個眼鏡女生。

「另外一邊應該還有空的地方。」大個子指指銅像另一側，三人便從馬頭前繞到銅像右半邊。

瘦男生拿出手電筒照了一下，剛剛從左側潑過來的紅色油漆，大部分被蔣公和駿馬的左半身擋住了，但浪頭還是越過了蔣公，從它右肩一道道緩慢流下，在光柱的照映下簡直就像剛殺完人的血跡。

「我看我寫在台座上就好了。」女生說。

「可是那樣沒氣勢耶！」大個子說。

「不然你上去寫。」女生望向大個子。

「不行啊，妳在下面頂不住我啦。」

「你這句是什麼意思？」

「沒有啦，哎唷！就……」大個子抓抓頭，「就差最後一步了，趕快噴一噴就閃吧。」

女生勉為其難地往台座走去，並抓住了台座邊緣。大個子和瘦男生各自蹲在女生的兩腿邊。

「我上去囉。嘿——」女生雙手奮力往上一撐，兩腳沿著平滑的台座邊緣往上蹬卻滑了下來，但底下的兩人早就捧好她的腳底、抓住她的小腿把她用力往上舉，女生就順勢上了台座，跪在駿馬的右前後腿間。

瘦男生連忙把噴漆罐遞上去。女生接過罐子，小心翼翼地起身，發現自己大約只比馬背高一些，而蔣公仍跨坐在更高處。雖然心跳劇烈，但她還是忍不住看了看四周——依舊是同個校園，但從這個角度看去，感覺就是不一樣。

居高臨下就是這樣的感覺呀，她心想。

「OK嗎？」這時大個子從底下問。

「OK。」她回答。

「妳可以在它身上噴一個『殺』，然後馬身上噴一個『人』，然後台座上噴『魔』，這樣一定很顯眼。」大個子興奮地說，連瘦男生也忍不住笑了。

女生討厭這種別人只動嘴但她要做的場合。但她現在只想趕快離開，從剛剛看到紅色油漆在銅像上那樣流，她就開始覺得毛毛的。她想說服自己那只是銅像，但當瘦男生幫她照亮銅像時，手電筒晃動的光影反而更讓她覺得銅像真有生命，就跟其他同學說的一樣，半夜會動起來。

「拿穩一點，」她對瘦男生說，開始對著光柱照亮的蔣公右半身噴上「殺」的第一撇。但就在這時，她發覺不大對勁。

「你們沒有聽到聲音嗎？」她大聲問。

「妳太大聲了。」瘦男生壓低聲音提醒。

「有一個聲音……很奇怪……好像是……我要下去了！」她邊說就邊往下跳，嚇得底下兩人連忙拋下東西迎上前去接，三個人在地上跌成一團。

「幹！先講一下啦！」大個子忍不住罵。

「妳沒事吧？」瘦男生勉強起身問。

「銅像裡面有奇怪的聲音……好像有什麼在滴滴答答震動一樣……」女生坐在地上，驚魂未定地說。

「會不會真的裡面有裝……炸彈？」

「那應該是附近有什麼機器在共鳴啦。」大個子伸出手，準備把女生拉起來。「學姐，妳這樣不行啊，媒體說什麼就信什麼。」他看了看瘦男生，「還是換你上去……」

「等等，有聲音。」瘦男生說。

「連你也聽到？」大個子嚇了一跳。「怎麼就我沒……」

「不是。那邊。」瘦男生指了指草叢。

草叢那頭傳出翻動著枝葉靠近的霹啪聲。雖然校園裡有貓狗，甚至有獼猴，但那聲音比那都大多了。

三人呆在原地，看著那東西從樹叢中爬了出來。

從那身影看來，是人。瘦男生本能地撿起手電筒向前一照，看見帶著老人斑的光禿頭頂，和一對掛著吊嘎的肩膀和雙臂，正朝他們爬動過來。像是察覺到強光一樣，這個老人突然停下動作，抬頭望著手電筒。某種黏答答的暗綠色液體，從看不見眼珠的眼眶裡流了出來。

一股恐懼瞬間竄上三人腦門，大個子和瘦男生幾乎是直覺地轉身就跑。女生跌坐在地上，只能看著老人四腳並用地全速向她爬來，閃電般地從她身邊竄去，然後從她背後就傳來一陣陣慘叫。她坐在原地掙扎了好久，才發著抖轉身往背後看——現在已經沒有慘叫了，她只看到三個人倒在整片血泊中，在銀白的路燈光芒下，血就像油漆一樣深紅而黏膩。

i

光線朦朧灑進士延逐漸浮出的意識。有那麼一瞬間，他以為自己躺在頂樓住處的床上，晨光被紗窗、鐵窗和對面大樓層層阻擋折射後，無力地照了進來，但他又想到，不對啊，自己昨天根本沒回家，也沒刷牙洗澡，眼睛就張開了。那是房間的日光燈，從昨晚就沒關。自己在這裡睡了多久？他順手摸出手機，看了一下時間，已經下午三點多了。他下意識地滑開待機畫面想上臉書，但信號格是空的。這時他才想起，昨天累到倒頭就睡，應該一到這邊就問 wifi 密碼的，現在有沒有辦法問人？他環顧房間，看到床邊牆上有一支電話，靠過去看，上面寫著「僅供緊急時通話」。

這下就不能上網了。他起身往浴室走去，看到房門邊多了台小推車，上面放著一碗涼掉的稀飯，和一個微溫的自助餐飯盒。他推了一下門，門動也不動。他心想，看樣子沒有卡就出不去了。幸好他們沒把飯給忘記。

充足的睡眠加上一口氣吃掉早午兩餐，讓他整個人精神飽滿。只可惜浴室是空的，什麼毛巾、肥皂都沒有，而他從昨天歷經那些事到現在，都還沒機會洗個澡。他不知道昨天那個主任什麼時候會進來，只好繼續穿著髒衣服坐在床上，打開電視。

上一個看電視的人把頻道停在新聞台。新聞報導的還是蔣公銅像，但他驚訝地發現，好像別地方的蔣公也出事了。畫面上，一尊巨大的騎馬蔣公銅像被潑了紅漆，接著是一堆紅色馬賽克，蓋著地上的血跡和快速推進醫院的擔架，在畫面上左搖右晃。記者在畫面外連珠炮似地說：

「昨天凌晨，至正大學驚傳學生遭攻擊事件，當時三名學生正在對蔣公銅像進行潑漆的動作，卻忽然遭到一名老人攻擊，有兩名男學生當場就皮開肉綻、鮮血直流，而在這個糾纏的過程中，這名老人自己也身受重傷；當時還有一名女同學逃過一劫跑去通知校警，獲報後警方立即出動救護車將三人送往醫院急救，其中老人在到院前就已經不幸身亡了，另外兩名學生仍在加護病房觀察中。」記者說完，便切到醫生的臉：

「兩名傷者身上有多處撕裂傷，目前還沒有恢復意識……死者身上並沒有明顯外傷，但到院前就已經沒有呼吸心跳了。另外，他身上還沾有一些不明液體，可能要經過化驗才知道成分。」接著又切到警察：

「目前正在擴大尋找兇器的下落，更詳細的情況，要等目擊的女學生恢復，才能進一步釐清案情。」

畫面又切回了半面紅色的蔣公銅像：

「昨天才發生蔣公銅像爆炸事件，今天又傳出潑漆學生遭到攻擊，這兩件事情之間是否有關連，目前都還有待進一步調查。記者陳宜君、王冠傑報導。」鏡頭又回到棚內：

「這次這起學生攻擊事件中死亡的江姓榮民，正好就是前幾天目睹那場離奇車禍的目擊證人。無巧不巧地，在他生前這段最後的訪問中，他就有提到，昨天發生爆炸的蔣公銅像，似乎事前就有被人動過手腳的跡象。」接著在畫面中出現的面孔，讓士延嚇了一跳。雖然他不會記人臉，但他不可能忘記昨天現場的老榮民，還有他以那外省口音高喊的「那銅像有古怪！」他突然想到，昨天一片混亂，他也沒留意老榮民後來跑去哪。所以說，他後來跑去大學裡面攻擊大學生，然後死了？

新聞畫面還在重複老榮民對記者比手畫腳的樣子，但士延已沒在聽旁白，只是反覆強迫回想，企圖想起老榮民在他記憶中的最後一個印象，但怎樣都只會想起砸在他眼前猙獰的蔣公銅像，還有瞬間被怪物來回刺穿的那幾個人，想著想著還是心有餘悸。但待在這密不透風的上鎖房間裡，似乎不需要那麼擔心。他便轉往下一台，還是新聞台。

「發生在中正公園的爆炸案，目前仍由警方釐清案情，而目前最新的消息是，爆炸的發生，很有可能是建國工業區埋設在地下的管線所造成……」士延聽了儘管覺得好笑，但也承認，如果聽到主播說爆炸是因為蔣公銅像裡面有不明生物，他也會覺得電視台瘋了。但管線氣爆好像也不是那麼好混過去的說法：

「這有沒有可能是，針對近期這種，拆除蔣公銅像的，連續恐怖攻擊？」畫面右半邊，一個他沒聽過名字的立委還是議員，對著畫面左半邊時空暫停的一個人叫囂完，自己就靜止不動了。同時，換左半邊暫停的人動了起來，有點畏縮地回答：「目前初步的調查，都指出這和地下管線的液體外洩有關，並不是恐怖攻擊事件。」

畫面一轉，「任何這種針對去蔣化行為所進行的暴力、恐怖行徑，全台灣人民應該都要唾棄！」一名被眾多麥克風包圍的立委激動但熟練地罵著。「啊我想……有些人啊，不應該在這種人心惶惶的時候呢，在那邊子虛烏有、穿鑿附會啊，在那邊煽動對立、撕裂族群；我們啊，應該要理性地、靜待調查的結果。」另一名立委溫吞但彷彿帶點笑意地回應發言。

士延把相關新聞看了一輪，沒有一家電視台提到怪物，只看到各路人馬用這兩起事件拉起一條界線來對峙。他不得不接受昨晚嵐之她主管說的，就是有人有辦法把整件事保密起來；他也忍不住開始猜，這個主管到底是多高的高層，甚至令他起了一點敬畏之心。新聞看得差不多，他便轉台，出現的是旅遊節目。

節目中，彷彿演藝圈太苦悶而強顏歡笑的旅遊節目主持人，興高采烈地帶領鏡頭抵達一個原住民部落。畫面裡先是蔚藍的天空下茂密的山林，接著跳到從部落制高點拍攝的環繞全景，看見大小不一的矮房子聚集在群山間的一小塊台地上。下一幕部落裡的近景，許多孩子怯生生地看著鏡頭，隨即爆出笑容逃走。然後主持人就彷彿剛抵達似地走進畫面了。

「請問你就是頭目嗎？」主持人故作親切地問。

「村長啦，村長而已。」迎面走來的村長有點尷尬地說。「我們這邊從以前就沒有頭目。」

「是喔……可是感覺還是要叫一下頭目，比較有原住民味的啦！啊哈哈！」主持人反射地自圓其說，讓村長只能在一旁乾笑。

「那個頭目啊，我們聽說這裡是全台灣最偏遠、最不受外界打擾的部落，今天就特地來拜訪一下！」

「歡迎，歡迎。」村長陪笑著說。

「大家都說原住民是最好客的啦！不知道今天有什麼可以讓我們，大飽口福呢？」

「今天我們有準備山豬肉，來歡迎你們大駕光臨。」

「山豬肉！？哇！聽到口水都流個不停的啦！」主持人對著鏡頭假裝舔口水，擺出一副欲罷不能的表情。「山豬，那現在就要去打嗎？」

「山豬已經在這邊啦。」鏡頭隨著村長一轉，就看見大石頭一樣的山豬僵硬地倒在地上，嘴邊到脖子底下的地面，都沾著乾掉的血跡。

「哇！」主持人發出讚嘆。「這麼大一頭山豬，是怎麼抓到的？」

「我走過去，山豬沒看到我，就不亂動，我就拿開山刀砍下去啦——」村長也配合主持人風格亂講起來。

士延越來越受不了主持人那種過度誇張的表演方式，還沒等到他們往神木走就先轉了台。電影台也沒什麼想看的電影，但再後頭的頻道可能只會剩一些更無聊的節目，他只好勉為其難地，在那種專播廉價片的電影台等到了稍微院線一點的殭屍電影——劇情他老早就知道了，一支私人傭兵不知道跑到實驗室裡面幹麼，結果被裡面的中央電腦惡整，放出了一堆殭屍來咬他們，然後大家就一個接一個被殭屍感染，只有女主角不是正常人所以不會死。此時再看，就覺得電影演的劇情，跟面前實際發生的一幕幕相比，實在是假到不行。但他也懶得轉台了。

◆

透過電腦螢幕，重國坐在自己的大椅子上，看著實驗室那頭，由他最信任的小組進行的蔣公銅像解剖。解析度高且能自由操控的攝影機，讓他可以隨時仔細觀察現場。之前，小組已經小心翼翼、像鋸開安全帽卻不傷及頭部那樣地把銅像外殼摘開，讓裡面的怪物本體露出來。就像翻模一樣，銅像裡就是一個肉身的蔣公，沾黏在銅像內側，即便死去還是花了點力道才分開。它現在看起來就像個暗青綠色的半透明人形，腳底延伸出眾多觸手，有點像爪子太多的章魚，或者是底下連根拔起、上端枝葉砍光的大樹。接下來，他們應該要送它去做斷層掃瞄了。

但他不能整天看他們解剖。他必須趕快弄清楚，好不容易討來的文件跟眼前的事情有多少關聯性。但就在此時，另一份他更焦急等待的報告從醫院送來了。一頁頁看下去，他臉上的表情一下疑惑、一下緊張，最後他陷入深思。

「走一步算一步吧。」他喃喃自語。接著，他又切換監視畫面，選擇了實驗恢復室。從天花板下望的恢復室內，士延正坐在床上，像是被電視催眠似地，盯著畫面動也不動。

◆

電視上的殭屍電影，只剩男女主角在孤軍奮戰了。此時，床邊的緊急電話忽然響起，嚇了他一大跳。他猶豫了一會兒，覺得聲響不會自己停下，便接了起來。

「士延嗎？抱歉讓你久等。」是昨天那個主任的聲音。

「不會，沒關係。」

「有睡好吧？」

「有，有。」

「都還好吧？有沒有需要什麼東西？」

「……應該也沒什麼，我原本是有想洗澡，但我等下回去再換就好了……」

「喔，這樣的話還是幫你準備一下好了，因為可能要請你再留一兩天。」

「咦？」

「是這樣的。昨天謝謝你幫我們釐清當天的情形。只是說，綜合我們的初步解剖和你的說法，我們認為，關於你和那個不明生物的接觸，還有很多要進一步了解的地方，因此想請你協助我們繼續研究。」

「你們是想研究——」此時電視上傳來慘叫，士延轉頭一看，連男主角也被殭屍咬到了。一種不安的聯想從心中浮現。

「那個……我是不是被那個東西……感染了？」

電話那頭傳來一陣大笑。「不是啦！不是啦。那東西沒有傳染的問題。你是不是以為會像電影那樣變成殭屍啊？還是你有被它咬到啊，哈哈……」

「沒有啦。」士延難為情地否認。「可是，我剛剛看新聞……」

「我知道你昨天有講到那個阿北，我們有注意到。不過我們已經確認過了，那只是巧合。他外省老兵嘛，因為那些學生跑去破壞銅像，他碰巧經過看到，氣到去跟那些學生拚命……可是他心臟不好，當場就病發過世了。跟我們這邊沒有關係，只是巧合而已。」

「可是一個老人要怎麼把兩個學生打到半死，還有凶器……」

「很多事新聞根本講不清楚，你看幾次也不會知道。我們是跟警方直接確認過的。」士延聽得出電話那頭收起了笑容。「總之，我們現在需要你配合的研究，跟殭屍沒有關聯。了解嗎？」

「了解。」

「那你應該可以吧？」

「呃……」

電話那頭彷彿「嘖」了一聲。「跟你說，你如果繼續協助我們的話，酬勞可以再增加。」

「真的嗎？」士延眼睛一亮。

「當然。之前嵐之怎麼跟你談的？」

「……我們還沒仔細談過。」

「是喔。」重國的聲音聽來有些不悅。「這都可以再談。我們明天會先跟你做一些採樣，按慣例……

上萬是一定有啦。」

「可是嵐之之前跟我說，我來講我知道的事至少就要給我一萬塊了。」

「喔。」重國聽起來愣了一下。「那也行。嗯……十萬，這樣應該可以吧？到我們採樣結束為止，然後在我們公開結果之前保密。」

這個數字讓士延心跳加速，甚至有點無法相信。十萬，他在之前那間公司要撐四五個月才有這麼多錢，現在什麼都不用做，只要他說一聲好就到手了，然後就多了好幾個月的時間可以找下一份工作，甚至在那之前還可以先偷懶一兩個月，想幹麼就幹麼。房租學貸那些也暫時不用煩惱了。握著話筒的他，此時充滿著遇上幸福的陶醉感。

「這個條件可以嗎？」電話那頭問。

士延回過神來，有點想不起剛剛說的條件一共有哪些，但他毫不猶豫。

「沒問題！」

「好，多謝。」重國聽起來鬆了口氣。「等下會有人送晚餐和衣服給你。拿到之後不要拖太晚吃，水的話過十二點就不要再喝了。明天早上八點半會有人來帶你。應該沒問題了吧？」

「應該沒有了。」

「結束之後就把酬勞給你。就先這樣吧。晚安。」

「等下——」士延忽然想起沒問這邊的 wifi 密碼，但電話已經掛斷了。他這時才注意到這個電話沒有數字鍵，只有一個大紅鈕而已。

◆

當殭屍電影的女主角帶著生死未卜的男主角逃出實驗室，走入廢棄的街頭時，士延聽見房門傳來「嗶」的一聲。他轉頭一看，一個腳穿膠鞋、掛著圍裙、戴著口罩防塵帽的婦人推開門走了進來；她把小推車上的垃圾拿出門外，接著又把一個飯盒、一瓶礦泉水和毛巾肥皂衣物擺上小推車。

「不好意思……」士延問，「請問你們這邊 wifi 密碼幾號？」

婦人怯生生地看著他，套著橡膠手套的兩手揮了揮，便低下頭轉身走出房門。

士延納悶地看著房門關上。他又被鎖在房間裡，依舊沒有網路，但至少有飯盒、換洗衣物和拖鞋。飯盒依舊是自助餐打來的菜色，只是說那堆衣物，除了免洗內衣褲外，還多了件綠色病袍。雖然上一頓飯還沒完全消化，但想到剛剛主任下的指令，他還是把飯盒拿到床邊，轉個台然後勉強吃了下去。

ii

嵐之踏著龜裂的水泥地四處遊蕩。她走在建物陰影下，外頭的光線有如國小暑假的下午令她懷念。這裡靜得像放學後的校舍，但向前幾步卻是來過一次的遊樂園。士延也在，還沒長大的他跟她爭論著什麼；小學同學也在，大家一起出來郊遊也很尋常。他們往前走，穿過拱門和小公園，走過小橋和底下陰森的池水，然後就到了蔣公銅像的台座前。士延跑去摸了一下蔣公的腳，銅像底下便鑽出一大堆蛇，順著台座像水流般瀉下地面，成群朝他們撲來。每個人都像會飛一樣地向後退，可是她退得不夠快；很快她就被蛇群包圍，讓她躺在盤根錯節但扭動吐信的濕滑樹根上。只能承受這感覺的她，忍不住叫出聲來。

一睜開眼，她看見盤坐在地上的學員們訝異地看著她。只有老師依舊平靜，她看著嵐之的神情，跟平常聆聽學員各種煩惱時一樣，溫和中帶點鼓勵暗示。「沒有關係的，這樣很好，」老師輕柔地對嵐之說。

「當你的冥想越來越集中，你感覺到的那種最棒的喜悅、強烈的美……確實會像是高潮一樣。」

雖然教室燈光昏暗，但嵐之仍感覺到在場學員紛紛臉紅了。她自己也是，但那是因為被誤解，而她又不可能在此時反駁。她只能和其他不知該看哪好的學員們一樣，裝沒事地回到冥想姿態。只是她很清楚，今晚的她只能假裝了。

課程結束後，嵐之避開所有人的眼神，率先走出教室，卻在走道上遇見了心靈空間的業務，上次把士延拉進來的那位美女。

「哈囉嵐之，下課啦？」她殷勤地問。

「對呀。」嵐之勉強微笑回答。

「今天感覺氣色不錯耶！對了，有件事想跟妳問一下……」

「嗯？」

「妳記不記得前幾天有一個來體驗的男生？就是突然跑走，妳後來有出去找他的那個。」

「喔我記得呀。」

「嗯……這樣問好像有點怪怪的，只是想說妳那時候會不會有跟他留聯絡方式？」

「不好意思，我沒想到要留耶……」嵐之其實很習慣說這種小謊。

「沒關係沒關係！」美女連忙揮手，「是我應該要留的，但那時候他跑好快，我都還來不及幫他留資料，現在只好碰運氣問看看了，真的不怪妳啦！不好意思。」

「不會啦，」嵐之只想趕快脫身，但她突然想到一個問題。「可是他反應這麼大，好像不太適合這堂課吧？」

「不會呀！」美女的笑容帶點狡猾，「這樣我們會更希望陪他一起成長呀。沒關係，我再想辦法聯絡看看好了，他之前也在我們集團上班，應該還有辦法查。抱歉嵐之，打擾妳回家了，趕快回去休息吧！」

「好，那晚安囉！」嵐之說完便往朝走道盡頭走去。

◆

在固定的回家路上，嵐之機械化的開車動作，讓她腦中浮出的思緒越來越多。不明生物的事情不管怎麼發展，重國都會處理的，他一向都有辦法。至於那生物造成的損害，她心想，過陣子也會復元吧，反正不管發生多大的事，都會有新的事情冒出來蓋過去，幾天後大家就忘了。也許到大家忘了的時候，或者重國他們把那生物研究清楚的時候，政府就會公開那隻生物的消息吧？他們應該也會想到辦法，讓公園那種意外別再發生。這些應該都可以解決。

但自己剛才那段夢一般的經驗是怎麼回事？嵐之努力往好的方面想——日有所思夜有所夢，這兩天聽了太多蔣公銅像的怪事，夢中出現蔣公也很正常，至於被追、還有蛇，心靈空間的老師都有說過，那些都是壓迫感的象徵，暗示心中有所想望但無法達成的缺憾。無法達成的事情的確是有，也不知道從何解決，自己和重國的事就是其中一件。現在這樣雖然沒出問題，而且在這種不景氣的時代，能跟著他在這種大公司待著已經很好了；只是這樣的日子能持續多久？

大概是這種未知的不安讓自己作怪夢吧，她試著這樣解釋。可是那其實不該稱為夢——當時老師是要大家全神貫注，專心在一個畫面、一種聲音、一種氣氛上，直到一切都消失，只剩下一種最強烈的感觸。而她就是在精神極度集中下看見那畫面，尤其如今證明蔣公銅像裡確實躲著怪物，她就越來越覺得那場夢是實際發生過的事了。唯一能幫她確認是夢還是真實的人，恐怕只有士延，因為當那生物抓住他時，他也看見一樣的畫面，而且他還提到自己看見妮妮，那個只有她知道名字、但不曉得下落的娃娃。

一進家門，她一邊卸下全身外裝，一邊撥起士延的手機。她抱著一絲希望，期待他口中的事實跟她看到的有所出入，越多越好。可是一陣寂靜過後，她只聽見電話裡無人回應的語音，連嘟一聲都沒有。她接著換上家居服，從包包抽出她的平板打開臉書；兩天前她就看到士延的交友邀請，當時並沒打算理他，幸好邀請還在，便點了下去。

她滑過士延動態上無數沒營養也沒人按讚的轉貼農場文，好不容易才確定他最新的貼文是哪篇。那依舊是一篇讚數 0 的農場文，但是貼出的時間日期，已經是昨晚她去找他之前的事了。從先前的貼文來看，士延用起臉書就像台沒人理也會不停運作的活人轉貼機，但不知為何從昨晚開始就當機當到現在。她心想，可能他真的累壞了，畢竟之前遇到那麼多事，又馬上被她帶去找重國，如果是重國那種工作狂的話，搞不好沒問到滿意還不讓他回去呢。

想到這，嵐之忍不住在搜尋欄裡鍵入了重國的代號。重國不算是臉書時代的人，動態往往停留在別人 tag 他的照片上，而此時在頂端的，是他太太貼的全家出遊照。看著一家人的笑容，她嘆了口氣，回到自己的首頁。有臉友轉貼了一則影片，在引文中憤怒地說那些沒工作的人到處找機會惹事生非；她點開一看，一群年紀不小的護蔣派駐守在市中心最醒目的蔣公銅像底下，還在四周拉起布條和帳篷，準備長期保衛銅像。同時，不少年輕人在這陣地外對他們大罵，說他們被殺人魔洗腦了都不知道，陣地裡的人也不甘示弱地罵他們漢奸、走狗。在他們身後，蔣公銅像帶著笑容站在高處，好像被底下這一整片互罵逗樂了似的。嵐之得跳出影片看看轉貼的人是誰，才知道轉貼者口中「沒在工作的人」到底是指哪一邊，但結果是誰對她來說已經不重要了。關於蔣公銅像，她所知道的事情、她想知道的事情，都遠在這種紛爭之外，但她知道的太少，此時也沒有人可以給她更多回答。
於是她失眠了。

i

深夜的軍營裡沒什麼聲音，只有外頭呼嘯而過的飆車聲偶爾打斷寂靜。二兵林志先在原地站了好久，動也不動。這不代表他特別盡忠職守，他只是怕自己動一下就被抓到。站哨除了不能亂動之外，還有一大堆守則、車號、口令、人名要記，此外還有好幾條學長附加的規矩，像是走下哨亭一定要先出右腳，還不能踏在前面的那條線上，不然連上就會出事。

阿先對這種解釋半信半疑，但他只能接受，因為上次他們同梯不知道誰犯了這條規矩，結果就連同上下三梯的一起被二三十個學長「拉正」到快飛起來。後來私下問同梯也沒人承認，搞不好根本沒人犯錯，但也沒人敢保證就是這樣。所以即便周遭一個人也沒有，阿先還是寧願假設有個學長就在暗處看著他，等他出錯來釘一釘。

寢室那頭好像傳來些許喧鬧聲，可能又是誰被拉正了吧，反正這次躲過了。他轉移注意力，望著眼前熄燈的整片營區，還有不遠處那尊蔣公銅像。蔣公銅像也有規矩——他記得大他一梯的學長很認真地告訴他，不管要往哪邊走，只要從銅像底下經過，就要從台座的右手邊走過去。「不然會怎樣？」當時一個學弟真的問了。包括阿先在內，所有人都用一種大禍臨頭的鄙視眼神望著他，而這問題到最後當然也沒有答案。

白目喔，那一點都不重要。他心想，上次出左腳下哨亭的大概就是這個天兵，一看就一副左右不分的樣子。重點在於，反正想逃也逃不掉，那規矩叫你不要踩你就不要踩，撐到退伍閃人，不就沒事了？只是說，時間過得還真有夠慢，連下一次放假感覺都遙遙無期，更不用說退伍了，算起來只會心酸。

但至少下哨的時間快到了，這班哨沒遇到什麼麻煩事，就準備平安度過了。現在就等人來跟他換班，他記得下一個就是那個左右不分的學弟，這讓他忍不住擔心起來。

這時，有個人影從遠處靠近，從左側繞過了蔣公銅像朝他走來。阿先惱火地盯著這人，心中指望沒有別人恰巧看到這一幕。但當那人靠近時，他反而更慌了。那是連上一個超會玩兵的大學長，平常他們這些菜鳥真的是能避則避，但現在大學長就這麼搖搖擺擺地走到哨亭前。阿先看到他還穿著就寢的內衣跟短褲。

「那個……你啊，」學長含糊地開口。

阿先腦中一片空白，不知道是該問口令，還是要大聲喊學長好。

「下來一下。」學長皮笑肉不笑地望著阿先說。阿先只能定在原地望著學長，跟之前一樣動也不動。

「哎喲，不要那麼緊張啦，我明天就退了，幹麼找你麻煩。」他向前一步抓住阿先的迷彩服把他往哨亭外拉，阿先有點失去平衡，只好勉為其難地跨出一步。

「啊你怎麼下左腳？」學長忽然臉色一變。阿先這時才發覺不妙，但已經來不及縮回去了。

「開你玩笑啦。」學長笑開了。「哎喲，你們這些大專生，真的是……」學長乾脆直接坐在哨亭外，這時阿先聞到一陣酒味飄上來。「左腳、右腳哪有什麼差別？等你老了根本沒人在管啦。」但他突然稍稍收起笑容，「但你們菜的時候還是要認分一點，叫你出右腳就右腳，等到你老了，學弟也教會了，就隨便你哪隻腳了……好好做，撐過去就是你的。懂嗎？」

「是！」阿先終於聽到問句，馬上反射地回答。

「不用『是』啦，齁……」學長已經笑到停不下來了。「大家來這邊都是不得已的，你們比較會唸書，我們以後才要拜託你們多關照咧……」

阿先觀察著這個平常他不敢直視的學長，才發現他看起來比自己年紀小很多，雖然講話一股老油條味，但那張臉怎麼看也才二十出頭而已。的確，像他自己這種二十七八歲研究所唸完才來當兵的，下部隊之後根本就是少數中的少數。連那些連長，看起來一臉臭老的，搞不好也跟自己年紀差不多。他便鼓起勇氣問：

「學長，我可以問一件事嗎？」

「你好客氣喔。幹麼？」

「那個蔣公銅像走右邊是……真的有過什麼事嗎？」

「那個喔……我也是聽以前學長講的。以前的學長真的是……喔！跟鬼一樣！我們那個時候才叫地獄好不好！現在真的還好啦，還把你們當作人……」學長勉強把話題拉回來，「我聽我學長說，以前蔣公銅像那邊出過事。不知道是幾梯的，退伍前一天晚上玩很大，還跑去玩那個蔣公銅像，然後就在蔣公的左手邊那邊掛了，所以後來就說，不可以從蔣公左手邊過去，不然會在那邊被大大大學長拉正。」

「真的有這種事喔……那他是怎麼……掛的？」阿先忍不住問。

「我哪知道，我又沒看過。我學長這樣跟我講，我就這樣跟你講啊！」學長抱怨。「剛剛不是才說叫你認分一點……啊你就不要從左邊繞過去不就好了，問那麼多。」

深怕讓學長不爽的阿先連忙把問題吞回去。

「明天就要走啦！有夠賽的地方。」學長勉強起身，「記得啦，認分一點。不要什麼都問。」他歪歪斜斜地盯著阿先，「我問你喔……你今天晚上站哨是不是有遇到我？」

「報告沒有。」阿先回答。

「很好！新進弟兄不錯！」學長用力拍了阿先一把，「最後再給它視察一下。」說完他便轉身準備離去。

「報告學長……」

「幹麼？」

「恭喜你退伍。」

「幹。」學長隨便揮了揮手，歪歪倒倒地走遠。

阿先鬆了口氣。還好沒人看到學長他就自己走了，要是剛剛有誰來巡，那保證大家明天都會很慘，而且，那時候學長已經在營區外面逍遙了。光想到這種可能性，他就覺得很不爽。學長最後流露那一點親切並沒有讓阿先覺得比較舒服，自己本來就不該在這種鬼地方，也就根本不會和他這種人有什麼來往，什麼以後多關照，這種連到最後都還要挖洞給人跳的人，能的話以後根本不想再碰到。

阿先看著學長越走越遠，走回蔣公銅像底下，然後又從台座左手邊繞過去。不知道他是想吐還是怎樣，忽然他就在台座邊不走了，整個人還立在那邊扭來扭去的，暗暗的看不太清楚，但就是不離開。阿先懶得管他。學長自己說的，他今晚沒有來過哨亭，那自己站哨當然也就什麼都沒看到。只是不知道是被學長的故事影響還是怎樣，他總覺得漆黑中的蔣公銅像，好像也跟著學長的身影一起抽動著。

ii

一首輕柔的古典樂逐漸混入士延的夢中，直到他在樂聲中醒來，忘記自己剛剛夢到什麼。這時他才注意到天花板有擴音器，整棟樓應該都響著一樣的樂章。以前活旺健康集團早上也是放古典樂，企圖讓員工在美好的氣氛中開始上班，但他早上只要聽到古典樂就會想到接下來令他鬱悶的工作。現在不用上班，之後還可以現領十萬塊，音樂聽起來就沒那麼難受了，甚至還有點好聽。古典音樂本來就很好聽啊，他忍不住苦笑。

起身後他感覺喉嚨乾乾的，正要去拿水罐，想起昨天那個主任的吩咐，只好忍了下來。雖然從昨晚就沒喝水，但尿意還是有的，可是當他正要打開廁所門時，房門開了，一個穿戴白袍和口罩的人連忙對著他喊：「欸欸欸你先不要尿啊！昨天沒跟你說早上要驗尿嗎？」

士延愣在原地搖搖頭。

「真是的。還好有趕上。現在就去驗尿，你再忍一下，應該可以吧？」那人問。

「還……可以。」

「那你把衣服穿好跟我來。」

◆

士延穿著拖鞋、免洗內衣褲和綠色病袍，下腹不太舒適地跟在那人身後。雖然還是沒看到窗戶，但這時候的空氣感覺比較清新，好像就有白天的感覺。走廊上也多了些人，都穿戴著跟那人一樣的白袍和口罩，一雙眼打量著他，隨即擦身而過。

士延覺得這裡有點像大醫院，只是除了他以外都是醫生。他有偷瞄那些碰巧打開的門，但也只看到一些不知道是什麼的機械；活旺健康集團員工訓練時，他好像在公司簡介影片裡看過類似的東西，但他小主管當場就講了，那些看過就可以忘了，重點是把健康活力歌和董事長嘉言背熟，之後可能會突襲抽考。

背那種東西要幹麼？他始終不敢問，但也已經不重要了，接下來只要給人家檢查檢查，就有錢可以拿了。光想到這，連膀胱都輕鬆起來，讓他得以跟著那人走過一段記不起來的長路，來到一間有診療床和醫療器材的房間，裡面有兩個一樣穿著的人在等著。

「用這個把尿接進去，」其中一個人遞給他一個紙漏斗和小瓶，比了右邊的小門，「廁所在這邊。」

◆

士延放空了腦袋，一個口令一個動作地，讓那些人在他的鼻子嘴巴耳洞到處挖來挖去。那些人叫他去哪間房間、叫他盯著哪台機器的強光、叫他坐下躺平站直，或者聽到聲音就舉手，他全都照做。那人在他頭上把一堆小貼片貼上又撕下，把某個儀器在他肚子上按來按去，他也都任由對方擺布，只有針頭刺進他手臂時本能地抖了一下。

他被關進那種好像有X光機的小房間，還被塞進一台他從沒看過的巨大機器裡；他們把他固定在一個可以送進機器的小窄床上，然後機器就慢慢把他吞進一個比他大不了多少的洞裡。外面的人叫他不要亂動，但這種感覺實在太令人焦慮了，他腦中只想著要拚了命往外逃，心裡的不安彷彿要爆發到機器外面，甚至房間外面。

就在那一刻，他忽然聽見某種聲音。不是機器發出來，而是從他身體發出來的，但他並沒有開口。那就好像有人在他身體裡用聽不清楚的聲音叫他一樣——偶爾他睡覺時就會發生這種事，在半夢半醒時，那些從睡著前就迷迷糊糊想著的字句中，忽然冒出不知道誰喊的「喂！」一聲，把他一口氣嚇醒，讓他對著房間疑神疑鬼而難以入眠。此刻他明明很清醒，不知為何會聽見那樣的聲音。但這一嚇反而讓他冷靜下來，塞在機器裡也沒那麼不安了。

離開機器後，那幾個人又把士延扶下窄床。此時他感覺剛剛那聲音並沒有消失，不只在他身體裡，好像還在牆壁過去那頭微弱地呼應。

「不好意思，請問……」這是今早開始檢查以來，士延第一次問對方問題。

「什麼事？」口罩上面的一雙眼睛盯著他。

「請問一下隔壁是什麼地方？」

「隔壁？」那人提高了音量，但眼神有些猶疑。「沒什麼特別的啊。你又沒有要去那邊。」

士延從房間走過來時只想著跟上對方，也沒往旁邊多看幾眼。檢查完離開時，他便往剛剛聽見聲音的那頭看了看。他注意到那裡有扇不一樣的大門，一對門板看起來特別堅固厚重，上頭一道黃黑交替的顯眼色條一口氣橫跨了門兩側，還在左右門上各畫了一個像是圓圈串在一起的血紅色符號。

iii

嵐之感覺不太對勁。雖然說蔣公銅像裡有生物已經很不對勁了，但她感覺到的是那之外的不對勁。

太早醒來的她難得地打開網路直播新聞，卻聽到昨晚四處都不平靜——有阿兵哥在退伍前一天死在營區的蔣公銅像旁，國防部卻對死因支吾其詞；在市中心銅像底下守夜的護蔣派民眾，和去蔣派發生零星衝突；少部分去蔣派改變戰術，大白天跑到收留拆遷銅像的紀念公園，用漆彈對成群的蔣公銅像掃射一陣後火速逃離；還有人在網路上踢爆中正公園底下根本沒有石化管線，善後的市政府又藏著蔣公銅像不給人看，證明了這就是針對拆除銅像的恐怖攻擊；偏偏之前被老榮民攻擊的兩個潑漆大學生裡，有一人在此時傷重不治了。

她已經知道人們現在繞著轉的都是假消息，但那些怒氣卻是貨真價實的，隨時有可能在激烈的政治對立上一口氣燒起來，甚至爆炸。公布不明生物的資訊會不會比較好？她不知道。她只知道這件事她得要好好保密，然而，事情本身好像也開始對她保密了。

她能理解。重國當然得優先查出不明生物的底細，但他為此延後暫緩的工作之多，簡直像是那生物即將危害全人類似的。不是說那生物死了不會傳染疾病嗎？可是從重國撥電話的頻率、從辦公間傳來他模糊講話聲的頻率、從他在裡面來回踱步的頻率、還有他底下那些研究員進出重國辦公間的頻率……她感覺得到事情沒那麼簡單，而且有很大一塊是重國不想讓她知道的。

另外還有她自己的事——嵐之正要開始思索那件事時，一名穿著防護衣的人突然衝進辦公室，嵐之認出那是重國最信任的一個研究員，但眼前這一塊是她的範圍。她立刻起身攔住他，「你怎麼可以穿這件到這邊來？有規定不能這樣吧？」

那人還來不及回話，重國辦公間的門就開了，「你剛剛說怎麼樣了？進來仔細講。」隨即開著門往回走。嵐之只能眼睜睜看著那人繞過她走進辦公室，把門帶上時也沒跟她示意一下。然後她就沒辦法繼續想她自己的事了，這才真正讓她惱火。

「果然。」重國看了那人帶來的圖片說。

「主任本來就預料會這樣？」

重國嘖了一聲。「……不完全。他現在怎樣？」

「基本檢查都做完了，我就讓他『回監』了。」那人講完自己都忍不住笑。

「好，反正他暫時也不會想走，我明天跟他談。記得，今天這件事先不要說出去。」重國直直盯著那人，確定他有聽到每個字。「銅像那邊加快進行，有什麼新進度隨時告訴我。」

那人點個頭走出辦公室。重國立刻拿起電話筒。

◆

當嵐之開始一些下班前的慣常儀式時，重國從自己的辦公間走了出來，好像想跟她說什麼，但就在那時，她聽見他褲子口袋傳出他太太的來電鈴聲。重國接起手機，跟太太道歉說今晚要加班，可能沒辦法回去吃飯了，但明天一定會在家陪她和小孩，嵐之便刻意地在這時伸了個懶腰，發出一陣嬌嗔般的聲音。重國幾乎是驚恐地快速走回辦公間，小心翼翼地關上了門。

不一會兒，重國走了出來，而嵐之正等著他。

「我們之前不是講好了嗎？」他不高興地問。

「上班時間旁邊有同事的聲音，有什麼不對的嗎？」她故意問。

「我說過她特別記得妳的……」重國一時語塞。「算了。那個，這幾天因為比較緊急，如果阿忠他們直接來跟我報告的話，就讓他們進來。」

「知道了。」嵐之冷淡地說，並開始收起自己的包包。

重國看著她沉默了片刻。「……妳還好吧？」他終於忍不住問。

嵐之抬起頭望著他。「我知道我不應該管這件事，可是，那個蔣公銅像的事情……是不是比想像中嚴重？」

「沒有啊！」重國的口吻有種與當下違和的爽朗，「最近就是在加緊進度而已，因為現在外面壓力越來越大了，妳應該有在看新聞吧？兩邊為了蔣公銅像都上街頭打起來了，這件事得要快點給上頭資料，他們才有時間想要怎麼樣比較好。就這樣，沒什麼嚴重的。」

嵐之如今越來越確定他沒有說實話，但她並不打算跟他翻臉。她有一個想法正在醞釀，而在確定要做之前，她想再給他一次機會。

「抱歉，可能是我想太多了……」她這麼說。「最近這些事情弄得我也整個人神經神經的。真的不知道這樣下去，之後我們會怎樣？」

「不會怎樣啦。我們做我們該做的，之後讓別人去煩惱就好了。妳早點回去吧，我來處理就好。別想太多。」

嵐之聽到了想聽到的答案，便擠出微笑，起身往重國身上靠了過去。重國滿意地低下頭，兩人的嘴輕輕碰了一下。

「週末好好休息。」重國說。

「你也是。」嵐之說完，轉身準備離開。重國便快步走回辦公間。

聽到重國那樣回答，嵐之便下定決心要嘗試做一件事，而且明天就有機會做。車內響起了無新意的流行情歌，她便切換到交通頻道，聽新聞說市中心的蔣公銅像周圍有越來越多群眾聚集、中正分局開始加派警力，朝野政黨紛紛表達聲援譴責云云。她把那當成背景音樂，踩下油門讓高架道路的燈光加速飛逝。

iv

士延終於吃到了比較像樣的一餐飯盒，而且下午那人還跟他說，檢查都已經做好了，現在就等主任確認，之後應該就可以離開了。雖然主任後來就沒跟他聯絡讓他有點不安，但他還是盡量往好的一面想，可能主任又要忙到很晚，反正他一來，自己就準備拿錢回家，然後裝做什麼都沒發生就好了。

只是說，依舊沒有人來告訴他這裡的 wifi 密碼，所以他還是只能坐在床上看電視。新聞過後，先是政論節目中兩黨各自責怪對方煽動群眾撕裂族群，他只好亂轉一圈，等閒扯性節目開播。這種閒扯性節目總會讓士延處在一種介於有看電視和沒看電視之間的狀態，明明每個咬字和神情都是又清楚又激動，但一整集看下來，卻又好像什麼都沒看到一樣，只留下一些糊糊的印象，就跟他記得的大部分事情一樣。今晚節目的那幾個來賓毫不意外地扯起蔣公銅像，但因為自己前天目睹了一切，士延反而覺得今天這集的鬼扯空前地接近真相；他們大談因地球磁場而改變位置的銅像、流下淚水的石像、長出怪異增生物質的詛咒人像、在滅絕民族的召喚下走到定位的邪教神像——這些他幾乎都親眼看到了。相比之下，這兩天的新聞、政論、陰謀論和專業分析，反而全都是在編故事而已。

算了，士延心想，反正接下來不管真相要不要公開，都不關自己的事。閒扯性節目結束已接近深夜，他開始呵欠連連，便關電視關燈躺平睡覺。但當周圍安靜下來後，他偏偏想起了白天在機器裡聽到的呼喚，而且聲音還更清楚了。那種好像除了他以外還有誰在這空間的感覺，令他想起幾天前在家第一次看到蔣公銅像新聞，那個一看就再也睡不著的深夜。這時在黑暗中，他才察覺到自己這兩天其實是被困在一個完全不熟悉、門也打不開，不知道裡頭曾經有過什麼的房間，先前的恐懼感一下又浮上來，而他沒有任何手段可以抵抗。

於是他又打開了電視。他轉到最不可能有驚悚節目的電競體育台，在各種槍響、賽車引擎聲和外星昆蟲怪的吼叫中勉強入睡。

每當入夜，來自平地的空汙就會逐漸進入這山區盆地徘徊不去，而阿良總會比周圍的人先呼吸不順。這種體質讓他從小到大常常維持著生病在家的狀態，唯一能算是補償的，恐怕就只有在這間小學校當替代役吧，比那些被分到部隊裡的人要輕鬆多了。

而且他也滿慶幸自己被分到這間小學校。這裡雖然說是山區，其實也沒有遠到很難下山，放假想去哪都還是去得了。學校的學生不多，有什麼事老師都處理掉了，不會有什麼太誇張的落到他頭上。因此他的主要功用只剩夜間校園警衛——可是這裡晚上也不會有人來，他的役期就是一夜夜巡著空蕩的小校園，把手電筒到處照來照去，除了偶爾有狗以外，根本看不到什麼會動的東西。雖然無聊到浪費時間，但真的就是悠哉。硬要說哪裡比較可惜的話，就是空氣品質沒有比平地好多少，他原本以為來這裡可以呼吸新鮮空氣，但還是只能忍耐下去了。

還沒到半夜規定巡視的時間，他便待在校門旁的警衛室裡，坐在對著窗口的桌前玩起手機遊戲。只有飆過校門的引擎聲偶爾會壓過層層相疊的戰鬥音效，但他也不會為此分神。那些人的目的地只會是山上的觀光區或山下的都會區，別說在校門口停下來，連減速通過都不會。一陣呼嘯後，四周又恢復原本的寧靜。而在手機螢幕上，輔助他的小兵已經全部進到他的施法範圍，現在只要一放，所有小兵就會瞬間升級成二檔，接著就是大舉進攻了。

就在這時，校園裡忽然傳來一聲古怪巨響，像是什麼重物用力撞在地上一樣，嚇得他手機都摔到地上。他緊張地望向窗外，但在明亮的室內，外頭只是一片模糊的黑。他凝住神仔細聽，沒有再聽到聲響。他直覺認為，應該是校舍的什麼東西掉下來了，畢竟這學校該修但沒錢修的地方也不少，之前就聽總務主任跟校長在抱怨這件事了。他心中一有底，就連忙撿起手機回到戰局，但沒下指令的全軍已經在原地被殲滅了。他邊罵邊收起手機，拿起手電筒就往聲響的方向走。

剛剛的聲響像是從操場那側發出來的。他邊走邊納悶，那邊沒什麼建築啊，只有那尊蔣公銅像——等等，不會是最近很流行的砍蔣公銅像吧？阿良對蔣介石從來沒有好感，他知道他推行獨裁統治、殺了無數台灣人，也覺得拆銅像是天經地義；但在這一刻，他只怕校園裡的蔣公萬一受損，自己平順爽快的日子就要結束了，因而加快腳步衝過操場，希望能阻止銅像受損，甚至直接逮到破壞者。

離銅像還一段距離，阿良就先舉起手電筒對著那頭照啊照，希望能嚇阻破壞銅像的人，可是越照越覺得不對勁。就算燈光隨著他跑步晃來晃去，但怎麼照了半天都照不到銅像？等到他跑到台座旁才大吃一驚——原本該有銅像的地方已經空了，只剩一個裂成兩半的台座。阿良心想不妙，這已經不是破壞銅像而已，而是整座銅像被偷走，不是毀損而是失竊——這下就真的麻煩了。

他慌張懊惱地照著台座四周，想看出竊賊去哪了。從地上的痕跡看來，銅像被拉倒撞在地上之後，就一路被往圍牆那邊拖；他順著痕跡往牆邊走，看到原本就已經失修的矮牆塌了一大塊，但再過去就是一整片漆黑的樹林。

阿良無可奈何地回頭，拿出手機，邊走邊撥給村裡的派出所。

「復興派出所。」一個渙散的聲音接起電話。

分派到這裡以來，阿良都還沒想過自己身為替代役校警該怎麼跟真的警察說話，一時結巴了起來。

「長……長官好，那個，我是復興國小的校警……替代役，我們學校的蔣公銅像被偷了。」

「你說哪邊的銅線被偷了？」

「不是，是銅像，蔣公銅像。」

「銅……像？」那個聲音彷彿醒了過來。「等我一下。」阿良隨即聽見翻找東西的聲音，然後那聲音又湊到了話筒邊。「你說你那邊是復興國小喔，然後學校裡面的蔣公銅像被人偷走了？」

「是。」

「什麼時候發現的？」

「剛剛發生的。」

「好我們會派人——」那聲音還沒講完，阿良就聽見話筒那頭傳來刺耳的喀啦巨響，好像是話筒不小心掉到地上。可是那之後卻沒人再把電話接起來，只有遠處有人跑動的模糊聲音，然後一切漸漸安靜下來。

阿良納悶地喊了好幾聲「喂」，忽然覺得一陣毛骨悚然，連忙用發著抖的手指按掉通話。一瞬間漆黑的校舍、司令台和牆外陰森森的樹林彷彿都朝他逼近，他只能拚了命往唯一的光明處，也就是校門的警衛室逃，可是到了那裡依舊只有他一個人。他管不了那麼多就衝出校門，繼續沿著路燈往村子那邊跑；他只想趕快遇到醒著的人，跟他一起去看看派出所到底怎麼了。

馬路繞過學校圍牆後的樹林通往村子。每一間屋子都熄燈了，當他接近時有些狗在叫，讓早就喘不過氣的他終於敢放慢腳步。然而，狗叫到他覺得住戶都該吵醒了，但卻沒有一扇窗亮起燈，依舊只有派出所在遠處發著光。他只好硬著頭皮往那走，直到派出所盾狀的發光招牌已在不遠處，而蔣公銅像就立在那下頭。

阿良鬆了口氣，想說剛剛大概是派出所警員正好看到竊賊，電話還來不及掛就衝出去抓人，沒想到這麼快就把銅像找回來了，這樣的話他應該還有機會平安當完替代役。他如釋重負地走向銅像，想在跟員警道謝前順便看看銅像有沒有損傷，但這時銅像突然左右搖擺起來，把阿良嚇得倒退好幾步。銅像並沒有繼續向他靠近，反而是頭對著阿良向後倒退，沿著往山下的路緩緩離開他的視線。

發著抖目送銅像遠去的阿良，聽見住家那頭傳來小孩的尖叫聲。這種白天校園裡太熟悉的聲音反而讓他鎮定下來，令他想起這時候該做什麼。他鼓起勇氣，向尖叫聲跑去。

◆

天色逐漸白了。一線三星警員54××像一尊石像般，立在一團雜亂無章的噪音場中央。背後那些罵人走狗的中老年人，似乎誤把警察當成了自己人，在那邊自以為親切地喊著學弟學妹，甚至還想指揮他們行動。至於面前那些罵人賣台、通敵的年輕人，則是把警察一併當成了抗議對象，當著他的面，說他和他的同僚以及蔣公銅像一樣，都是台灣擺脫不了的遺毒。

但54××根本懶得多想。他覺得自己不過就是一道牆，哪邊有衝突就擋在哪邊；你要對這道牆吐口水還是獻花都沒差，爬上來你就知道厲害了，就這麼簡單。因為如此簡單，他就有辦法在工作中進入一種待機狀態；表面上看起來像是在打瞌睡，但只要有一個不尋常，或者一個指令下來，他就會立刻恢復動力，做他分內該做的事。

但他也真的是忍不住想打盹了。南部那個蔣公銅像爆炸之後，就有越來越多人跑來市中心這尊銅像底下搭帳篷守夜，但他們沒有收到要把這些人趕走的命令。接著這些人就被另一批人逐漸包圍了——起先只是偶爾幾個人路過罵一罵，後來隨著銅像周圍的帳篷增加，對面徘徊逗留的人也越來越多，有些還駐紮下來，直到包圍的人數簡直要跟銅像周圍不相上下了。所以他和他的同僚就奉命築起這道人牆，把這兩群人隔了開來，卻無法分離雙方的口水和廣播戰，各種愛國、愛台、競選的主題曲此起彼落，混成一團難分難解的噪音，轟炸著現場所有人，讓每個人的精神一邊接近疲憊谷底，一邊瀕臨爆炸邊緣。

經驗老到的54╳╳，把自己的待機調整到一種更接近休眠的狀態，幾乎已經是站著在睡覺了。這是節省有限精力的唯一方法，把自己變成只剩聽命和機械動作兩個部分。這也讓噪音變得朦朦朧朧，而他並沒有察覺另一道指令早就趁機偷偷滲透進來。

警察人牆內外有兩個人正好隔著54╳╳對上了眼，各種難堪到極點的對罵便同時衝進54╳╳的耳朵，強迫他清醒過來。他惱怒地想，該是發威一下叫這些人不要太過分的時候了，便睜開眼睛準備用兩倍的聲音罵到他們住口。但他一睜大眼，便發現面前並不是他以為的抗議青年，而是一尊猙獰的蔣公銅像，正對他張開血盆大口，發出野獸般的吼聲。驚愕中他立刻抽出警棍，全力往銅像光溜溜的頭上一敲；面前的銅像被他打倒在地，但背後卻傳來尖銳咆哮，他本能地轉過身又一擊，瞬間第二尊銅像也在地上扭動著。他環顧四周準備和其他同僚一起迎擊，卻發現所有人都傻在原地看著他。這時他才聽見地上傳來哭喊聲，在他左右邊各有一名民眾倒地，正用沾滿血的雙手抱頭扭動著。

接下來54╳╳能清清楚楚聽到的，就只有現場所有民眾都在喊的一句話——「警察打人啦！」但因為那不算命令，所以他一下子慌了，不知道該執行什麼。

ii

手機鬧鐘響起，嵐之便壓下自己的睡意起身，簡單打理後就開車前往公司。路上沒有平日的車潮，這時候很多人應該還在睡覺，不然就是提早出門踏青了吧。今天她打從心底希望重國一家人順利出門，玩得開開心心。她在車上放起熟悉的專輯，試圖讓緊繃的自己更接近平常上班的氣息。她心想，不管等下遇到誰，我就說我是來加班的。

但如果問的人是重國怎麼辦？她駛進停車場時，開始思考最壞最壞的可能——重國為了不明生物，寧願對太太小孩說話不算話也要跑來公司加班，而他非常清楚，嵐之哪有什麼事得要週末來辦公室做。停車場是有一些車，大概是那些一聲令下就得全速完成解剖調查的研究員。她擔心的只有重國的車位，盤算好如果車位上有車就立刻掉頭回家；但她隔著好幾根柱子望過去，車位是空的沒錯。她便停進自己的車位，聽了聽四周沒有車聲，才開門往電梯走去。

◆

阿忠和其他研究員馬不停蹄地研究不明生物遺體，切開所有結構、收集各種液態、固態樣本，分析其中成分。為保密而徹底精簡人力的結果，就是這兩天每個人都只輪流睡了一下下，但沒人有怨言。因為他們眼前的生物是前所未見的，不管找到什麼，他們都是全世界第一批發現的人。雖然主任辦公室時時刻刻都在盯著自己的一舉一動，但沒人在乎。這時候做不好是對不起身為科學人的自己，誰會管有沒有長官在看。

一切都順利進行，除了昨天發生的一件小事。昨天接近傍晚時，生物的主幹部分不知為何像觸電的蛙腿般抽了一下，嚇了大家一跳。事後他們並沒有找到異常漏電或其他狀況，可能生物內有什麼尚未發現的特殊構造，不小心在切割時被觸動了。後來也沒再發生相同的情形，他們就先記錄下這件事，留待日後分析。

今天早上，他們準備要來處理生物的頭部。說是頭部也不太正確，因為那生物並沒有對應於動物的頭，所謂的「頭部」，只是身體填充在蔣公銅像頭部內側的組織而已。然而那組織卻翻模出一顆肉做的蔣公頭像，甚至看得到五官和招牌笑容。也因此，研究人員還是稍微忌諱地，把這區塊的處理留到最後。研究員們圍著蔣公的頭部，對著那維妙維肖的頭像嘖嘖稱奇。阿忠示意要大家退開一些，然後就拿起解剖工具，小心翼翼地在蔣公的脖子劃下第一刀。

◆

士延跟著隊伍走過穿堂，在他們班的升旗位置上站好。為什麼我還得回來念一次國小，才能回去過原本的生活啊，他心裡納悶著。忽然所有人都立正站好頭朝前，他也跟著往司令台看，看到蔣公銅像站在台上，眨起眼睛，然後對所有人咧開嘴笑。瞬時所有人開始往四方逃竄，老師卻都變成了蔣公銅像在背後追趕。他和嵐之被其中一尊追到了校外教學會去的那種破舊小遊樂園，雖然他一直面對著銅像向後彈跳，但銅像卻是越長越高，步伐也越來越大，直到他被嵐之丟下的娃娃壓住了手腳，而蔣公的笑臉已經逼近到他面前，對著他張開大口。

當士延心跳加速醒來時，他張眼看到的又讓他心跳再加快一倍——在電視螢幕的亮光前，有個人影站在他床邊，而他很確定這已經不是夢了。那人也沒望著他，就僵硬地站在原地，面朝牆壁。士延鼓起全身上下的勇氣，慢慢地、慢慢地摸到床邊的電燈開關，然後打開。那一瞬間，那人像是觸電般抽搐了一下，然後就全速往外衝，腳步聲在走廊上越響越遠。雖然只有一瞬間，但士延看出那人和之前送飯的人穿得一模一樣，好像還是同一個人。

電視上重播的電競槍戰仍在答答答地響著。士延連忙按下遙控器，確定外面沒有聲音後才小心翼翼地下床，緩緩沿牆邊探出頭。門還是開著的。他想了一下，決定先繞過床鋪，蹲進床和牆壁之間的小空間，手向上一搆，把緊急通話話筒拿到耳邊。拉長音的嘟聲響了好幾回，卻始終沒有人接起。他只好緩緩起身，快速轉身把話筒掛回去，然後邊盯著門口，朝那邊慢慢移動過去。

走廊上一個人也沒有。剛剛的腳步聲似乎是消失在陰暗的那一頭，另一頭雖然也差不多沒什麼燈光，但感覺起來就沒那麼恐怖。士延便滿懷著不安，貼著牆壁、不時回頭地往那一邊走去。

◆

雖然想好了各種應答的可能，但嵐之一路走到辦公室門口都沒遇見人。進辦公室轉身鎖好門後，她就已經有種大功告成的喜悅。接著她在漆黑中打開重國辦公間的門，等門自動鎖上後才敢開燈。

之前重國外出時偶爾會吩咐她開電腦幫他處理點雜事，所以那些密碼登入並不成問題。她甚至打開了監視系統——讓這台電腦可以像大樓的總管理室一樣，看見每台監視器的畫面。不過嵐之要的只是外面走廊的畫面。只要畫面沒動靜，她就可以放心在重國的電腦上找她要的資料。她只是想知道而已，沒有別的意圖。她只是不想一個人被蒙在鼓裡而已。

雖然從不明生物事件以來，重國都沒讓她碰電腦，但嵐之清楚他記錄資料的習慣，從他先前上傳下載的位置也可以看出一些端倪。她找到了和這次事件相關的資料夾「ＣＫＳ」，發現裡頭有許多不熟悉的英文文件；當她試著打開時，卻發現文件本身另有密碼。她輸入重國習慣的密碼，卻顯示為錯誤。她沮喪地關掉文件，才發現最底下有一個中文標題檔案，寫著「CKS接觸01檢驗」。

她好奇地點進去看，卻驚訝地在檔案第一行就看到士延的名字，以及和她一樣的出生年分。這種檢驗報告對她而言並不好讀，但她可以確定，士延並不是被重國問完話就回去了，他顯然還在這邊做了整套檢查，比之前這邊進行過的人體實驗都要完整。她瞬間恐慌起來：難道士延是被什麼感染了嗎？那自己會不會也被感染了？但她接著又想，如果真有什麼感染，重國絕對不是像現在這樣處理的。

正當她疑惑時，她突然看見監視畫面上，有人正沿著走廊快速向辦公室跑來。瞬間她嚇得全身停止，但那個人只是衝過辦公室門口，又繼續向另一頭跑去。嵐之不太熟悉監視系統的切換，花了一番力氣才追上那人，發現那人不知怎麼地，整個人縮在走廊盡頭的一張桌子底下，兩隻套著橡膠雨鞋的腳還在外面抖著。

嵐之感覺不太妙，便從包包拿出隨身碟下載了士延的檔案，同時把監視系統切換成同時顯示多格的模式。大部分的畫面是靜止的，但這反而很不對勁——連總管理室裡面都是靜止的，警衛不知道都去哪了。最高層級實驗室裡也不對勁，手術台旁工具散落一地，有些貴重儀器還倒在地上；角落的鏡頭裡，有好幾個人面朝內擠在桌底下，拚了命想往裡躲。她想看清楚怎麼回事，把畫面放大，忽然畫面好像被什麼蓋住一樣，變成漆黑一團。

嵐之嚇得連忙把畫面切掉。這時，她又注意到另一個畫面也有動靜：同樣在實驗室那頭，一個穿著內衣褲的人，好像正躲著什麼似地，在走廊上左顧右盼地走著，當他更靠近鏡頭時，嵐之便認出那是士延。可是他繼續往那邊走下去的話，就會抵達最高層級實驗室了。

嵐之抓著頭髮焦慮地看著螢幕，思考接下來該怎麼辦，忽然想到重國抽屜裡有個東西可以用。她連忙拉開抽屜，從一堆雜物和文件底下抽出一張門禁卡；全大樓只有兩張卡片能通行所有門禁，除了重國絕不離身的正卡以外，就是這張備用卡。接著，她把隨身碟拔出電腦後關機，包包一背，便急忙往總管理室前進。

◆

士延走了半天都沒遇到一個人，更無法從路標中看出各個地方的差異，但打從出房門開始，他不知為何就有了一種直覺，讓他在每個岔路口明顯感覺到往哪邊走比較安心。接著他就開始有了熟悉感，這邊是他昨天來做檢查的路，再往前走就是那個奇怪的特製門了。

忽然整條走廊發出巨響，把他嚇得呼吸都快停了；在劇烈的心跳中，他卻聽出那是歌聲：

讓我——們互道一聲　晚安——

送走——這匆匆　的一天——

一陣喀噠響聲切斷了音樂，然後，他聽見他唯一熟悉的聲音。

「……這個才對。」士延聽得出她頗為緊張，「士延，你聽得到我說話嗎？」

「聽得到！」士延大喊，然後才想到自己是在對空氣喊話。

「聽得到用揮手的。」士延便揮了揮手。

「你往另一邊走。」嵐之繼續透過廣播對他說。「等下在前面走右手邊的通道走到底，我幫你開門。」

雖然與他心裡直覺相反，但他比較相信嵐之的引導，便轉身往她說的方向走進通道，停在盡頭的一扇門前。士延看到了監視器，便朝著它揮揮手。

「等我一下。……先輸入區域……」士延聽著嵐之在廣播中嘗試把門打開，心裡有些焦躁，但又無法透過鏡頭向她抱怨。他忍不住敲了敲門。就在那時，他聽見剛剛他掉頭的方向傳來巨響，彷彿有什麼東西用力地撞在那扇特別加強的門上。士延連忙對著鏡頭猛跳猛揮，希望嵐之有看見。

「等一下，還沒好。」嵐之的聲音說。更猛烈的撞擊聲傳來，士延覺得嵐之並沒有注意到。他著急地比著那個方向。

「你不要往那邊回去，我馬上就開門了。」就當士延忍不住想逃出通道時，剛剛那頭的撞擊，化成一陣金屬扭曲夾雜物品碎裂的連串巨響。靜下來後，他聽見某種東西在地板上拖行的聲音，緩緩地朝他靠近。

這時門總算開了，他連忙衝進去。「不要急，你這樣會跑過頭的。」嵐之在廣播裡說。「左邊進去還有一扇門，你在那邊等我開門。」

不能再等了啊，士延心想。

◆

嵐之心想，自己要是主動去找，可能會錯過到處亂跑的士延，便想到利用總管理室的廣播和門禁系統，把士延引導過來。開了一兩扇門後，她也大略摸懂了這套系統的基本運作方式。現在士延又通過了幾道門和逃生梯，快要抵達總管理室門口了，只是說現在這情況也太古怪，她就算和士延會合，也不知道接下來要怎麼做才好。實驗室出這麼大意外，但怎麼連保全都不知道去哪——

就在這時，她聽見房間裡側傳來聲響。她只敢遠遠地沿著控制機台邊，移動到可以看見那一側的角度。那邊有個門微開的小房間，看起來像是值班人員的盥洗室。在那微開的縫隙底下，嵐之看到一條腿，應該說是一截長褲褲管和鞋襪，正慢慢被縫隙往裡頭吸，然而那吸力似乎不太夠，便把鞋襪落在了門外，只有褲管滑進了黑暗，然後門就緩緩地張開了。

嵐之根本不敢看下去，邊尖叫邊轉頭跑出總管理室，然後直直撞在前方來者的身上，雙雙倒成一團。

「怎麼回事啊！」嵐之聽見士延的聲音，抬頭一看，跌坐在地上的他也是一臉驚恐。她連忙爬起來抓住士延的衣服猛拉，「快點，先出去再說！」士延一聽也立刻抓住她的手起身，跟在她後頭跑向電梯。

從嵐之刷卡到電梯抵達，好像有一個世紀那麼長。電梯門一開，兩人連忙衝進去，等門完全關上才稍稍鬆一口氣。

「你怎麼會在這裡？」嵐之喘著氣問。她注意到士延身上只穿著免洗的內衣褲。

「那天晚上……」士延也喘著氣回答：「……我可以等下再說嗎？」

「好。等出去——」這時電梯忽然無預警地響起叮咚聲，兩人才想到，等下門打開不管出現什麼，他們都沒地方逃了。他們只能貼在電梯離門最遠的角落，絕望地看著門縫張開，露出空蕩蕩的走廊，靜止，然後重新、慢慢地闔上，接著電梯又繼續向下。

瞬時兩人癱軟在電梯地板上，張著嘴看著彼此，卻都沒辦法說話。

iii

54××和同僚已收到命令，正在驅離蔣公銅像周圍的群眾。上千名前來增援的鎮暴警察和水車，光是出現在現場就起了一定的效果，許多目睹的民眾在驅離開始前就已經慢慢朝外退，在距銅像一段距離外觀望著下一步。

銅像底下那些守護蔣公的群眾比較好解決，他們人少、沒那麼年輕力壯，而且本來就比較仗著警方在保護，現在警方擺明來硬的，除了狀況外的那幾個笨蛋以外，其他人都主動退場了。真正讓５４╳╳他們比較頭痛的，是那些擺明了不想走，而且知道怎樣可以讓警察花最大力氣又搞得最難看的抗議老手。清晨發生的事情已經延燒開來，現在全台灣的老手幾乎都集結在他們面前，而且更麻煩的是，他們後頭還有更多完全失去控制的暴民，完全不在乎那套警察和抗議者之間勉強算是默契的默契。不管是誰都會察覺到，今天已經沒有回頭路了。

警盾排成的堅硬牆壁正一吋吋向前推擠，並把像路障一樣倒在地上的人硬吞進盾牌底下。各種瓶罐、石塊從更遠處飛來，不分青紅皂白地打在盾牌上，甚至砸在前頭倒地的抗議者身上。５４╳╳甚至產生一種想法，認為自己把地上這些人拖到盾牌後面，其實是在保護他們不被遠方那些暴民傷到，因而更堅定了自己的信念，甚至產生一種英雄般的責任感，來把地上那些手臂死扣成一團的抗議者硬生生拉開，並用自己的盾牌和肉身抵擋飛向他們的石塊，在各種哭喊、尖叫和怒罵中拚命把他們抬起來往後拉。每多拉一個人進來，就是多救一個人，５４╳╳心想，他們總有一天會懂的。

隨著牆壁逐漸往外推，蔣公銅像底下開始堆滿抗議者，他們氣力放盡，雙手被塑膠束帶牢牢綑在背後，東倒西歪在地上等著被載走。許多人背朝天臉貼著地，但也有人維持坐姿，望著依舊屹立高處的蔣公銅像，並看見它搖晃起來，腳底伸出無數條觸手。

◆

停車場柵欄一開，嵐之便猛踩油門全速向前衝，直到建築物在照後鏡裡變成一層背景，才在路邊停下來。外頭依舊是普通的週末早晨，但她卻像剛從惡夢中醒來。

副駕駛座上的士延也一樣。「那到底是什麼東西？」他問嵐之。

「我沒有看到，」嵐之還在喘著，「如果我看到的話，應該就跑不掉了。」

「我是說，那個實驗室裡有什麼東西？那麼硬的門都撞開了！」

「實驗室？」嵐之沉默了一下。「……實驗室裡有蔣公銅像裡的不明生物，可是送到那裡之前就死了。」她說。

「妳確定嗎？」

嵐之搖搖頭。

「還是報警吧。」士延往身上一摸，才想起自己只穿著免洗內衣褲。「糟糕，我手機還在裡面！妳可以打嗎？」

「不行。」嵐之反射地回答。「實驗室內的狀況要先通報處理。」

「通報？拜託，它連實驗室的門都撞壞了耶！妳剛剛意思是不是說還有……別的東西？這通報也沒用了吧？」

「只要是實驗室內的狀況都要通報，不能隨便讓外面的人進來。」嵐之又重複了這句，便從包包裡拿出手機撥給重國。士延還想再勸她，但嵐之惡狠狠護住手機的樣子，讓他把話吞了下去。

「幫我注意後面。」嵐之吩咐。

◆

一大清早就載著家人出門的重國，此刻已在遠離市區的山路上，安穩地開著他的休旅車。硬被挖起的兩個小孩還在後面沉沉睡著，太太則努力地為他補足這星期孩子們的各種大小事進度。

立在車窗前的手機忽然在這時顯示來電，上面寫著「嵐之」。重國嚇了一大跳。不是早就說好假日不要打來嗎？現在他怎麼可能接起來？他握緊方向盤持續前進，希望那只是不小心按到，或者嵐之想起不能打來，就自己掛掉電話。但手機仍堅定地響著。

「你不接嗎？」太太問。

重國心虛地望了太太一眼，心想如果再不接，讓她起疑就完了。他打定了主意（也曾預想過這情況），不管等下嵐之開口說什麼，他都會用公事口吻硬蓋過去，講完掛掉。然後他按下通話。

「什麼事？」他以他最平淡、最機械的口吻詢問。

「重國，實驗室出事了。」他聽見嵐之焦急的聲音。

最初那一瞬間，他還真的因為嵐之是報告公事而如釋重負，但下一秒，剛剛那句話的重量就壓了上來。「大樓的人都不見了，然後那個生物好像已經跑出來了。」嵐之哭喪地說。

「妳在說什麼？今天週六本來就沒人啊，還有妳在那邊做啥？」

「……我去加班。」

「加班？」

「那不重要！」重國聽見嵐之激動地喊，「那個生物已經跑出來了，可是實驗室的人、保全，所有人，全部都出事了！」

「妳冷靜一下。」重國壓抑住自己的混亂，「那東西早就死了啊？」

「它沒死，它已經把門撞壞了，實驗室的人我不知道怎樣了。」

「保全呢？」

「保全——」他聽見嵐之的聲音在發抖，「我不知道……」

「那邊除了妳之外還有誰在？阿忠呢？」

「只有士延，我把他從大樓帶出來了，我們現在在外面。」

重國一聽到士延兩個字，混亂慌張的思緒馬上就以他為中心重新組織起來。「等我一下，我把車停到路邊跟妳講。」他鬆開油門轉動方向盤，希望在車停妥前就想出對策。

「出什麼事了嗎？」太太問重國。

「先不要跟我講話！」他大吼。

重國集中思緒，先專心思索現在電話裡要給嵐之下什麼指令，好給他爭取時間想下一步，然後踩緊剎車推到P檔，拉緊手煞車。

「……到了嗎？」女兒剛睡醒的聲音從後座傳來。

「姊姊先不要吵把拔。」太太小聲地安撫女兒。

「妳先回家。」重國說。

「我先回家？」太太問，忽然意識到重國是在講電話而住口。

「嵐之，妳帶士延回妳那邊……回妳家，在那邊等我電話，不要離開。」重國冷靜地透過耳機麥克風說。

「知道了。」一聽見指令式的口吻，嵐之也如平日在辦公室那樣冷靜地回答，但似乎多了點疑惑。「對了，為什麼士延會在大樓裡？」

「我之後再跟妳解釋。先照我說的去做。」
「……知道了。」
「隨時連絡。」
重國切掉通話，開始集中思緒，重新思考昨天收到士延檢查報告之後他開始猜測的可能性，並從先前收到的機密檔案和嵐之不清不楚的描述中，推敲實驗室可能發生的狀況。接著他又開始盤算這狀況會影響到什麼程度，以及「他們」知道以後會怎麼行動。
然後就是最重要的一件事——他接下來要跟哪邊走。這是他必須賭一把的地方，而且得立刻決定。
「現在到哪裡了？」本來還在熟睡的兒子也醒來了。
「我們還在半路上喔，」重國看了照後鏡一眼，然後放開手煞車。「可是我們得回去了。」
「怎麼回事？」太太忍不住問。
「路上跟妳解釋。」重國踩下油門，把車迴轉。「得先回去拿東西。」

◆

一結束通話，嵐之就把手機收進包包，並踩下油門前進。
「妳要去哪？」士延問。
「先去我那邊再說。」嵐之望著前方道路回答。
「妳確定沒問題嗎？情況變這樣的話，妳那個主管還有辦法吧？」
「我沒遇過他最後沒解決的事。」車子在嵐之的踩壓下逐漸加速。
「但這應該不算吧，那個，稍微開慢一點……」士延忍不住抓緊車窗上邊的手把。

嵐之不理他，只讓車繼續在空蕩異常的高架道路上奔馳，不一會兒車就下了匝道，但沒過多久，就陷入車陣中動彈不得。

「奇怪，放假日早上怎麼會卡在這裡？」嵐之納悶。

「大家都出來玩了吧？」

「應該不會。搞不好有車禍，不然這邊不會塞車的。麻煩了，這樣的話根本到不了我家……」

「要不要聽一下路況？」

「都已經卡著了，沒差吧……」但嵐之還是隨手打開音響，切換到廣播，但只有些許雜音。「路況是多少？」

「不知道耶，我沒有聽廣播。」

「那搜一下好了……」嵐之按了按鈕。士延看著音響顯示屏上數字飛快轉動，但停下來時卻是一片安靜。

「找不到？」他問。但嵐之臉色不對。

「不是……有台，可是怎麼沒人說話？」

就在那時，士延注意到嵐之那側的車窗外有人跑過。他正想朝那看清楚，卻看見嵐之驚訝的眼神正望著他背後。他連忙轉頭一看，許多人正以不尋常的速度在車陣中穿梭，全部都往他們車後離去。他們還在納悶發生什麼事時，忽然面前爆出一聲巨響，有一個人硬生生砸在車窗上，下一秒卻猛力向車頂繼續爬，在兩人頭頂上發出擠壓車頂的聲音後落在後車廂上，讓車身震個不停。下一個人幾乎就撞在嵐之面前的車窗上，她忍不住尖叫，士延也嚇到腦筋一片空白，只能看著越來越多的人拚命擦過、撞過、壓過嵐之的小車，直到他被人流擋到看不見車窗外，耳中只有人體在車身上的踏壓聲。

當四周終於恢復平靜時，他往左邊一看，扭曲變形的車殼已經快要貼在嵐之身上；他望向碎開的前車窗破口，看見車陣的稍遠處，有個比所有車身都還要高的暗綠色人影挺立著。他定神一看，那是一尊蔣公銅像，正一邊搖晃，一邊朝他們靠近。

士延發抖的左手摸索著安全帶按鈕打開，右手摸到了門把一拉，整個人急忙從座位向外滑出車外，還被安全帶勾住而在地上滾了半圈。一起身，他馬上繞過凹陷的車頭往駕駛座跑去，卻發現嵐之這側的車門怎麼拉也拉不開，而那蔣公銅像已經逼近到能看見臉上的微笑了。

士延退後兩步，看著變形的前半車身和駕駛座上驚恐望著他的嵐之，又注意到後半截的車身仍舊完整。

「從後面出來！」他對嵐之大喊並衝向後車門，但門把怎麼拉，門就是不開。已解開安全帶、放倒了椅背，正隔著車門半躺在士延面前的嵐之，連忙扭身伸手打開後門車鎖，猛拉門把的士延失去平衡，隨著敞開的車門一起甩了出去，但他隨即回身繞過車門，把正向外扭動的嵐之拖了出來，兩人一起順勢跌坐在地上。就在那時，他們都看見了蔣公銅像，就在幾公尺外停了下來，然後，他們眼前的畫面就像海市蜃樓一樣抖動了起來。

i

士延和活旺健康集團的同事排列整齊地穿過後台的雜物堆，準備上台為眾長官獻唱歌曲，但他到這一刻都還沒把歌詞背起來。當前奏響起時，他發現要唱的只是〈蔣公紀念歌〉，便放心地跟著唱出來。

總——統　蔣——公　您是人類的救——星　您是世界的偉——人

總——統　蔣——公　您是自由的燈——塔　您是民族的長——城……

然而，他越是努力唱，聲調就越和其他人合不來，而台上台下也開始察覺問題出在他身上。他看到嵐之也在合唱團中，但她只是漠然望著，自己只好繼續把這首歌唱下去。但同時，一股力量讓他的腳底慢慢固定起來，他正從下而上地在自己的歌聲中變成一尊蔣公銅像。這時，嵐之才向他走來，以一道獨特的聲響貫穿他金屬的身體。

「士延！」

士延張開眼睛，看見嵐之的臉孔在他眼前，近到讓他產生一丁點美好的幻想。可是嵐之的表情並不好看。

「……到妳家了嗎？」

「剛剛我們在路上就卡住了，你忘了嗎？」

一聽她這麼講，士延就想起了剛剛的事。「對，那時候好恐怖——」他忽然整個清醒過來，「那蔣公呢？」他轉頭望了望身旁，「這裡是哪裡？」

「旁邊的大樓裡面。」嵐之站了起來，士延忍不住看了看她的小腿。「我的車就在外頭，沒辦法開了。」她無奈地說。「那個……銅像現在還不知道在外面的哪裡。」

士延撐起身環顧四周。這裡是那種他出生前可能風光過的百貨大樓，如今只剩一樓的廉價店面還有一點生意。同樣躲進來的人們在這些店面組成的走廊上徘徊或呆立，而嵐之正按著手機。

「剛剛……發生什麼事了？」士延問。

「你剛剛突然就恍恍惚惚的，」嵐之盯著手機螢幕說。「好像中邪一樣。我就把你拖到裡面來了。」

「是這樣啊。謝謝妳……」

「等我一下。喂？重國嗎？……」

看到嵐之又在聽她主管指示，士延覺得有點煩。雖然現在報不報警早就沒差了，但回想起來，一開始好像就不該照他們說的去做。

如果一開始就在網路上爆料，說蔣公銅像裡有殺人怪物，現在外面搞不好都已經控制住了，嵐之跟他們實驗室發生什麼，也就跟他無關了。還不是因為他們說有錢拿，自己才會被他們一路搞到現在這樣。如果當初跑去爆料，搞不好還可以上電視拿個通告費之類的。現在別說一毛錢都沒拿到，手機、皮夾也拿不回來，還被困在這棟大樓裡出不去；外面那個蔣公銅像要是把觸手刺進來，人躲在裡頭也沒用。

但他還是覺得事情會往好的一面進展。就算現在出現第二尊會動的蔣公銅像，到這地步國軍應該也出動了，他們肯定會有比漏油工程車更厲害的武器……只要能把它從裡到外燒透一點，就算是那麼奇怪的東西應該也會整個烤焦吧。之後政府應該就會下定決心，把全台灣的蔣公銅像都拆下來燒到熔化。他下定決心，等這隻蔣公也被處理掉以後，第一件事就是跟嵐之他們要到錢，至於之後還要不要保密，就看自己高興——問題是，等到那時候，他爆這種料真的還有人要看嗎？他忍不住嘆了口氣。

「媽媽你看有人穿內褲。」士延聽見有個小孩在喊，想說小孩子到底在亂講什麼，下一秒才想到他喊的就是自己。

他往聲音那頭看，一個小孩正被一名年輕婦人推開，那名婦人雖然對小孩面露怒色，但也忍不住往他身上瞧；而他視線所及的人們，也紛紛以奇妙的眼神盯著他。他連忙把內衣往下拉，但免洗內衣根本沒有遮得住下身的料，他只好低下頭，想像其他人真的就這樣消失在他視線中，然後往人少的那頭快步走去。

◆

「重國嗎？你現在在哪裡？」嵐之握緊手機問。

「還在路上，」重國的聲音傳來。「你們到了嗎？」

「我們路上出意外，可能沒辦法過去了。」

嵐之聽見重國輕微的嘆息。「你們兩個沒事吧？」

「沒事，我們在塞在路上，然後突、突然，」嵐之想起來還是忍不住結巴，「路上有蔣公銅像在走！然後大家開始逃，結果，結果我們的車就被砸爛了……現在被困在大樓裡，出不去了……」

「妳先不要緊張。」重國連忙安撫。「你們人沒事就好。但我還是得要弄清楚狀況。妳之前說實驗室裡的不明生物活過來了，然後人都不見了？」

「對，有些人不見了，有些躲起來了。」

「然後那個生物現在跑到馬路上？」

「不是，是別的蔣公銅像在路上走。」

「別的也動起來了啊……」重國的聲音停頓了片刻。「那妳同學，他有沒有怎樣？」

「士延？」嵐之愣了一下。「他那時候突然好像中邪一樣恍恍惚惚的，不知道是不是嚇壞了，可是我當時也——」

「他現在在幹麼？」

「他……」嵐之環顧四周，卻沒看到士延，「他應該不會走遠，我等下去找他。」

「快去跟緊他。」重國的口吻越來越冷。「不要讓他離開視線。」

「好。」嵐之已經開始穿過走廊左顧右盼，「他……怎麼了嗎？」

「我之後再跟妳解釋。你們暫時不要離開室內。我想辦法找人去接你們。」

「你沒辦法來了嗎？」嵐之忍不住問。

「這邊有點問題。」從重國的聲音中，嵐之聽得出他又有些事沒有講。「你們那棟大樓在哪裡？」

「新生大百貨。你應該知道吧？舊城區那間。」

「好。我跟他們說，叫他們過去。」

「是誰會過來？是不是要留我的聯絡……」

「妳到時候看到就知道了。記得把妳同學帶著。他們很快就會把你們接到安全的地方。」

「好。」嵐之滿心懷疑地回答。「那你呢？」

「不用擔心，我之後會和你們會合。」

「知道了。你自己小心。」

「你們也小心。」隨即傳來通話中斷聲。

嵐之搞不清重國這一連串奇怪的指令是為了什麼，也不知道現在外面到底變成什麼樣，只能在走廊上眾多慌張的面孔中尋找士延。一群人圍著電器行的電視議論紛紛，她也擠了過去，看到畫面停留在空無一人的主播台，只剩跑馬燈字幕靜靜地跑著。

「主播去哪了？」她問旁邊的人。

「不知道，從我開始看到現在，就一直都這樣。」旁人說。

「那別台呢？」

「全部都一樣啦。」老闆連按按鈕，在新聞頻道之間來回切換，其中有幾台和剛剛那台一樣，持續拍攝著空蕩蕩的主播台，但有一台停在SNG現場。畫面底下的字幕寫著「警方出動水車　強制驅離反蔣民眾」，畫面卻傾斜了九十度，貼著地拍著空蕩街頭，地上散亂著各種雜物，但一個人也沒有。另一個停在SNG的頻道則是從遠方稍高處拍攝先前的抗議現場，但現在也空無一人；沒有抗議者，沒有警察，也沒有蔣公——原本應該有蔣公銅像的位置，只剩下一個破裂的台座而已。

嵐之臉色發白地退出圍繞電視的人群，著急地找起士延。此時她走到了樓梯口，猶豫著要往上還是往下。她看到旁邊有對母子，便問：「不好意思，請問剛剛有人往這邊走嗎？」

那個媽媽緊緊抓著孩子，用非本地人的口音回答：「剛剛很多人躲到下面了。」

「可是妳不要下去喔。」孩子突然插嘴。媽媽斥責地看了他一眼。

「呃……那妳有沒有看到一個——」嵐之想形容士延卻想不起他長相有什麼特徵，忽然靈機一動，「——穿內衣褲的男生往這邊走？」

「我有看到穿內褲的人！」那個孩子大喊。「他往樓上跑了。他為什麼只穿內褲？」媽媽連忙制止他沒禮貌地問下去。

「底迪謝謝你喔。」嵐之朝媽媽也點了個頭，便往樓上跑去。

◆

士延本來想在樓上碰碰運氣，看有沒有哪裡能找到外衣，就算是那種老先生穿去紅包場的禮服也好。但樓上賣那種衣服的店家也全都大門深鎖，剩下的就是沒人租用的閒置空間，燈光昏暗的走廊令他想起早上的實驗室。當他轉身想下樓時，嵐之走了上來。

「你要去哪裡？」她問。

「找衣服穿。」士延沒好氣地回答。

嵐之望著衣不蔽體的士延，忽然有點歉疚。

「我剛剛和我主管通過電話了，我們先在這邊等一下。」她說。

「又要聽他的是吧……那他有說錢的事情嗎？」士延挖苦地問。

「都這種時候了，怎麼可能談到錢？」

一聽到這句，士延整個火氣上來，便頭也不回地往下走。嵐之連忙緊跟在後，但士延已經不太在乎旁人的眼光，直直地穿過走廊上眾多納悶甚至嫌惡的眼神，大步往大樓門口走。

「士延，你要去哪？」嵐之拚了命擋到他前頭。

「我說過了，我要找衣服穿。」
「可是外面有蔣公銅像啊！」
「就一個而已，我躲開就好了。」
「事情不是這樣子的。」
「不然是怎樣？」士延忍不住吼回去。「事情到底是怎樣妳直接講啊！什麼都不講就一直叫我這樣那樣的，我現在都已經變這樣了，還不知道你們到底想幹麼！」
突然間，嵐之覺得那句話也說中了她自己，而低下了頭。
「抱歉，士延，是我不對……」她小聲地說。「我之前應該跟你講清楚的。」
剛發完脾氣有些痛快的士延，這時反而傻住了。
「呃……那所以現在情況大概是……怎樣呢？」
「我不能講太大聲。」嵐之壓低了聲音，跟他比了個眼色，手暗指她身後被兩人爭吵所吸引的人群。
「聽我說……我主管等下會派人來接我們到安全的地方。最好不要讓別人發現，要是每個人都要跟著走，恐怕就走不了了。」
「可是要怎麼讓別人不發現？」他也壓低聲音。
「我不清楚，但他說來接我們的人『一看就知道』，我想應該是有什麼辦法才對……」
「你們倆怎麼啦？」一個約莫四十多歲、穿著隨便的肥胖男人在嵐之背後問。
「沒事，沒事。」兩人異口同聲地回答。
「啊你……」他瞧著士延，「你怎麼穿成這樣子？」

「他……睡覺睡到一半就跑出來了。」嵐之連忙回。

「對，我們本來在睡覺，結果忽然看到蔣公就逃出來了。」士延也幫著回答，但被嵐之瞪了一眼。

「我也是在大樓裡頭睡覺啊，聽到外面亂七八糟在吵才下樓看，結果外面居然變這樣……可是你們在睡覺，怎麼會看到蔣公？」

「那是因為……」正當嵐之準備掰下去時，他們三人，以及圍過來的其他人，都聽見街上傳來腳步聲。這點足音平常沒那麼容易聽見，但在此刻的街上卻是清清楚楚地朝這頭逼近。他們略為警戒地退後並望向音源，看到一名警察正拚命跑來。

士延用疑惑的眼神詢問嵐之，嵐之搖搖頭表示自己也不確定。那名警察一路跑到眾人面前，但並沒有因人群而減速轉向，大家才意識到這樣會相撞而紛紛走避，但仍有幾個人來不及閃躲，而在驚呼聲中被警察撞翻。那名警察卻無動於衷，繼續往地下一樓跑去。

「搞什麼鬼啊？」倒地的人不悅地起身。「躲得比民眾還快。」

「他馬的，是有什麼毛病啊？」剛剛那個中年男人也拉大了嗓門抱怨。但他一問，人們反而都靜了下來。

「馬麻，剛剛那個警察的臉好像死掉的人……」結果是那個孩子隨口說了出來。他媽媽氣得想動手讓他閉嘴，但還沒打下去，看到周圍人們的臉色，就知道沒那必要了。

「現在是怎麼回事？」電器行老闆也忍不住從店面走出來問。

「不知道，他就這樣……跑下去了。」有個人回答。人們畏畏縮縮地往樓梯口靠近，但誰也不敢直接對著它。

「剛剛很多人都下去了，不是嗎？」有人抱著期望說。「那個警察可能是去通知什麼事吧。」

「可是……」另一個人吞吞吐吐地問，「……那麼多人在下頭，怎麼都沒有一個人上來看看？」

人群陷入沉默。

「可能覺得底下比較安全吧？」抱著期望的那人說。

沒有人回話。

此時，電器行老闆拿著一盞探照燈，越過畏懼的人群走到樓梯口。「就下去看看囉，不然怎辦？有沒有人要來？」

士延這時正擠在人群邊緣，一聽到老闆詢問，便向前揮了揮手。嵐之訝異地望著他，而其他人也訝異地望著他的內衣褲。

「說不定真的是……」士延回頭低聲對嵐之說。

嵐之點點頭，並跟著湊上前去。

「啊你怎麼穿這樣？」老闆忍不住皺著眉問。

「我剛剛在睡覺。」士延篤定地說。

「喔。那走囉——妳女生不要下來吧？」老闆看著嵐之問。

「我幫他找找看有沒有衣服可以穿。」嵐之說。

老闆嘖了一聲。「我不管囉，要跟就跟吧。」說完便轉頭往下走。「樓下都是賣吃的，那間賣學生制服的還在不在，我就不記得了。」

三人就這麼走到了轉頭也看不見樓上圍觀者的樓梯底。幾個圍觀者看到有人帶頭就有了一點膽量，便快步追上他們。

◆

尚未開張的地下美食街殘留著昨夜油煙和清潔劑的氣味，但一個人也沒有。

「剛剛明明下來超多人的啊……」士延背後的人不安地納悶。

「這裡還有再往下嗎？」嵐之問電器行老闆。

「再往下就停車場囉。」老闆望著空蕩的廉價牛排店面。「幹麼全都跑到停車場啊？」說完，他便走向通往停車場的逃生梯，其他人連忙跟隨在後。

走下狹窄的樓梯，一行人來到地下停車場。缺乏照明的空間瀰漫那種老舊地下室的溫熱臭氣。老闆打開手電筒，掃著空蕩的車位。

「那是衣服嗎？」一個人忽然問道。

士延和嵐之往那人的方向看去，老闆也把燈光掃了過去——地上那確實是一套衣服，只是那整套衣褲鞋襪就像擺出了一個人形似的攤在地上。燈光的餘角裡，還有更多男男女女的衣服也那樣攤在地上，甚至疊成了一堆。

此時士延突然感覺左手被猛力向下扯，一看才發現嵐之正死命抓著他的手臂想站住，但雙腿已不聽使喚地癱了下去。

「就、就是那樣……」她發著抖，一臉蒼白。「實驗室的保全就是那樣……」

「哪樣？」士延問。「那邊只有衣服，沒有人啊？」

「實驗室？你們在說啥？」老闆也不安地問。

「嘿，我們還是上去吧……」後面的人說。

就在眾人準備後退時，他們看見了那東西。

那是一個人的形狀，像一道黑溜溜的立體影子站在他們面前。手電筒打在它光滑圓潤的頭上，該是五官的地方全是平滑的。面對光線它後退了幾步，身上滑溜的光澤彷彿略為黯淡下來，而變成一種更像皮革或金屬消光的質感。接著它停住，然後重新以一種黏答答的步伐向他們走來。

士延發著抖一步步往後退，手臂被嵐之扭到發痛，看見老闆抖動的手電筒光柱左晃右晃，卻只是照出黑暗中更多類似的人影。他看見老闆跌坐在地上，光影最後一晃，照到了那些人影一個個彎下身朝老闆撲去，瞬時周遭陷入一片黑暗。

士延本能地轉身就跑，原本掛在手臂上的重量也瞬間鬆開，嵐之在他身旁跑著，再前面是剛剛殿後的那幾個人，背後只剩老闆的慘叫聲，但沒人敢轉頭看。跑上逃生梯，原本無人的美食街也出現一樣的人形，緩緩地移動向他們靠近。他們沒命地朝樓上那些驚愕的臉孔跑去，大聲喊著，「快跑啊！快往外跑！」所有人便開始往大門口跑，媽媽拉著小孩，還有大嗓門的中年男子，全都忘了外面還有那尊蔣公銅像，你推我擠地衝到太陽底下，在馬路中央停滯的車陣裡喘著氣。

「你們幾個剛剛看到什麼了啊？」中年男子問著士延。士延喘到無法說話，只能指著剛剛衝出來的大樓入口，卻看到那些影子正一個接一個走出了大樓。其他人也都清楚看到了，不管朝哪個方向看，每一棟大樓的出入口，都不停走出黑溜溜的人影；在陽光下，那些黏答答的影子變成了銅綠色、赭紅色、亮黑色，一張張逐漸在光滑面部浮現陰影的臉孔，向路中央的人們轉了過來。

不知是誰起的頭，或者本能反應其實是一致的，人們開始像驚慌的牛羊一樣在車陣中竄逃。士延邊跑邊看見那些怪物逐漸填滿人行道，但不知是討厭太陽還是身體太軟，它們只是步履蹣跚地向路中間緩緩靠近，根本追不上一路向前奔逃的人們。但前頭的車陣間也出現往這頭跑來的人，兩邊不用開口就都知道，對面也湧出一樣的東西往這邊靠近了；於是那些沒有相撞的人們便紛紛逃進左右兩頭尚未被占領的巷道裡。

士延沿著噴滿塗鴉的牆壁越跑越深，直到周圍只剩停在原地喘氣的人，才跟著停下腳步，瞬時感到一陣暈眩，幾乎要吐了出來。他放低身子勉強往回看，嵐之居然還在他後頭，倚著一旁的機車車頭喘氣，蒼白的臉彷彿下一秒就要昏死，但還是看得出驚恐。在她身後，擋著巷口視線的背影開始往這頭退，他連忙一把拉過嵐之轉身想往反方向跑，但那一頭的人群也傳出喊聲並往這頭退。他環顧了四周，發現有條更小的防火巷剛剛沒注意到，便拉著嵐之鑽了進去。

被兩面建築物包夾的士延，領著身後的嵐之和其他人，在遮雨棚和冷氣機構成的一線天裡穿梭。他一點也不想走第一個，但他前面已經沒別人了，只好硬著頭皮衝。他一聽到有聲響就往反方向跑，轉了不知多少個彎，直到碰上死巷——該要走得通的地方硬是多了一面牆，沿著牆還堆滿了盆栽、工程用具和廢棄物。

「是死巷，快退出去！」他連忙轉頭大喊，但已經太遲了。許多人沿途在岔路上分散，剩下的只有嵐之、剛剛那對母子、那個大嗓門的中年男子，還有一兩個沒看過的人，此時全都僵在原地。在巷口擋住去路的是一個棕綠色的人影——已經不像剛剛那些影子一樣軟黏黏站不太住，現在它從頭到腳包著一層金屬光澤的緊繃外皮，像一尊新揭幕的銅像挺立著，並結結實實地踏出步伐，向他們走來。

靠近銅像人的人邊朝著它叫喊邊向後退；靠近牆邊的人爭先恐後地想爬過牆，卻和士延一樣跌在雜物中動彈不得。那個媽媽護著孩子，兩人都害怕地不敢看，而嵐之也放棄了逃走，呆立在母子旁準備迎接最後一刻。這時士延已經近到可以看清楚它的頭——就像被一整塊金屬質感的布緊緊套住一樣，銅像的臉部約略有五官的凹陷，卻連一個孔竅也沒有，但他仍感覺得到，那底下有什麼東西，正在打量著這邊。

這時，銅像人的額頭突然開了個洞，就像頭皮底下突然有什麼小小的東西爆炸了一樣。接著又一個洞在旁邊爆開，然後是第三個。銅像人開始搖晃，隨即向後一倒。

士延感覺到耳朵一陣刺痛，並聞到頭頂傳來一股刺鼻硝煙味。他轉頭向上望，一挺步槍和托著槍身的雙手正靠在牆頂上，槍管就在他頭頂不遠處。再往上，頭盔下一張戴著防毒面具的臉正朝著他，確認了什麼之後，槍就收了進去，換成一隻粗大的手朝他伸了下來。士延毫不猶豫地轉身抓住那手，在緊握的疼痛中蹬著牆壁拚命往上爬，沒兩下就過了牆，翻身落在另一頭的雜物堆裡。這時他才注意到牆上有兩個一樣的士兵，正一人一手把嵐之從牆那頭拉過來。但嵐之一落地，兩人就下了牆，不管對面的呼喊，一前一後夾著他們倆，比了手勢示意繼續前進。士延想叫殿後那人幫其他人脫困，手臂卻被嵐之猛力一扯。

「快走啊！」她對士延說。

「可是……」

「他們本來就只是來接我們兩個，快點不然來不及了！」她硬把士延向前拉，但士延就是不肯動。

「其他人還在那邊啊！」

「你自己都顧不了了還管其他人？」嵐之一陣惱火，「是我找人來接你的好嗎？你不想走，那你自己留下來幫他們啊！」她有點賭氣地繼續往前走，心想士延搞清楚狀況就會跟著他們三人走；但沒想到，她前面那人看士延不走，居然掉頭回去和後頭那人一左一右架著他走，經過她面前時，靠近她那人只揮了揮手要她跟上來，還在嘴邊比了個安靜的手勢。瞬時她心中浮起一絲不安，連忙追了上去。

ii

士延和嵐之一言不發地隨那兩名士兵穿過巷道，腳步小心翼翼，深怕發出太大聲響。士延尤其緊張，他腳上只有藍白拖，稍微一用力，腳板就會發出和鞋面拍打的聲響，沒有外衣遮蔽又讓他格外沒安全感。士兵一個動作，他們倆就知道現在保命的要訣是什麼：那些銅像人顯然是靠聽覺在追他們，所以什麼聲音都別發出來。

一如嵐之預料，士延認清了當前狀況而主動跟著士兵走，但嵐之心裡卻有一堆弄不清楚的事。雖然說運氣很好，跑出了大樓還遇得到重國派來的人，但為什麼是這兩個士兵？重國怎麼有辦法派出士兵？雖然說現在這種局面有他們確實好多了，但為什麼重國曉得要派帶槍的士兵才夠安全？為什麼士延好像才是他們要帶的人，自己好像只是順便而已？重國也還沒回答她，為什麼士延當時會在實驗室，而他電腦裡那些機密文件又是怎麼回事？

重國到底有多少事沒跟自己說？

但她此刻只能保持安靜，甚至希望重國別在這時候打來。誰知道那些東西會不會對電磁波之類的特別敏感。

當他們再次靠近大馬路時，嵐之看到那些銅像人已經占據路上的棄置車陣，偶爾在車身間傳來倖存者的淒厲慘叫，隨後就能看到它們緩緩往音源聚集過去。三不五時傳來的尖叫、碰撞和人群呼喊聲，變成他們最好的掩護，讓他們得以穿過寬闊的十字路口而不被發覺。

一過路口，嵐之就注意到前頭的士兵加快了腳步，好像也沒那麼怕發出聲音了，便放心地加速跟上去，直到那人轉彎走上一座廣場的台階，停了下來。嵐之上前湊到士兵身旁一看，一架直升機就停在廣場中央，但機身上有好幾個銅像人，頭朝機艙內、彎身擠成一排扭動著，就像動物紀錄片中爭食牛羚屍體的禿鷹，而一隻已經失去血色的青白手臂，就這樣被它們拱了起來，好像在對他們揮動著似的。

殿後的士兵也到了嵐之身旁，雖然看不到表情，但身體似乎在微顫，並快速舉起了步槍。另一個士兵連忙伸手擋在他的槍身上，並慢慢把槍口朝下壓。接著，他望了望四周，以無聲的步伐帶頭下了台階，而嵐之也看得出來，原本的計畫應該是出意外了。

但他們才要離開廣場，就聽見了一個大嗓門喊著，「這邊有活人耶！」然後好幾個人就從馬路對面的防火巷裡跑了出來。他們四個氣急敗壞地朝他們猛比安靜手勢，但那群人只是繼續大呼小叫朝他們四人走來；士延和嵐之認出那是剛剛被他們丟下的那群人，同時聽見背後傳來幾聲鞭炮般的爆響。他們回頭一看，一個銅像人倒在台階上，但還有幾個正從台階上朝他們走來。

這時候再比手勢也沒用了，剛跑出來的人們連忙退回巷內，而他們四人則拚了命橫過車陣，隨他們跑進巷子。跑在前頭的嵐之又聽見連續幾聲噠噠槍響，停步轉頭一看，那兩名士兵已經跟在士延後頭進了巷子，舉槍朝著巷口，背對他們倆倒退過來。另一頭，在嵐之面前，人們也緊張地望著他們，那個中年男子好像又準備要開嗓了，她氣得衝過去伸手直接壓在他嘴巴上，並惡狠狠地盯著他，直到他眼神低下去。然後，她才舉起另一隻手，在自己嘴上比了安靜的手勢。

士延和兩名士兵也靠了過來。帶頭的士兵穿過人群，拿出望遠鏡看了看另一頭巷口，然後對剛剛殿後的士兵搖了搖頭，而他也搖頭以對。於是所有人只能在防火巷內擠成一團，你看我、我看你，看著兩個帶著面具舉著槍的高大士兵，一下子沒人敢出聲。

「這到底是怎麼一回事……？」大嗓門的中年男子還是忍不住了，用悄悄話的聲音問嵐之。人們嫌惡地瞪著他，但片刻過去，巷口確實沒有新的動靜，於是人們也開始小聲問了起來。

「怎麼會突然跑出這麼多怪東西？」

「剛剛那些東西是不是在吃人？」

「媽媽我好怕……我們什麼時候可以回家？」

面對自己剛剛拋下的人們，嵐之不知該看著誰好。

「我也不知道。」她壓低聲量回答。

「那為什麼妳有兩個阿兵哥跟著？」中年男子問。

嵐之一時語塞。「那只是碰巧而已。」

士延冷眼望著她。

「怎麼可能。剛剛他們還特地來拉妳們走，妳不要騙大家啊。」中年男子盯著嵐之。

嵐之本來還想著要怎麼圓謊，但她忽然察覺此時的優勢——沒有人敢出聲，她就算不回答，也沒有人敢吵下去。

「不要越講越大聲。」她對中年男子說。「它們對聲音特別敏感，你們這樣大喊大叫還沒事已經很好運了。剛剛路上很多人沒逃掉，你們應該也有看到吧？」

她環顧人群，剛才遇見的那個媽媽點了點頭，孩子拉著他一臉驚恐。

中年男子本來還想爭辯，但聲音提不起來也沒用。「那現在怎麼辦？」

嵐之故意不理他。只是說，現在連那兩個士兵都出不去，這讓她也著急起來。

「那個電影都怎麼演的？」忽然有個年輕人問。

「你在說啥？」中年男子問。

「就那種殭屍片啊。現在不就跟殭屍片一樣，滿街都是殭屍，然後我們要逃……他們現在都會幹麼？」

「電影那都是假的，怎麼可能——」他發覺自打嘴巴而嘖了一聲，「我從來不看那種鬼打架的東西。」

「他們都會找一棟超級市場然後守在裡面。」有個女生附和那年輕人。「或者是百貨公司。」

「可是我們剛剛就在百貨裡面啊，結果那些……東西都從裡頭跑出來。」年輕人反駁。

「我記得我看過的是，主角他們都跑到城市外面躲殭屍……後來他們怎樣我忘了。好像還有下一季。」女生說。

「可是現在要怎麼到城市外面？」年輕人問。眾人又一陣沉默。

嵐之轉頭看到士延無神地回望著她。他彷彿已放棄面對，只想等她決定怎麼辦。嵐之想悄悄和他討論，但沒有人敢大聲的結果，就是連悄悄話都很容易被聽見。

「喂，」中年男子忽然從背後拍了拍嵐之的肩膀，「妳叫那兩個阿兵哥幫忙吧。」兩個士兵依舊望著各自巷口，像是沒聽見似的。

嵐之沒好氣地回身甩開他的手，「我說過我不認識他們。」

「都到現在了妳還——」中年男子氣到極點，但還是提不起聲音講下去。

「好了好了。」剛剛那年輕人小聲打圓場。「我是不知道你跟他們認不認識啦，但這種時刻，大家應該要更團結才能活下來嘛。」

嵐之看著他只覺得好笑，心想這大概也是從電影聽來的吧，實際情況他哪裡知道。但她突然有個想法冒出來。

「對，一起行動的話，機會比較大。」她開口說。

人們露出肯定的表情，士延則是一臉不可置信。

「我們往郊區走應該比留在城市裡安全。這邊到處都是這種東西，太多了。」

「可是那離市中心那麼遠，要怎麼走過去？」有人問。

「可以開車啊！我看路上很多車都沒拔鑰匙，應該很好找。」年輕人提議。

「這樣不行，」嵐之說，「很多路都塞住了。」

「不能開車就騎機車嘛。」士延忽然在嵐之背後說。

「妳看又是內褲人。」小孩小聲地對媽媽喊，又被她摀住嘴巴。

士延望著這群不安但還在納悶他衣服的人們。「從實驗……呃，大樓出來那時候……我就覺得它們走起來沒有很快，剛剛那邊也是，至少它們沒有用跑的追我們。如果騎機車，遇到的話搞不好甩得掉吧。只是說，一定要趕快離市中心遠一點……」

「這我就有辦法了。這裡我熟。」中年男子說。「你們都沒來過嗎？我們現在是在青年活動廣場旁邊……等下從巷子這邊出去，然後順著甘肅、武威兩條路這樣往西邊出去，就會接到聯外的河濱快速道路了。」

「騎機車上快速道路？」嵐之問。

中年男子白了她一眼。「現在這樣還不能上？妳是怕警察開單嗎？」

自覺問了蠢問題的嵐之點點頭。「嗯，聽起來這樣有機會。」

「好，等下我來帶頭騎，你們跟著。」中年男子說。

「好。那些東西對聲音很敏感……所以不能一牽到車就發動，要一口氣找好，全部發動，然後一起出發。」

「那這時候就讓他們倆個來掩護——嘿，妳跟他們到底是不是一起的？」中年男子望著其中一個士兵。

「等大家逃出去再說吧。」嵐之回答。中年男子懷疑但沒再開口，其他人似乎也燃起一點希望，紛紛轉身準備出發。

嵐之望著他們小心翼翼地朝巷口推進，便前去和守在這頭的士兵說：「你剛剛也聽到了吧，現在我們也只能先離開市中心再想辦法……」但那士兵只是透過面具，望了她一眼。

嵐之懷疑地看著士兵高大的身形。她轉頭走向一身只有內衣褲的士延。「我們走吧。」

「他們不會讓我們就這樣走吧。」士延說。

「那是剛剛。我看他們現在也沒退路了，你去哪他們就得去哪。」

「為什麼是我？」

「我也不確定。但我現在至少得找到一個能打給重國的地方。」她抓住他的手臂，往人們那頭移動。

「他知道為什麼的話，應該會告訴我吧。」

iii

一顆頭從建築間狹小的縫隙探出來，小心翼翼地左右望了望。對街是空的，幾個銅像人在這一側人行道的右方遠處徘徊，沒有五官很難看出它們在注意哪邊，但沒有朝這走來的跡象。

頭縮了回去，不多久一個人影便緩緩探了出來，先是一隻腳放到人行道上，然後另一隻腳。銅像人沒有動靜，他便多往左邊走了幾步，回頭，對探出來的第二顆頭比了過來的手勢。

巷子裡的人就這樣一個接一個悄悄走出來，男的女的，媽媽帶著小孩，最後才是士延、嵐之，還有兩個士兵。士兵警戒地望了望銅像人，然後他們四人便以稍稍遠離人群的位置跟上隊伍。

確實如他們所料，在動彈不得的車輛旁，沒走幾步就能找到插著鑰匙的機車倒在路邊，有些甚至沒熄火。人們兩兩一組，悄悄扶正倒地的機車，然後推著車和其他人一起沿路找下去。

「對了，妳會不會騎車？」士延抓住地上一台機車的龍頭，小聲問嵐之。

「會啊。可是我很久沒騎了，你載我吧？」

「喔好啊。」士延習以為常地回答，就跟所有台灣男生一樣。「幫我抬一下後面。」兩人有點吃力地把車抬正，士延連忙退一步穩住龍頭，看到後面的士兵一人監視著後方，另一人輕鬆地拉起一台機車。士延總覺得，那人凝望機車儀表板的樣子，就好像第一次遇到這種機車，還在研究要怎麼起步似的。

嵐之順著他的視線向後看了一眼，「等安全一點我再跟他們問清楚。」她說，「前面在揮手了，趕快推過去吧。」

◆

熄火的摩托車推起來只有輕微的摩擦聲，在其他引擎聲的掩護下，沒有引起銅像人的注意。士延看了一下眼前準備出發的隊伍：中年男子一個人領頭，剛剛提殭屍電影的年輕人載著一個女生，小孩緊抱著媽媽，還有幾個剛剛沒跟著發言的人，加起來有六七台車，車上的人全望著士延和嵐之的背後：兩個全副武裝的大個子擠在一台白色的老舊小五十上面，好像要把它壓垮似的。

中年男子忍不住搖了搖頭，接著就對所有人舉起左手，比出了三根指頭，然後二、一，所有的機車便一起爆出點火聲，有些一下就換成了穩定的噴氣聲，有些點了好幾次才發起來，但那陣發動的聲音已經夠響亮，讓士延感覺到周圍所有銅像人都已經在注意這邊，他連忙催起油門加速向前，但不到幾公尺就停了下來。

「怎麼回事？」嵐之問完，才看到一旁的母子倆還在原處，媽媽慌張地按著按鈕轉著油門，但車子只是一陣一陣地叫，簡直像在呼喚那些銅像人似的。

「快換一台車！」嵐之大喊，並催促士延：「我們先走吧！」但士延已經踢開了側架下了車，對心急如焚的母子倆說：「換我來按按看！」

嵐之在車上忍不住罵，「你按有什麼不一樣？」

士延愣了一下，然後才想到要蹲下來找機車的踩發，太習慣按按鈕的他生疏地拉開踏桿，起身使勁地踩，桿子卻只下降了一點，車還是紋風不動。氣急敗壞的士延正想著還有什麼方法，卻聽到那個媽媽先開了口。

「小姐……可以幫我帶小孩先走嗎？」她對嵐之說。

「什麼？」嵐之愣住了。

「我再找別的車，妳先幫我帶小孩走，好不好，拜託妳？」

「我不要先走啦——！」小孩在她背後開始尖叫。

士延彷佛聽見銅像人的聲音就在背後。正當他想使盡全力再踩一次時，整個人忽然被用力頂開；他看見一個褐色的巨大身影站在他剛剛的位置，抬起一隻厚實的軍靴，一腳踩上發動桿，用全身的重量向下一踩。他以為桿子要被他踩斷了，但引擎卻開始發出吵雜而穩健的運轉聲。

那名士兵望了士延一眼，然後舉槍回身扣了兩三發，士延才看到剛倒下的銅像人已經離士兵倆的機車不遠。聽見嵐之焦急的呼喊，他連忙跨回機車前座，催油門追上順利出發的那對母子。眼前，那個小孩像書包一樣緊抱著媽媽瘦薄的身影；照後鏡裡，士兵也跳上了車緊跟著，在他們後面則是整群的銅像人，跟著鏡面一起上下晃動。

◆

三台車追著前方車隊的車尾，穿梭在馬路邊、車陣裡甚至人行道上。雖然被他們車聲吸引來的銅像人始終在後頭趕不上他們，但前方車隊招來的就離他們不遠了，有些甚至近到快攔住他們。士延只敢看著前頭的母子倆並全速緊跟，嵐之則是緊抓著士延的內衣，偷偷望著朝他們靠近的銅像人。

那些銅像人的五官現在看起來更清楚了，就好像人臉淋了一層濃厚的銅色漆，但沒有哪個銅像人因為他們的聲音靠近而有表情變化，就跟真的銅像一樣始終面不改色。嵐之不禁懷疑它們真正的感覺器官並不在那顆光頭上，但她仍不敢和那些假臉對上眼。

一旦遠離街區，就不再有新的銅像人從路邊跑出來了，而在他們眼前，前方車隊也順利上了匝道，進入聯外快速道路；一如中年男子所言，這時候根本不會有人去攔阻闖進快速道的機車，因為整條路都沒有人，連一台被遺棄的空車都沒有。

看到前方三線道一片順暢，兩邊又有隔音牆拉起一道長城，中年男子稍微放慢了速度，讓車隊稍稍靠攏，並轉頭大吼，「後面那幾個有沒有跟上？」

車隊最後頭的年輕男女看著照後鏡裡的母子和後面兩台車逐漸接近，便大聲回應，「都跟上來了！」

中年男子一聽便重新加速前進。

年輕男子隔著兩台車跟在中年男子後頭，放眼望去似乎暫時是平安了。而且第一次騎這種普通機車上環快，即便這種時候仍帶給他些許新鮮興奮，而且後座還有一個陌生女孩緊抱著他不放。

他往後望了一眼，對她說：「好像安全過關了耶。」

「真的假的？我剛剛還以為我們都要掛了耶，嚇死。」女孩一說話，年輕男子才發現她的聲音是他喜歡的那種娃娃音。

「沒事，沒事。」年輕男子回答。他其實可以跟她說不必抱那麼緊了，但他心想，等一下再講好了。

「對了，妳叫什麼名字呀？」

「那是什麼？」娃娃音忽然尖聲大喊，年輕男子一回頭，就看到前面右邊的匝道出口冒出了一個古怪的東西，他還來不及反應，下一秒他的視線裡就只剩下一張血盆大口的一小部分。

◆

拚了命想跟上前車的媽媽，忽然看到有人騎著馬逆向衝上匝道口，第一個反應是，台灣可以在路上騎馬嗎？但下一秒，那匹馬就對著來不及閃避的前車陣衝了過去，本來抓著龍頭的騎士飛了起來，機車也隨之翻倒向前滑行，後座的女生也跟著滾了出去。

在驚慌之中，騎車的媽媽反而放大膽從一旁閃了過去，並看到前頭還有兩匹馬正向更前面剩下的三台機車追了上去。她不敢貿然往前衝，暫時先煞住車回頭看，才看清楚剛才把機車撞翻的根本不是馬，而是一頭形狀就像人騎在馬上的暗青色怪物。上頭那個人形的東西跟駱駝背上的峰一樣，只是隨著怪物的身體在晃，真正像腦袋在動的，是現在正低下來撕咬那男生的馬頭。

就在那時，她忽然聽到一連串爆響，那隻怪物便發出怪叫，側身朝她倒了下來，上頭的人形也摔在地上，光溜溜的頭頂就朝著她扭來扭去。原本被怪物擋住的視線一開，她便看到那個穿內褲的男生和他後頭的小姐，還有剛剛救了她一命的士兵，坐後頭那個還拿著槍。但兩台車正要繞過怪物前進時，那隻怪物忽然痙攣著踢直了後腿，士兵那台車來不及閃躲就被它絆倒，騎車的士兵順勢往前在地上滾了好幾圈，後座那士兵則隨著車摔在怪物身旁。

剛剛士延一看到怪馬撞倒前面那台一男一女，就嚇得緊急煞車。後面的士兵雖然上前開槍擊倒了它，但地上那男的已經被怪物撕開，女的剛剛被馬腳用力踩在底下，也已經不會動了，他只好再催起油門從旁邊繞過去。但才剛經過怪物身旁，就聽到後面一陣碰撞聲，照後鏡裡兩名士兵的摩托車騰空翻了起來，他連忙停下車準備幫忙。

車還沒停穩，嵐之就衝下車，朝地上的士兵跑去。士延也跟著過去，看見地上的士兵正重心不穩地試圖起身；當他和嵐之扛起他時，兩人都聽到他在呼喊另一名士兵，雖然隔著面罩，但他們都聽得出來那是英語。

「喬！起來啊，喬！」他顧不了安全，對著倒在怪物旁的同伴大吼，並歪歪斜斜地想朝那頭前進，但只能勉強靠士延和嵐之將自己身子挺住。

更前頭，看著這一幕的媽媽，幾乎是直覺地催起油門一百八十度迴轉，全速衝過他們三人身旁，往怪物那頭騎去。她在倒地的士兵前停下車，冷靜地對小孩說：「底迪，先下車，等下站到前面去。」

小孩便聽話下了車，看著媽媽顧不得怪物還在旁邊抽搐，仍使出十二分力氣扯著那士兵的肩膀幫他跪坐起來，然後死拖活拉地讓他跨上後座墊。媽媽一上車，小孩馬上跳上坐墊前的踏腳處，站在儀表板前看著車頭再度迴轉，往前面的內褲人他們靠近。

好不容易被士延和嵐之扶起來的士兵，看到那個叫「喬」的夥伴被載了過來，連忙上前探視。喬坐在後座，勉強對他比出了ＯＫ的手勢，機車便繼續往前，在不遠處停下來等著。

就在那時，原本倒在地上的怪物居然開始扭動身體，一下子就滾成了趴姿，然後立起身，背上的人形在三人面前重新抬高，好像還朝他們轉了過來。士延跟嵐之嚇得連忙跨上坐墊，那名士兵也從後頭撲上車，硬是把士延擠到只能用半個屁股坐在前端，士延猛催油門，車卻只是緩慢起步。等到機車速度逐漸起來時，那種有馬蹄節奏卻沒有馬蹄質地的古怪聲響已緊追在車後，另一台車雖然負重輕了一些，卻也只在他們前方不遠處而已。

「快一點啊！」嵐之在士延背後大喊。

「已經催到底了！」士延隨著槍響吼了回去，但後面的馬蹄聲卻沒有遠離的跡象，甚至還更靠近了一些。嵐之雖然害怕，後面又有一個大個子拚命往前壓，卻還是忍不住往聲音那頭看了一眼，瞬間就理解了那是什麼東西——那也是蔣公銅像，不過是那種騎著馬、穿著全套軍裝的威風蔣公，但就跟剛剛巷子裡那些人影一樣，被一層介於金屬和皮革質感的外皮從頭到腳包了起來。不一樣的是，這次她確實看到了怪物的嘴——不在蔣公臉上，而是在馬頭上，從該是馬嘴的地方一口氣裂到馬耳下端，此時正像一朵血肉巨花綻開，並準備咬下來。

「快甩掉它啊！要咬到我了！」她絕望地大喊，伴隨著後頭士兵更激烈的咒罵聲。

「甩不掉啊，甩不掉啊……」士延已經緊張到喃喃自語，手都快把油門扭斷，但路面向後飛馳的速度卻越來越慢、越來越慢……他以為車終於在這時候承受不住而熄火了，但他仔細一看，才發覺變慢的是一切，只有他的腦袋還是原本的速度，讓他可以仔細把周遭看清楚——右前方有一個匝道口可以下去，他便微微讓車向右偏。但當車快要下閘道時，他忽然有了一個新的想法，反正時間還那麼久——他重新把車頭打直，朝岔口中央衝過去。護欄的起頭和測速照相慢慢逼近面前，他便在輪胎幾乎撞上護欄的前一刻將車身左偏，以幾乎要擦過的間距回到原本的路上。後頭的怪物來不及閃避，便以全速撞上了測速照相，整根桿子彎曲變形，機身都掉了下來。雙方的距離瞬間拉開，怪物一下子就消失在眾人視線中。向後飛馳的路面又快了起來。士延始終沒有放開油門，心跳還是令他胸口疼痛，他也清楚感覺到背上嵐之的心跳像他一樣劇烈。

「你在搞什麼啊？剛剛真的就只差一點耶！」她的語氣聽起來與其說憤怒，不如說是狂喜。「你怎麼有辦法那樣閃？」

「我也……不知道。」士延彷彿大夢初醒地回答。更後面的士兵看他回過頭來，便用力比了個大拇指。

◆

兩台機車繼續沿聯外道路向前奔馳，但沒多久，前頭的媽媽就突然減速，士延馬上也跟著發現，他們騎進了車禍現場——兩台機車像是發生激烈對撞一樣倒在路旁，零件散落一地，沒有人，只有地上些許血跡。

「也許不是他們吧……」嵐之明知故問，但也沒人反駁，兩台車就這樣緩緩駛去。

媽媽輾過碎片，把車靠近士延。「剛剛有兩隻在追他們。我有看到。」

「那前面恐怕不能走了……」士延說。

「可是後面……那個東西還會不會追過來？」嵐之問。

「剛剛他們開那麼多槍還沒死，撞那一下可能也不會死吧？」

「還是……從後面那邊下去？」嵐之說的「那邊」，是一條開在右後方的匝道，原本是讓車子開上來的，他們差點就要錯過了。士延轉個彎騎到已沒有隔音牆的護欄邊，看了看高架橋下；放眼望去只有幾棟低矮的透天厝，面前一塊塊荒地上孤立著巨大的看板。他再往匝道望下去，也沒什麼動靜。

「就這麼辦吧。」他便帶頭逆向下了匝道。

◆

匝道下去的左右都是寬敞的平面道路，但路上一台車也沒有。他們轉了一百八十度才看到橫向路標，但上頭指示的兩個地名都十分陌生。

他們只好順著高架橋，朝原本要前進的方向繼續走。先是經過那些畫著美好完工圖的房地產布幕廣告，然後才看見鐵皮搭成的簡陋雜貨店、房子矮小但招牌特大的檳榔店，接著，終於出現了加油站。

嵐之仔細地沿路盯著四處看，但還是毫無人跡。

「媽媽，我想上廁所。」小孩忽然轉頭對媽媽說。媽媽便輕輕按了一下喇叭，駛進加油站，走在前面的士延那台車聽到，也回頭跟了過去。兩台車停在加油站廁所前，母子倆下車正要走進女廁，坐在後面那個叫「喬」的士兵突然走來擋在門口，自己舉起槍緩緩往裡面走。一陣開門碰門聲過後，他走出來比了個OK的手勢。

「謝謝。底迪，跟叔叔說謝謝。」

小孩有點畏懼地說，「謝謝叔叔。」喬想摸摸小孩的頭，但小孩一溜煙就跑了進去。嵐之看了他一眼，也跟著走進女廁。

接著，士延在男廁門口緊張地看著喬繼續檢查廁所。確定裡頭空著後，喬在面罩底下呼了一大口氣，如釋重負地在小便斗前解開拉鍊。士延便跟著在旁邊的小便斗前站穩，忽然想到，這竟然是他今天第一次上廁所。先是在實驗室裡跑來跑去，後來車被踩爛、跑進大樓又逃出來、然後在巷子裡亂鑽，最後還在快速道路上飆車。現在心情一放鬆，口渴、肚子餓，甚至腿軟等各種感覺，就一口氣全跑出來了。

兩人尿完走出廁所，就換原先守在外面的另一個士兵進去。士延還是習慣地洗了洗手，想著等下去哪裡找可以喝的水；他看著鏡子裡穿著內衣褲的自己，還有背後另一頭的加油站辦公室，心想要是能在這邊找到衣服就好了。但他想起百貨地下室那可怕的景象，決定還是再忍耐一下，等確定安全之後再想衣服的事。

這時，他身旁的那個士兵喬，忽然脫下他的頭盔，露出一頭褐色的捲髮，接著把防毒面具摘了下來，露出輪廓分明的側臉，以及些許擦傷的痕跡。他轉過來望著士延，讓士延看見他藍色的眼睛，以及一種無奈但有點自嘲的神情。另一名士兵這時走出廁所，看見同袍脫下防毒面具，整個嚇了一跳。

嵐之也正好走出了出來，看到那一頭褐髮也愣了一下，並聽見另一個士兵隔著面具用英語在罵：「喬，你瘋了嗎？外面都是孢子啊！」

喬倒是輕鬆地回答：「瑞奇，我摔在高速公路上時面具就已經破啦。當時那東西就在我旁邊，後來還追著我們跑呢，現在也沒覺得不對啊。而且，我們還一直貼在這些生還者身上，他們看起來也沒事呀。」

「但搞不好……」

「如果我真的被感染，現在也早就太遲了啦。」喬打斷瑞奇的質疑。「我如果真的變成剛剛那種東西，你在我頭上開一槍就是了。」

「別講這種話。」瑞奇不快地說。

「而且，這裡真的太濕熱了，跟蒸汽浴一樣。伊拉克都沒這麼可怕。」喬抹了抹頭上的汗。

「打攪一下……」嵐之以教科書般的英語插嘴，讓喬愣了一下。「……你們是美軍嗎？」

「不是。」喬一改臉色，冷漠地搖了搖頭。

「那你們是哪個國家來的？」

「我不能告訴妳。」

「那你們為什麼會被黃主任派來帶我們走？」

「我不知道妳在說誰。」

「你不知道。那你們為什麼要來？」

「有人叫我們到這個新——三百貨，來護送劉——細——延和郭——嵐——機到指定地點，」喬滑稽地唸出他們倆的名字。「之後會有人來接手。所以我們就來找你們。這是我們的工作。」

「誰叫你們？誰又要來接手？」

「我不清楚。」

「如果我們不跟你們走呢？」

「本來可能是有這個問題，但現在這種情況下，已經沒有了。」喬有些挖苦地回答。「況且，妳剛剛不是說有什麼王主任嗎？他應該也是告訴妳說，跟著我們走，不要管我們是誰吧？」

「他姓黃。」嵐之挫敗地提出糾正。

「隨便。說真的，有些事一開始本來是要先跟你們說明和確認的，但當時妳也看到了，那些生物聽到一點聲音都會靠過來。所以我們只好什麼都沒說就帶你們出發了。」喬半認真半開玩笑地問，「所以妳真的是郭——嵐——機沒錯吧？」

「是的，」嵐之不悅地回答。「那我可否問你，現在我們要去哪？」

「本來直升機應該要帶我們走的。」喬的語氣裡有些無奈。「但現在得重新打算。那些傢伙……完全超乎本來的預料。我們的情報誤以為只會有少量移動的銅像內生物而已。」

「別說那麼多，」一旁警戒著的瑞奇打斷他。「重新聯絡基地吧。」

「收到，」喬卸下背包，準備拿出通訊器材。「把面罩拿下來吧，瑞奇，真的。」但瑞奇只是動也不動地監視著遠方。

話一被打斷，嵐之便對士延比了比牆邊的販賣機。「士延，我們去買喝的吧。」

剛剛士延聽了半天一句也不懂，此時終於有機會接話。「喔好啊。」

「媽媽，我可不可以去買橘子泡泡汽水？」小孩一聽嵐之說，便向媽媽央求著，「好嗎好嗎？」

嵐之一聽差點要皺起眉頭，但連忙收住表情。

「不行！」媽媽對小孩說。「很危險。」

「對啊，太危險了。」嵐之連忙附和，但低頭望向小孩。「我們幫你去買吧？」媽媽愣了一下。「咦？不用吧，這時候喝什麼汽水呢……」她低頭想斥責小孩，卻發現他可憐兮兮地望著自己，一時不知道該怎麼才好。

「橘子汽水嘛！沒關係！」嵐之異常熱情地對母子倆說。「我們去買就好！」她刻意望了小孩一眼。小孩被她一看，反而害羞地躲到媽媽身後，但臉上滿是期待。

「真是不好意思……」媽媽只能尷尬地道謝。

「不會啦，真的。」嵐之轉頭別過媽媽，就收起了笑容。「走吧，士延。」

稍稍遠離母子倆後，嵐之才重新開口。

「你聽得懂他們說什麼吧？」

士延尷尬地搖搖頭，她便概略翻譯了剛剛的對話。

「沒問題嗎？他們……」他忍不住抱怨。

「重國找來的，我想應該是沒問題吧……對了，我該打個電話問他。橘子汽水，然後……我無糖綠茶，幫我按一下。」嵐之一手把硬幣塞進販賣機、一手從包包掏出手機。「對了，幫他媽媽買一罐什麼吧。」

「橘子汽水、無糖綠茶……礦泉水應該可以吧？我的話就……」士延按下按鈕，然後蹲下去把飲料一瓶瓶兜進懷裡。「現在這樣他還有辦法接電話嗎？」

「謝啦。他好像事前就知道會發生……我還有很多事要問他。」嵐之把手機放在耳邊，焦急地等著。

iv

先前聽到嵐之說街上出現移動的蔣公銅像，重國就打消了返回市中心住家的念頭。雖然街上發生的狀況有一部分算是他預料內，但來得實在太突然，而且範圍實在太廣了。更糟的是，實驗室的災難完全出乎他意料。本來他以為那裡是最安全的堡壘，所有底牌都在那裡頭跑不了，沒想到災難居然是從裡頭燒起來，而且一張底牌還跑出來了。雖然還好有嵐之盯著，但現在城裡變成這樣，也沒辦法自己帶著走，只好讓他們自己去拿了。

現在最重要的，就是脫身。而他認為最保險的方法，還是跟著他們走。

他開著車，繼續在城市外圍的山路上繞行，直升機的旋翼聲來來回回，耳機裡等待通話的嘟嘟聲響個不停，但始終無人接聽。帶著他們一家人走是事前就講好的條件，但一切發生得太快，現在那邊應該也亂成一團了。不過重國相信，就算發生緊急狀況，他們還是會好好維持基本運作，只要能抵達那邊找上對口，他們應該還是會做出安排。如果對方再不接電話，他就只能先去再想辦法了。

彎曲的山路不一會兒就連接上半山腰一條平坦的大馬路，而馬路的盡頭，就出現他熟悉的辦事處大門。但此時，門前卻出現了路障，兩名士兵荷槍實彈站在門前，盯著他們的車窗。他只敢把車停在離大門一段距離的馬路邊。他知道那些士兵現在有可能二話不說就開槍——他們可不是國軍。

嘟嘟聲仍響個不停。車上後座的兩個小孩從不耐煩變成了不安，重國身旁的太太忍不住問，「不能直接過去問嗎？」

「再等一下……」他的指頭拚了命敲著車門邊。窗外的旋翼聲彷彿也隨著他的焦慮而越來越響，直到耳邊的嘟嘟聲被噪音蓋過，他才想到該接電話的人根本就在他們面前的直升機上。門口的兩名士兵彷彿聽見了什麼指令，提著槍便往門內跑。

「糟了。趕快下車！」他對家人大喊，和太太一人拉著一個孩子，拚了命往直升機那頭跑。但那巨大的運輸直升機已經越升越高，丟下了才剛跑到路障前的一家四口。

◆

「怎麼一直通話中呢。」嵐之對手機喃喃自語，另一隻手都快把沒喝幾口的綠茶寶特瓶擠到變形了。一旁士延已經喝光整罐可樂，正想跟嵐之討點錢再買一罐，看到她那表情，什麼都不敢說。

「喝慢一點，都灑出來了，嘿！」媽媽捧著礦泉水喝斥著小孩。小孩猛灌橘子汽水、開心地彷彿忘了路上的經歷。不知為何，士延忽然有種奇妙的想像，彷彿此刻和平常沒什麼不同，他和嵐之只是路過加油站停下來買飲料，碰巧遇到當地的媽媽帶著小孩而已。這裡只是沒什麼人的普通安靜鄉間，偶爾才會有車經過——

而現在真的有一道機車聲一直朝他們靠近。

兩名士兵舉起了槍朝聲音方向警戒，而士延他們也緊張地看著那車從加油站圍牆旁現身。讓所有人大吃一驚的是，那是原本車隊領頭的大嗓門中年男子。

「快上車啊！一堆都追過來了！」他扯開嗓門大喊。

「它們要來了！」嵐之用英語大喊。「快回車上！」

六人正要各自擠上機車，中年人一看連忙猛指後座，「你們誰過來我後面吧！」瑞奇一看手勢，就改跳上中年人的後座，三台車立刻順道路飛奔而去。

轉彎離開加油站的那一瞬間，所有人都看到了後頭的追兵——不是剛剛的馬，而是更之前的銅像人，像聽見馬拉松槍響一樣整群跑來，而且是用短跑選手的速度衝刺。一時間，還真的有些銅像人幾乎快追到他們車尾，但距離終究隨時間一點一點拉開；當他們確信那些銅像人沒再追來時，車隊已經騎上一條通往山區的上坡彎路。

「剛剛在高架道上本來還騎得挺順的，我一聽後面碰一聲，想說不會吧，騎這種三線道還會摔車，結果往後一看，我操，那東西居然還會騎馬，沒辦法我只好拚命衝啊，結果它們一直給我追上來，那我看旁邊有岔路我就趕快下去了，另外兩台車沒跟過來，我就不知道後來怎樣啦。沒辦法啊，都到這種時候了，哪有空顧別人？」中年男子對後座大聲說。

「他們一路跑下去應該還是甩得開吧。誰知道。下去之後我就想說，去派出所找警察，找是找到啦，可是一個人也沒有！整個鎮沿路都找不到人，我本來想說要騎出去了，忽然一大堆那種東西就跑出來啦！還真的給我用跑的！還好你們那時候有遇到我，不然你們就要被它們堵在加油站啦！可是很奇怪耶，我那時候看到有一個不太一樣的東西，你知道嗎？就是真的蔣公銅像，也在動！跟七爺八爺一樣，比那些……普通的還高一截，在它們後頭那邊晃啊晃的。馬的，什麼鬼啊這到底是。欸，你應該知道怎麼回事吧？」

後座的瑞奇不發一語。

「你是聽不懂國語嗎？」中年男子忍不住回頭瞪他一眼，但看到那防毒面具和步槍槍管就縮了回來。他小聲地自言自語：「講那麼多也不回個話。」

三台機車沿著山路向上，一開始還算順暢，但一個彎路後，前頭就出現了車陣，連對向車道都塞滿逆向上行的車輛。一行人便順著路邊狹窄的縫隙繼續鑽上去。

「我覺得這樣下去不太妙。」一嵐之把頭往前湊，大聲對士延說。

本來就不太妙啊，士延心想。但他仍問：「什麼意思？」

「我們本來是要跟他們搭直升機走的，我剛剛還聽他們說要重新聯絡基地。但我們現在一直往山上跑，這樣直升機比較難到吧？而且你看，這麼多人都往山上跑，這樣我們到時候會更難上直升機。」

「沒辦法，」士延對後頭喊。「平地都是那些東西，還有那種馬，妳也看到了吧！先躲再說吧！」

喬坐在外籍媽媽的後座，留意車後有沒有東西追來，同時也好奇地觀察四周從未見過的事物，像是水泥和圓石堆起的邊坡，各種與他故鄉大不相同的鮮綠植物，屁股底下這台奇怪的小摩托車，還有眼前這對母子。這位台灣太太騎車的技術好到令他讚嘆，前頭夾著一個小男孩，居然還可以在那麼狹窄的路面上扭來扭去不失平衡；前面兩台也不惶多讓，但這些人都不是什麼專業騎士，全是路上湊在一起的台灣人而已，這就更讓他難以置信了。

媽媽專心地緊跟前車鑽過的空隙前進，深怕哪台車車頭動個幾寸，路一被封死，要追上就很難了。

「媽媽，」小孩卻在此時轉頭說，「我們還要騎多久？這裡好恐怖，我不想待在這裡……」

「再等一下。媽媽也不喜歡待在這裡啊。」

但她這一分心，就沒留意到前面內褲男那一車已經停了下來，她來不及煞車，車頭頂了前車屁股一下，還好速度本來就不快。

她不好意思地抬頭向前望，但前面三個人只是盯著更前面過彎處的一台巴士。它橫在路上，把路面全部都擋了起來，車尾堵著山壁，車頭則撞上護欄。她看到最前面的中年男子和那個不脫面罩的士兵已經下車，正看著巴士車身。

「馬的，一台車害到這麼多人，是怎麼開的啊？」中年男子抱怨。

瑞奇走近車後，看到車尾已經擠在陡峭石壁上，沒一點縫隙，便向其他人搖搖手表示走不通。另一邊，士延沿著車頭頂著的護欄往外看，發現護欄外頭也是懸崖，人如果想跨出去一步步繞過車頭，大概也會摔到底下去。

「可能要爬過去，」他對其他人說。

「爬不過去吧，」中年男子指著垂直的巴士車身說。「這怎麼爬？」

他這麼一問，其他人便不約而同望向車底。

「只剩這邊了。」嵐之轉頭望著巴士擋住的車陣，「我看那些人應該也是從車底下……」話還沒講完，她忽然尖叫一聲，背往巴士車身上猛靠；其他人隨著她的尖叫回頭看向車陣，只見前頭那台車裡竟有兩個人，身體僵直地仰在椅背上，動也不動。

「搞什麼鬼啊！」中年男子大喊。

「這是……怎麼回事？」士延發著抖問。

小孩邊哭邊對著媽媽講，「我剛剛就告訴妳好恐怖，妳都不理我……」媽媽雖然害怕，仍抱緊了小孩並遮住他的視線。

兩名士兵倒是冷靜地舉槍往車陣靠去，逐一檢視前頭幾台車，發現車上都有一樣的屍體：人們連安全帶都沒解，就整個抽直地死在坐位上。

喬仔細觀察一具死屍的臉孔，注意到有些奇怪的液體正從孔竅裡緩緩流出。而那具死屍就在那一刻動了起來，瞬間朝他猛撲，下一秒就把玻璃窗撞成白茫茫的碎花。兩人退開一看，整條車陣裡的車都在搖晃，好像所有的死屍都想把車門撞開似的，他們連忙跑向巴士，而那頭的五人已看到車陣的異狀，已經伏下身準備從車底逃走。

小孩爬車底是最輕鬆的，瘦小的媽媽和嵐之也沒什麼困難；士延雖然爬得動，但整條大腿磨著路面實在很不舒服。肚子不小、身手也不太靈活的中年男子還吃力地卡在後頭，他雙手雙腳猛踢猛爬，上半身正跟著嵐之和士延鑽出了車底，左腳卻踢到車輪邊一塊硬硬的東西。瞬時，嵐之、士延和他，都感覺眼前開始模糊震動，對士延來說，那就是之前他面對蔣公銅像時，會出現的那種古怪感覺。

◆

士延和嵐之一走進荒廢的中庭，台座上的蔣公銅像就像活人一樣動了起來。兩人同時唱起了歌，好像是〈蔣公紀念歌〉，又好像是在咒罵蔣公但變成了一首歌，而蔣公便隨著歌聲轟然掉落台下，兩人都被震倒在地上。士延看到嵐之站了起來，變成了蔣公銅像走出中庭，但他自己卻留在原地，一站起來，皮膚也開始浮現銅像般的質感。

但同時，他又感覺到自己還在走著。有人拉著他的上半身，他的腿就跟著往前走。慢慢他才搞清楚這是怎麼回事：有個臉孔陌生的士兵讓他搭著肩膀，半扛半推地帶他一起走；士兵看他意識恢復，就鬆開手讓他自己站著。士延看了看面前：那個好像叫瑞奇的，已經脫下面罩和頭盔，露出貼著頭皮、削得極短的黑色頭髮；他的眉毛和嘴唇都有種厚實感，透露一種和喬不太一樣的謹慎。另一頭，嵐之的樣子好像也是剛恢復意識，搖搖晃晃地離開了喬，朝他靠近；一旁，媽媽和小孩望著他們倆，露出警戒的表情。

「妳沒事吧？」士延問。

「我……剛剛不知道為什麼昏倒了。」嵐之回答。

「我也是。其他人好像都沒事……」但他張望了一下，卻沒看到中年男子。他猶豫著該怎麼問，然後對其他人說：「剛剛那個男的去哪？The man, where is he?」

「他變成殭屍跑走了。」小孩心有餘悸地回答。

「殭屍？怎麼變的？」嵐之也問。

「他被車底下的怪物抓到，就變成殭屍了。你們是不是也要變殭屍了？」

「不要亂講。」媽媽阻止他講下去。「他……本來跟在你們後面要出來，可是忽然你們三個都開始發抖，然後你們兩個都昏倒了。然後他……他就……」她聲音開始顫抖，說不下去。

「他一直發抖，然後就鑽回去了。」小孩幫媽媽接話。「他的臉變得好像殭屍。」

「他的臉忽然整個……很可怕。」媽媽附和。

「那你們有沒有怎麼樣？」嵐之問。

兩人都搖搖頭。

嵐之接著問兩名士兵：「你們剛剛有感覺到什麼不對勁嗎？身體有什麼不尋常嗎？」

兩人也搖了搖頭。

「那你們有看到剛才他發生什麼事嗎？」

「我們兩個殿後，鑽到巴士底下時，忽然看到他拚命往我們爬過來。我們以為另一邊也有怪物，但他突然用難以相信的速度轉身，往後輪那邊爬過去，然後就停在那不動了。」喬回答。

「我們鑽到你們這邊，看到這邊安全，我就用手電筒回頭探了一下車底。」瑞奇接著說。「那傢伙一被我照到，就往離我更遠的那頭爬過去，然後又不動了。至於另一邊，車頭那一邊，我發現卡在車頭下面的是一尊銅像。我想看清楚一點，但喬說巴士上也有喪屍要跑出來，我們就趕快帶你們繼續走。為什麼山上也會有銅像？你們到底有多少這樣的銅像？」

嵐之一時不知該怎麼回答。

「你們如果變成殭屍怎麼辦？」小孩突然問。這次媽媽似乎沒有要他住口的意思了。

士延和嵐之你看我、我看你。

「我覺得不會。」嵐之回答。

「為什麼不會？」

「因為，」她半威脅半開玩笑地盯著那孩子說，「如果我們變成殭屍的話，你也跑不掉了，所以我們還是不要變殭屍比較好吧？」

小孩害怕地點了點頭。

「先別講這個了，」士延說。「先想想接下來怎麼走吧。妳不是說他們有說什麼基地的……」

大略知道各人英語程度的嵐之，現在問起瑞奇也不遮掩了。

「你們有什麼計畫？」

「先繼續往前走吧，我們邊走邊說。」瑞奇回答。「那台巴士不知道能擋它們多久。」

◆

兩名士兵一直謹慎留意前後方，但過了好一陣子，都沒有任何怪東西靠近，連人車的蹤影都沒有。

「我們得先找到一片夠大的平地讓直升機起降，」殿後的瑞奇邊走邊對嵐之說，「同時也得確保那塊地在直升機抵達之前都安全。」他看了看手上的GPS地圖，「再往前走幾公里應該就有一塊運動場……我想這應該是所學校吧。」

嵐之看了看，那確實是一個標準的學校操場。

「會不會有那種生物在那邊？」嵐之問。

「我還想問妳呢。」瑞奇回答。「我們對這生物的了解完全是現場學來的。現在我們大略已經知道，那些生物是人變化而來的，有些變成了銅像人，有些變成了剛剛車上那種喪屍……而且都是在那些真的銅像在街上走動之後發生的。但銅像怎麼促使人變成那種生物，我就不知道了。顯然，它用的並不是孢子傳染之類的方式。因為同時在場的人並沒有都被感染。」

「孢子？」嵐之問，「你們從哪裡聽說的？」

「事前獲得的情報。」

嵐之也沒打算問下去。「學校並不安全，」她說，「相反地那裡是最危險的地方。如果是這種山區的老學校，那校園裡有一尊蔣介石的銅像就是很尋常的事情了。」

「天啊，那等於沒有安全地方嘛。」瑞奇感嘆。「如果每個村落都有小學，每個小學又都有一尊銅像，那整個島嶼大概已經沒有一處不像剛才的市中心了。」

「或許我誇大了一些，」嵐之說，「最近幾年，台灣已經拆掉不少這樣的銅像了。有人把那些銅像集中放在一個紀念公園裡。」

「那麼那個園區絕對會是我最不想去的地方。」瑞奇說。「看樣子，我們只能碰運氣找找看沒有銅像的學校了。」

「如果可以順利離開的話……」嵐之還是壓低了聲音，「另外兩個人你們打算怎麼辦？」

瑞奇沉默了一下。「我們的任務並沒有包括他們。怎麼了？」

嵐之沒有接話。

她走到前頭，對其他人轉述士兵剛剛的見聞和說法，除了最後一件事以外。接著她問士延：「你覺得呢？那裡會有蔣公銅像嗎？」

「我哪知道。」士延只有拖鞋可穿，走路沒有其他人順暢。「已經逃出城市了，我完全不知道接下來要怎麼辦啊。他們說去哪就去哪吧。倒是有件事我還比較在意……」

「什麼事？」

「我已經不是第一次在遇到蔣公銅像的時候，看到奇怪的東西了……很奇怪，每次跟它靠那麼近都沒變成什麼，反而都看到一堆夢還是幻覺之類的東西。我之前就和妳講過吧？夢裡面有妳，好像還有我們小學，還有蔣公銅像……說是夢，可是感覺又好像有一些是以前真的發生的事情……妳有沒有印象？」

「沒有。」嵐之果斷地回答。

「是喔。好吧。不過我記得妳剛剛好像也跟我一樣有點快昏倒了，妳當時有沒有看到什麼東西？」

「沒有喔。」嵐之筆直地看著前面，看到喬有些輕鬆地在前頭領路，小孩子在亂拉他的背包，但他和那媽媽好像都不太介意，某方面來說簡直像一家人出遊似的。

「是喔。我還以為妳也有看到……畢竟妳也跟我一樣啊。」

「哪裡一樣？」嵐之突然轉頭問。

「喔，沒有啦，就……妳也遇見蔣公銅像兩次，也沒有變成那種東西啊。」

「不只我沒有變，那個外配跟她兒子也沒有，那兩個不知道哪來的士兵也沒有，就只有那個男的變了……」嵐之皺眉深思。「我還要再想想。」

「妳不問妳……老闆嗎？」

嵐之正要從包包掏出手機，但她想了想，又放了回去。

「他知道的可能還沒我們多。」她望了望前頭的喬：「我們跟著他們走，可能還比較有機會呢。」

◆

六個人在彎曲起伏的山路上走了好一陣子，偶爾看見路邊有房舍時會稍作警戒，但一路上什麼都沒有跑出來。隨著太陽越過最高點，他們也開始感覺到飢餓，但也只有士兵身上能拿出幾片餅乾。

如今只剩兩名士兵依舊臉不紅氣不喘，另外四個人已經越走越慢，尤其是步伐較小的孩子，本來還活蹦亂跳地跟著喬玩鬧，但現在卻是嘟著一張嘴、低頭看著自己的腳在踏步。終於，他停下來不走了。

「什麼時候才可以休息。我餓了，我要吃東西。」他快要哭出來地說。

「走啦走啦，乖，再走一下就到了，」媽媽言不由衷地哄著他，想要牽著他繼續走，但他硬是把手甩開。

喬又拿了一塊餅乾給他，但他還是待在原地，沒有要走的意思。

「不然我背你好了。」媽媽無奈地蹲了下來，當不比她小多少的孩子跨上背時，她幾乎要向前跪倒了。喬一看，便湊了過去向媽媽伸出雙手，示意要抱那個孩子；他見媽媽還有些遲疑，雙臂便比出了強壯的姿勢，露出微笑，希望她可以看懂。當他準備要向嵐之求援時，媽媽吃力地把小孩重新卸下，並用眼神詢問著孩子。喬身上那套野戰服裝和琳瑯滿目的零件似乎勾起了小孩的興趣，當喬伸出他粗壯的臂膀時，他幾乎是毫不猶豫地攀了上去。

「你在幹麼啊，喬？」瑞奇不悅地喊。

「不差這一點負重啦，老兄。況且，這樣也能讓隊伍加速呀。」他把小孩扛上了肩，小孩便像騎馬一樣抓著他的頭盔，好像找到了什麼新玩具似地。

瑞奇嘆了口氣。「別忘記你的任務。」

◆

稍稍加快的隊伍終於走到了岔路口。從路標看來，右邊這條變窄的支線通往叫做「復興」的村落，而左邊那座跨越溪谷，在彎曲山壁間取出直線的陸橋，則是通往另外幾個差不多的地名。

士兵以外的三個大人也已經累到不行，一停下腳步就往地上坐倒。小孩不知何時已經睡著，被喬輕輕擺回媽媽懷中。他示意要坐著的士延轉向盯著來時路，然後自己便挺著槍，監視通往村落的道路。

瑞奇往橋上移動，希望能從視野寬闊處看見村裡動靜。他心想，如果會動的是那東西，他們很難靠現在的火力一口氣殺到位在另一頭的學校；如果是人類的話，要在整群驚慌的平民中離開，不只非常困難，還非常令他厭惡。他唯一期待看到的，就是血跡斑斑又毫無動靜的村落，那代表人都已經被怪物殺光，而怪物也都走了。

他小心翼翼地貼著護欄，低身伏進到橋中間，深怕對手有不輸自己的眼力。他緩緩從護欄後冒出頭，拿起望遠鏡往村落那頭看。村裡有東西在動，他仔細一看，是一個人形，暗綠色的身影無目的地徘徊。房舍擋住了大半的道路，但光是他看到的範圍內，就已經不只一個人形在路上了。

他爬回橋頭，小聲對面向道路警戒的喬說：「它們在裡頭。」

喬問他說：「多嗎？」

「從橋那邊無法確認。」

「我過去查一查吧。」

「不要走太遠，看清楚有多少就回來。」

喬點了頭，看了看坐在地上的母子倆，然後準備往前。就在那時，他看到前頭的路邊有個在動的身影，不太靈活地從溝中爬了起來，接著便踉踉蹌蹌地往這頭走來。

兩名士兵立刻舉槍瞄準，但不敢發出任何聲音。其他人連忙跟著起身，在兩名士兵後面看著。小孩發出了剛睡醒的聲音，雖然不大，但已經足夠讓所有人嚇了一跳。

「等等……」瑞奇小聲說，死盯著越走越近的人影。

「再等等……」現在所有人都可以看到，那是個衣服骯髒不堪的人，因為搖搖擺擺而看不清臉孔。現在他已經走到士兵能準確擊中要害的距離了，而瑞奇也將指頭慢慢放到扳機上。但在那時，那人突然伸出右手，一個指頭舉了起來，好像想要比出安靜的手勢，卻對不準自己的嘴巴。

兩名士兵見狀，便讓他直直走到槍口前。雖然那人身上沾滿樹葉和泥土，但士延一眼就認出，那是替代役才會穿的淡褐色襯衫。那人在槍口前低著頭、舉高雙手，比出投降的姿勢，喘著氣，一言不發。

嵐之見狀，便輕輕對他說：「你可以小聲說話沒關係。」

那人瞬間驚恐地望著嵐之，像尊石像似地定在原地，見四周沒有動靜，才低聲說：「不要過來。全部人都變成怪物了，趕快逃。」

「他說什麼？」瑞奇問。

「他說村裡全部的人都變成那東西了。」嵐之替他翻譯。

「村裡有多少人？」瑞奇又問。

「……村裡我不確定。我們學校學生有一百七十五人……」

聽嵐之轉述這數字，所有人都講不出話。

「你們來的人太少了，」他繞過士兵的槍口，穿過士延身邊，往他們的來路走去。「我要趕快去報警。不對，借我手機好嗎，我要報警。」

「你不要去啊，」媽媽沒辦法放聲喊，便直接衝過去拉住他。「下面也一樣啊。」

「妳說什麼？」

士延也追上替代役男，「城裡跟這邊情況一樣，警察大概沒辦法了……而且，前面路上有蔣公銅像卡在車底下。」

「所以我真的沒看錯……」他喃喃自語。「真的是蔣公銅像。」

「你也看到了嗎？」士延連忙問，「你看到蔣公銅像了，後來你有怎樣嗎？有沒有看到什麼？」

「我……」替代役男忽然說不出話，僵在原地。

「等下再說吧。」嵐之和兩名士兵也靠了過來。「這座橋會去哪裡呢？」她問。

「上面還有幾個部落。」替代役男回答。

「那邊都還有學校嗎？」

「有，都有分校。」

嵐之皺緊了眉頭。「萬一上面也已經變成這樣的話……」

「上面的學校還是有蔣公銅像嗎？」士延問。

「我不知道……啊，有可能沒有，」他渙散的眼神忽然集中起來。「有一間分校是新設的，蓋的時候不可能還放蔣公銅像。只是那間就是最遠的了，聽他們說開車就要幾個鐘頭。」

「聽起來好像有機會，」士延望向嵐之，「妳會不會這樣覺得？」

嵐之點點頭，「我跟他們兩個講講看。」

當嵐之替兩名士兵口譯剛剛的討論時，替代役男忍不住偷偷問士延，「他們兩個是哪來的？是美軍嗎？」

「對啊對啊，我也一直很想問，但都不知道怎麼問……」媽媽也附和。

士延避開了他們的眼神，指了指嵐之，「我也不知道，可能要問她才知道。」

「他們是從英雄基地來的。」小孩忽然說。「他們搭隱形飛機飛來台灣保護我們，然後他們會用超音波光線把所有怪物都殺掉，然後我們就可以回家了。」

「你在講什麼傻話啊。」媽媽苦笑著，摸了摸他的頭。

士延嘆了口氣，心想要是真能這樣就好了。嵐之這時向他們走來。

「我們就上去那個村吧。」然後她跟士延偷偷眨了個眼。「到那邊再說。」

ii

隨著路越來越窄，路旁的樹木也越來越高壯，並以一種天然的粗獷護著隊伍的兩側，甚至頭頂。替代役男身在其中，也逐漸恢復了敘述能力。

「我們這邊的蔣公銅像半夜就醒過來了。我看到它的時候，它可能已經感染了全村的人，然後就繼續走了……往你們來的方向走。我不知道是不是你們說的車底下的蔣公？時間隔滿久的，但也許它中間有停下來也說不定。它們沒有一定都在移動……我在村裡看了它們好久，它們也會停下來，像是在聽什麼似的，因為只要一出聲音，它們就……就……」他結巴了起來，「我、我根本不曉得會那樣……那天晚上，銅像一走，我就聽到有小孩在尖叫，我就趕快去幫忙，然後——」

他沉默一陣之後，忽然一口氣爆了開來。

「那個小孩跑出來說他爸爸突然發瘋了，我趕快進去臥室看，可是燈亮著，沒看到人啊！一看床底下有兩條腿還在動，我怕死了也只能往底下看，結果他趴在床底下，叫也沒反應，碰他一下，他就、就突然縮成一團，我根本拉不出來啊！我想找人幫忙，結果村裡幾乎每家都有人這樣，忽然自己鑽到床底下、桌底下、車底下……幾乎都男的啊！就剩下他們的老婆、那些外籍新娘，跟一堆小孩在那邊叫啊哭的，我根本不知道怎麼辦？警察也都不見啦！那些人都跑回家想把她們老公拉出來，可是進去裡面的人，都沒有再走出來了，走出來的就只有那種……東西，整個村都是那種東西！我就趕快跑啊！可是村子從頭到尾都是，我只好躲到路邊一個箱子裡……我還是看得到外面……一有尖叫聲，那些東西就會動起來，沒有人逃掉，只剩我……我不敢動，也不敢出聲……有人早上來村裡，引擎聲一靠近，那些東西就整群衝過去，然後……光聽那聲音就知道，我再這樣躲著一定會死得很淒慘，所以我就趁它們跑去追引擎聲的時候逃出來，一點聲音都不敢發出來。我怕它們看到我，就躲在溝裡面，慢慢慢慢這樣一直往外爬，還有血從馬路上流下來……我不敢看啊……看了也沒有辦法幫他們啊……」說完，他忍不住抽噎起來。

士延不知道該回答什麼。媽媽聽了這段可能是同鄉姊妹的遭遇，更加憂愁地看著在喬肩膀上眺望風景的小孩。

「聽起來，和我們在城裡遇到的情形也是類似的。」嵐之說。「先是銅像出現，然後有些人就躲到了地下室、車底……」她忽然想到，「好像都是陰暗的地方……然後過一段時間，就變成了像銅像一樣的生物。天啊這簡直——」她忽然停頓下來。

「——像是躲到暗處化蛹的幼蟲一樣。」

兩個男生面面相覷。「所以……那是昆蟲嗎？」替代役男問。

「絕對不是。」

「那，那到底是什麼？」

「我不知道。」嵐之說，「而且它本來還是人。」

◆

彎曲的路面持續爬升，一行人為了節省體力，已經完全放棄了對話、手勢和眼神交流。只在經過山壁上開鑿的半開放式隧道時，他們才會稍微靠攏，由瑞奇或喬小心翼翼照著陰暗前路緩慢前進。但他們什麼也沒遇到，彷彿這世界上只剩下他們似的。

太陽落進山頭的時間，遠比真正的日落還要早。他們利用山間僅剩的光芒，在漸暗的景色與漸涼的空氣中繼續前進，直到路邊出現一間小屋，屋前有座電動柵欄，橫著的吊桿擋住了整條路。

打前鋒的喬示意大家停下來。止步瞬間，所有人都感覺到山林的寒意湧了上來。尤其是士延，雖然有瑞奇借他的軍毯勉強裹住上半身，兩條光溜溜的腿卻已冷到發麻。

「媽媽，我們還沒到旅館嗎。」小孩裹在喬的軍毯裡，讓替代役男從背上放了下來。

「還沒有耶。」媽媽忍住自己的失望對他說。

「那我們今天是不是要在外面露營？」

媽媽還來不及回答，替代役男倒是先開起玩笑，「對呀。你喜歡露營呀？」

「我沒露營過。」小孩說。「我都是聽同學講的。他們的爸爸媽媽放假都會開車帶他們去露營。」

「那你們家怎麼不——」嵐之正想試著和小孩說兩句話，替代役男卻搖搖手要她別問。「那我們今天就來野外露營吧！」他連忙蓋過嵐之的問題，笑著向小孩建議。

「真的嗎？那我們可不可以升營火？」小孩期待地問。

「哇，這我不知道耶……」替代役男望著其他人，「那些東西……晚上會看到火光嗎？」

「這不會有人知道啦。」士延發著抖說。「但我真的快冷死了。」

「讓他們想辦法吧。」嵐之望著前頭觀望著房子的喬。

喬和原本殿後的瑞奇交談了幾句後，便獨自往小屋緩緩靠近，從靠馬路的這一側走了進去。「如果屋內安全的話，我們就在這裡過夜，天要黑了。」瑞奇對嵐之說。不一會兒喬走了出來，揮手要大家過去。

走過電動柵欄的基座，就是喬剛剛進門的地方，旁邊的牌子寫著「光復檢查哨」。喬繼續往屋子另一頭繞去，忽然像是發現什麼好東西似的要大家過來，大家過去一看，那一側的屋外有個不鏽鋼洗手槽，上面的水龍頭還滴著水，旁邊甚至還有簡陋的廁所。

雖然小屋乍看只是簡陋的鐵皮屋，裡面卻有辦公室般的白漆牆壁和輕鋼架天花板。屋內有電燈，甚至還有一台電腦，但卻在關機狀態。一看到電腦桌前的大椅子，小孩子幾乎是瞬間就爬上去癱坐在裡頭，媽媽也捨不得跟他分著坐，就抓著椅子扶手往旁邊地上坐了下去。士延他們也各自找到牆邊，一屁股坐在地上。最後，兩名士兵才背對背在門口坐定。

「現在是不是可以升營火了？」小孩忍不住問。

士延和替代役男都望著嵐之。

嵐之看了看眾人，有點不太情願地起身，外籍媽媽連忙勸阻：「不用麻煩啦，小孩子隨便講講……」

「沒關係啦，也真的有點冷。」她對媽媽笑了一下。「而且有人只穿內衣褲嘛。」

出乎意料地，士兵們還真的點頭了，就在屋外的空地升了一小堆火。小孩子興奮地繞著火一下蹲一下跳的，好像都不累了，而士延則是動也不動地貼在火堆旁取暖。嵐之、替代役男和媽媽也圍著火堆稍稍放鬆，只有瑞奇仍專心盯著遠處山路，以及空中逐漸亮起的星點；一有不對勁，他隨時都準備好用腳邊的鏟子和沙土中止這小小的營火晚會。

喬從洗手台那側提著幾罐裝滿水的寶特瓶走了過來，接著又從一旁地上的背包裡，拿出好幾個像是泡麵調理包的東西；他把其中一些拆開來倒水進去再封好，接著連忙用那些裝好水的夾住沒裝水的調理包，塞進扁扁的紙盒裡，把它們斜靠在地上的一塊石頭上。小孩子開心地想把它拿到火邊拆開烤，喬卻對他搖搖頭，假裝了一個被燙到又縮回手的動作。接著，他又回洗手台那邊，這次拿了幾個餐盤過來。沒過多久，他便把一個一個紙盒重新打開，拿出調理包撕開，在盤子上倒出各種食物——雖然看不出是什麼，但在餓了一整天的眾人眼裡，那些在金黃色搖曳火光下冒著熱氣的食物，全都像是人間美味。他們輪流享用這分量不多的一餐，喬甚至又讓小孩喝到了粉末泡的橘子水。飯後沒多久，瑞奇把所有人趕回屋內，留下喬和他一起滅火善後。

「為什麼你堅持要升這堆火呢？」他問喬。

「是為了那個孩子……路途這麼辛苦，我想至少讓他開心一點。這樣我好像也會感覺好一點。」喬回答。

「聽著，我不是討厭小孩，但你應該記得最後能登機的只有哪些人吧？」

「有沒有可能——」

「回答我。」

「指定的一男一女目標，若有萬一則以該男優先。」帶著一點落寞，喬機械地回答。

「你真的不要忘記這件事，尤其是登機的那一刻。」瑞奇直視著喬的雙眼。

「知道了。」喬別過頭。

「接下來的任務有多少把握真的很難說……想回去見到你太太和孩子的話，可要保持清醒。」

「希望我們接下來的運氣不錯。」

「你先進去休息吧，我來值第一班。」喬進去之後，瑞奇關上了檢查哨的門，獨自盯著黝暗而陌生的山林。

iii

「我叫欣潔，」媽媽把孩子轉過去面對大家，「凱凱來，跟大家說你叫什麼。」小孩看到面前的人們，反而害羞起來，硬是掉頭擠在媽媽身上。

「他叫俊凱。」她無可奈何地拍了拍他的頭。

「俊凱啊……」這名字普通到讓嵐之不知該怎麼稱讚，但媽媽的名字倒讓她有點興趣。「對了，妳的名字怎麼那麼像台灣人？」

「那是來台灣之後改的。」

「原來如此……你來台灣多久了？」

「八年了。」

「也很久了呢……」嵐之一下子想不到要說什麼，只好跟著自我介紹。「我叫嵐之。」然後指了指旁邊裹在軍毯裡的士延，「他是士延。」

這時候凱凱忽然把嘴巴湊到媽媽耳邊。

「哎喲，你自己問呀？」凱凱傻笑著對媽媽搖頭。「他一直想知道你為什麼不穿衣服……不好意思呀。」欣潔尷尬地笑著。

「唉，這說來話長……」在嵐之緊迫的視線下，士延忍不住苦笑。「簡單來說，就是連衣服都來不及穿就跑出來了。」

「還好你太太來得及穿衣服，女生真的比較麻煩。」

「我們不是……」兩人連忙否認。

「喔，是喔？不好意思，我以為你們兩個是一起的。」

「也算是啦，」嵐之說，「但不是那樣就是了。」她連忙轉問替代役男，「對了，還沒問你的名字是？」

「胡佑良。大家都叫我阿良。」他拉了一下自己的名牌，才想到現在這麼暗根本沒人看得到。「我在剛剛那個復興村的國小當校警替代役。」一提到那邊，他就沒辦法再說下去，一時間一片沉默。

此時士延忽然想到一個話題。「那個，欣……潔，對吧？有一件事我想問，就是，因為早上我們其實是突然經過大樓的，所以想問說，在那之前大樓是什麼樣的情形？」

「你是要問，我在那邊做什麼嗎？」欣潔想了想，「我週六要工作呀！學校沒上課，沒人顧他，我都帶他一起出門。我要先去新生買東西，可是我才剛進去，忽然就一大堆人衝進來，嚇死人了！我根本不知道外面怎樣。我本來還要跟著跑下去，可是他就一直抓著我說，底下很恐怖，怎麼樣都不讓我走。沒辦法，我就只好和他待在上面，後來才聽別人說，外面有銅像在走。我其實什麼都沒看到。」

「雖然現在講這個有點可怕……但那時候，那些在跑的人可能就已經……不是人了。」

所有人訝異地望向窗邊月光下嵐之的面孔。

「剛剛有一個人……阿良你沒看到，他一碰到蔣公銅像，就忽然像失魂一樣，鑽到車底下不肯出來了。我在猜，他在接觸到蔣公銅像放出的什麼之後，意志就變成了一道很簡單的命令——就是，躲到陰暗的地方，然後準備變化。」

「像是被洗腦一樣嗎？」阿良問。

「洗腦、附身、感染……我會覺得是最後一個。那反應很像被真菌寄生的螞蟻一樣。一旦真菌的化學物質跑到腦部，螞蟻就只會想爬到適合真菌存活的地方，然後待在那裡等死，讓真菌生長繁殖。」

「所以他們才會那樣不要命地跑……」士延想起自己和嵐之差點被車身壓扁的那一刻。

「好噁心……」欣潔嫌惡地說。突然她緊張地問，「那我們接下來，不會也變成那樣吧？」

「我覺得不會，但我不知道為什麼。因為，我和士延已經近距離接觸銅像好幾次了。我到現在都還可以說話，連一點點想往暗處去的感覺都沒有，我只有覺得腿好痠好想躺床上吃東西而已，」講完這句她自己慘澹地笑了一下，但沒人注意到。「當時你們在附近，也沒有被感染，可是從白天新聞裡的畫面……你們有看那個畫面嗎？」

大家搖搖頭。

「主播她人應該在電視台大樓樓上，她也跑不見了；廣場上圍著蔣公銅像的群眾和警察那麼多，他們也全部跑不見了，所以我想……蔣公銅像的『射程』，應該很廣才對。可是我們在它們旁邊不只一次也沒有事，但同時那個男的，就直接在我們兩個面前發作……所以我覺得，應該有什麼因素讓我們剩下的這幾個人不會產生變化吧。」

欣潔鬆了一口氣。

「但沒變的人還是會被那些變了的人吃掉。」阿良的聲音聽起來有些痛苦。「我都有看到。」

「還有一件事我也不懂，」士延發問，「那些馬是怎麼回事？有馬也被感染了嗎？還有剛剛車上那些殭屍呢？」

「什麼？還有馬跟殭屍？」阿良嚇了一跳。

「這只是我初步的猜測……」嵐之邊思索邊回答。「剛剛路上的車子裡有很多外觀還像人的殭屍，我覺得那是因為，它們沒辦法躲到暗處，所以沒辦法完全變態。他們的腦可能已經不知道怎麼打開車門了……但我也只是初步觀察，不敢保證一定是這樣。至於那些馬……蔣公銅像也有一種是騎馬的。但我只想到這點，因為再怎麼樣人都是人啊，怎麼會長成馬的構造……」

「沒關係啦，很多事一開始早就不在正常範圍了。」士延猶豫著要不要順勢拍拍她的肩膀，但最終沒伸出手。

「也是。」嵐之嘆了口氣，「我也只能猜測到這裡了。」

「這樣已經很厲害了，」欣潔說。「要是凱凱長大也能像姐姐那樣聰明就好了，對不對？」但凱凱只是自顧自地看著窗外。

「還好啦。」嵐之回答，似乎有了一丁點得意。

「其實想想也不用啦……孩子能平安長大就很好了。」欣潔彷彿自言自語。「能平安過日子就好了。」

「把拔會不會這時候想要回家呢？」凱凱突然問。

欣潔愣了一下。「應該不會。他不會那麼快回來。很晚了，今天這麼累，你趕快睡覺吧。」

「你上次還叫他不要回來。」

「明天再說吧。先躺好，乖。」凱凱不情願地躺在喬的軍毯上，打了個呵欠。欣潔把凱凱包好後，用剩下的部分裹住自己，也忍不住打起呵欠。

像是共鳴似的，其他人也開始呵欠連連。一直沒說話的喬，為了保存夜哨的精力，老早就在門邊睡著了。一旦沒人延續話題，他們連晚安什麼的都來不及說，就一個接一個坐在原地，失去了意識。

嵐之突然瞪大了眼睛醒來。士延在一旁看著她的臉，兩人隔著一點距離並坐，同裹著一條軍毯。

「妳還好吧？」他小聲問。

「沒事。我好像作了什麼夢才醒過來。……你都沒睡嗎？」

「實在太冷了，我抖到沒辦法睡。」士延慘兮兮地笑著。

兩人安靜了一下，然後嵐之打破了沉默。

「真的很抱歉。」她突然說。

「沒關係啦，太陽出來應該會比較暖……」

「真的，士延，我一開始就不應該把你牽扯進這件事。」

「也不是妳一個人的問題啦……」士延想抓頭卻冷到不想伸手，「我自己也是一聽到有錢拿，就沒想那麼多了。」

「我沒想過事情會這麼嚴重，接下來會怎樣，現在我也不知道了……說要給你的都沒給你，還害你變成現在這樣，在這邊沒衣服穿。」

「可是如果妳沒帶我的話，我搞不好在山下就被那些東西吃掉了呢。至少現在這樣還有機會逃出去。只是說，」他確認了一下其他人是否都睡著，「他們兩個到底是什麼單位的？」

雖然看不清楚，但門口睡著的似乎已經換成了瑞奇。

「我真的不知道。我主管到底跟誰連絡，把這兩個人找來，其實我也不清楚。」

「感覺他祕密很多呢。」

「對啊。」嵐之有點沮喪地說。「從以前到現在，還真的沒有什麼事交給他會不放心，所以我沒事也不會多問。」

「聽起來你當他祕書當很久了？」

「我不是他的祕書……應該算是助理。來這實驗室當助理之前，我在學校就已經跟他一陣子了。他算是我的……恩師，或者貴人吧？在我搞不清楚狀況的時候教了我很多事情，幫了我很多。只是說，這次恐怕不是他一個人能處理的局面了……」

「不知道他現在怎樣了？」

「我想他應該沒事吧。」嵐之似乎望著牆外的某處。「他有警覺事情可能會這樣發展，所以才會有這些安排。我猜，他現在已經把家人顧在身邊，在想解決的方法了。」

「家人？」

「幹麼？」嵐之警覺地反問。「對呀，他有太太和兩個小孩呀！姊姊跟弟弟都長得很可愛。老婆也是大美人呢。」

「聽起來超棒的。」

「大概吧。」嵐之勉強附和。「算了，講這個好累，講點別的吧。說真的，我們從小學之後就真的都沒見面了耶？那之後你都怎樣了？」

「小學喔……小學的話，我還真不記得什麼事耶。」

「大概是分班之後就沒遇到了吧？我那時候被選進合唱班了。」

「合唱班喔……」士延心想，從嵐之說話的某種感覺聽起來，她唱歌的確該要很好聽才對。「難怪。我記得，普通班都不太會跟合唱班往來。」

「沒辦法，從早到晚都在練唱啊，放假還要到處表演。唱得比較差就只能唱合聲了。我一開始都唱主旋律，可是後來不知道怎麼回事……老師就一直覺得我的聲音老是跟別人合不起來，可是我明明沒有唱錯，音準也都對啊，表情我也有做，他們本來還說我唱得特別好才選進來……可是她就是覺得不對。連別的老師也這樣說。」

「那怎麼辦？」

「只能轉回普通班啦。很好笑耶，那時候會被踢出去的通常都只有男生，因為他們提早變聲了，從來沒有女生因為聲音被踢出去，還有人偷偷謠傳我其實是男生咧。拜託，那時候有一些聲音跟鴨子一樣的女生還不是待得好好的，因為她們爸爸都家長會的啊。聽說以前捐了很多東西呢。」

「是喔。所以，實際上到底是為什麼呢？」

「你說被踢出去嗎？不知道。可能真的是我的問題吧。算了，不提了。倒是，我們還真的有在蔣公誕辰那天，被帶去紀念館獻唱〈蔣公紀念歌〉耶。」

「真的假的。那，那時候蔣公銅像有怪怪的嗎？」

「哪有！那些都大家在亂講。什麼蔣公銅像眨眼睛、還會偷偷換姿勢之類的——」嵐之說到這忽然愣住，「——還是說，其實真的有東西在裡面動？」

「不知道。搞不好只是巧合而已吧。」

「或許呢。現在這樣就真的是……真的。結果根本不是以前在講的那種鬼故事，現實真的差太多了。算了。後來呢？你國中去哪了？怎麼都沒印象看到你？」

「我分到西崙國中了。我家本來就離敦美國小比較遠，所以國中就沒跟其他人一樣分到敦美國中。」

「印象中西崙好像比較差。」

「差多了，本來我住的那邊就跟你們那邊差很多吧。有辦法不去念西崙的都跑了，剩下就我們這些。什麼爛學校，班上整天打架，一群人把一個人抓去廁所打，高年級跑來教室堵人……爛死了。我天天上學就裝死啊，放學後又像死人一樣回來，就這樣。敦美應該好很多吧？你們那邊有錢人那麼多。」

「是沒什麼事情，大家都乖乖的。後來你念哪個高中？」

「高中喔……妳有聽過華中高中嗎？」

「華中？嗯……好像有印象，在西區嗎？」

「在市區外。是那種早上集合比部隊還硬的學校，教官罵人比班長還猛。馬的。啊，抱歉。那妳高中念哪？」

「喔，就……北一中。」

「哇塞，妳真的好強……敦美、北一中，接下來不會就是國大吧？」

「對啊。」反而是嵐之尷尬起來，「被你猜中了。那你……」

「我念的就不要提了。我也不知道自己在唸什麼，唸了好多年，而且學費又超貴。我畢業就要還學貸，可是又沒辦法找什麼薪水高一點的工作，遇到妳的那天，我還剛被 fire 掉……所以我才會那麼急著要跟妳拿錢啊。」

「真抱歉……」

「沒關係啦。況且，這樣下去搞不好學貸也不用還了，哈哈。」

但嵐之沒接話。士延只好再問：「……呃……妳國大畢業之後，就都在這間實驗室了嗎？」

「我後來念國大的研究所。家裡想送我出國，多少是希望我就在國外待下去……可是我自己不太確定。我有些理由，想在台灣這邊待一陣子。等到一些事確定了之後，我應該還是會準備出國吧？英文考試那些我早就沒問題了。只是說，現在變成這樣子……當初如果早一點下決心離開，或許現在就什麼事都沒有了……」

「也不一定啦。對了，妳有聯絡妳家人嗎？」

「我媽正好跟一群退休同事在美國玩。運氣真好，全部都躲掉了。就算聯絡上也只能著急而已，就想說算了。那你呢？」

「我……連絡了也沒差。」

一聽士延這麼說，嵐之就不再追問下去。

「能在路上遇到你也真是滿奇妙的。」她重複這句話。

「對啊。」士延說。「其實，我當時聽妳的聲音只是覺得有一點點印象，是聽到妳講名字，我才想起來好像有過郭嵐之這個同學。」

「我是一看就覺得你哪裡很眼熟。」

「真的嗎？我覺得我從小時候到現在變很多耶。」

「我也不確定……應該是某種直覺吧？或者說你有些地方跟小時候都沒什麼變。」

「不知道耶。小時候的事情很多都想不起來了。不知道為什麼，我幾乎都只記得小學念哪裡而已，真的記得什麼學校生活，都是國中之後的事情了。」

「我倒是還記得，可是……」嵐之有些苦惱，「總覺得有一整段少掉了，只記得其中一些片段而已。進合唱班之後我印象才比較完整，可是那時候已經沒遇到你了。」

「那妳還記得我什麼嗎？連我自己都忘了。」

「你……」嵐之思索著，「好像和我，還有一些同學會走在一起，然後我們會去……奇怪，我每次想到這邊，都想不太下去了。」

「算了，沒關係。」士延望著嵐之的臉。此時月光已逐漸消失，他眼中的嵐之也只剩下漆黑輪廓而已，讓他覺得好像只是在跟影子說話。「還是睡吧。明天還要繼續走呢。不管接下來會怎樣，希望上面的人至少能借我一套衣服穿。」

忽然，嵐之往士延身上一靠，讓他嚇了一跳。

「怎、怎麼了？」

「至少……看能不能稍微暖和一點點。」嵐之有些僵硬地讓手臂與士延相貼，頭則和士延保持最後一點距離。

「……謝謝啦。那，晚安囉。」

「嗯，晚安……」嵐之說完沒多久，頭也逐漸往士延肩膀側倒去，整個人靠著他睡著了。而士延在睡著前記得的最後一件事，就是努力讓自己的頭保持在另一側。

iv

士延醒來時，窗外的景色依然暗淡，但他已覺得精力飽滿，好像睡了一整天似的。不知道嵐之是什麼時候把整條毯子搶走的，但他一點也不覺得冷。他想，或許是冷了一整晚，反而讓身體適應了氣溫也說不定。就像躺在另一頭牆邊的瑞奇那樣，坦蕩蕩的睡姿看起來十分習慣這裡的溫度。

他悄悄走向門邊，但瑞奇還是醒了。他坐起來，原地看了士延一眼，然後整個人往後挪到牆角靠著，又閉上了眼睛。門外，喬正坐在路邊，看到士延便微笑揮了揮手。

「沒有，」士延聽見喬用簡單的英語跟他說，「什麼也沒來。」

「OK。」他有點勉強地擠出這個單字，然後往檢查哨另一頭走去。

「廁所？」

「是。」

四周一片寂靜，滴在不鏽鋼洗手台上的水聲大到令士延嚇了一跳，但他相信他們離那些東西已經夠遠了。他本來想說要不要和喬講個幾句，問點什麼也好，但想想自己的英語程度，還是推開了門回屋裡。

其他人都還沉沉睡著。這讓他想起和同學出遊一起住旅館的回憶——就那麼一兩回吧——，他總是沒怎麼睡，也不會想自己去逛逛，就只能像房裡的傢具一樣，靜悄悄看著同學睡得東倒西歪、情侶互相依偎，心裡只希望有誰趕快醒過來陪他。但總是過了很久，大家才不約而同地醒來，沒有因為晚起而錯過什麼，也沒注意到有人獨自醒了很久。然後他還是跟其他人一樣地輪流梳洗，像平常一樣默默地跟在別人後頭。

那是大學的事——回想起來也沒什麼快樂的。他總覺得，小學以後他就沒什麼事好說了，而且就算是小學，他也只記得當時比後來快樂而已，至於那些比較快樂的到底是什麼，昨晚和嵐之聊一聊才發現，他其實也說不出來。他只記得，小學之後他和別人就產生了一種隔離感，雖然沒被欺負，可是也沒什麼特別要好的朋友，好像大家就是會敬而遠之，讓他感覺有一點透明那樣。

沒有什麼讓他特別感興趣，也沒有誰對他特別感興趣，就這麼變成了現在這樣，直到這幾天，才第一次有一連串的事情好像是以他為中心在轉。是不是人生終於要開始不一樣了？但他又想，整個台灣都已經快完蛋了，他一不一樣根本沒差，而且自己能不能活下來還是問題。活下來就得跟著這兩個士兵走，而他們到底會帶他到什麼地方，接下來又會怎樣，其實也跟事發前一樣——他甚麼都不知道。這一點倒是沒什麼變。

他只好靠回原來的牆邊閉上眼睛，希望不知不覺中還有機會睡著。但他總覺得，不管是眼皮外的光線、周遭的聲音還是腦中的思緒，似乎都越來越清晰了。

◆

當夜空逐漸化成清爽的藍色，喬便把所有人叫了起來，吃了點鬆餅之類的口糧後，就啟程前進。雖然接下來的路都不是平整的柏油路面，不時有補強後龜裂凹凸的起伏，但他們走起來卻比昨天輕鬆。他們都察覺到下坡開始比上坡來得長，似乎要帶他們沿溪谷進入深而低的盡頭。

晨光越過山頂灑在他們身上，讓他們身體暖和起來，也照亮了溪谷對岸的整片山林。即便是逃難途中，風景的美仍讓他們讚嘆；連喬和瑞奇都忍不住悄聲讚美了兩句。有那麼一瞬間，他們幾乎忘了之前發生過什麼事；但隨著風景色澤在光線中逐漸穩定，他們還是回到了現實，並加快腳步。

沿著山坡迂迴向下，從谷底的路橋橫過溪谷後，他們又艱苦地迂迴向上，在辛辣的新鮮空氣中大口喘氣，休息片刻後又繼續前進。自從打過一次手機發現沒訊號後，嵐之就沒再思考和重國聯絡的事了。現在她還比較擔心士延，怕他穿著內衣褲和拖鞋在山路上著涼、磨出水泡；但奇妙的是，他看起來好像沒怎麼受影響，甚至還有種越走越輕鬆的錯覺；那個氣色和模樣，都和在山下那種畏畏縮縮的感覺截然不同。

或許是面對一連串的狀況使他適應而成長吧？畢竟連她自己都有這感覺——本來以為自己絕對走不了這條山路，但走著走著，也沒想像中那麼疲倦。或許就像欣潔那樣吧？嵐之望著前頭的她，心想，看起來那麼單薄的女生，也可以被孩子逼出耐力，現在完全不會跟不上其他人的步伐。如果自己能離開這裡，未來應該也會變得不一樣吧？只是說，離開這裡之後究竟會去哪呢？還有，重國還會不會在那邊呢？

「我看到有人了！」阿良背上的凱凱忽然大叫。不知為何，今天喬就是猛搖頭，不讓凱凱攀著他。

瑞奇雖然聽不懂，但立刻停步舉起了槍警戒。所有人張望著前方，試圖找出凱凱說的人影。

「哪裡？哪裡有人？」阿良望著凱凱問。

「有人住的地方，就在那裡呀！」大家順著他的指頭，才隱約看到前方山腰上的一片翠綠中，有一小塊暗紅色的梯形，似乎是個屋頂。

「就快要到了耶，凱凱！」欣潔喜出望外地拉著凱凱的小手。

「他看到房子的屋頂了。你們看到了嗎？」嵐之對兩名士兵說。

瑞奇點了點頭。「看到了……這樣的話就不遠啦。」他露出難得的笑容，但喬的臉色卻隱約一沉。

◆

清脆的蟲鳴鳥鳴蟄伏在一旁的山林裡，有時劃過蔚藍的天空，在那時起時落的聲響中，他們好像也聽到人在呼喊。

眼前，光復村的木刻招牌一個接一個沿路往前指，直到面前出現一個繞過山壁的大彎，村裡的各種聲響便實實在在地從彎道後傳了過來。急著從阿良背上跳下來的凱凱，一溜煙就衝到了喬和瑞奇的前頭跑過彎道，喬還來不及攔阻，欣潔就追了上去。然而瑞奇卻只是目送他們消失在彎道上，並示意喬放慢腳步。

剩下三人還搞不懂士兵們幹麼不追上去，就聽到前方傳來一聲爆響，以及母子兩人的尖叫。

兩名士兵連忙貼上左側山壁，並揮手要他們三個趕快靠過來。喬趴到地上，匍匐著前去觀察。留在原地的人都聽見轉角那頭傳來凱凱的哭聲，還有好幾個男人在互相責罵。

「你在急什麼！不注意看啊！」

「我怎麼知道那是人！」

「快點去叫村長！……你們不要動啊！不准靠過來啊！」

喬爬了回來，對瑞奇和嵐之小聲說，「他們用掩體把入口擋起來。後頭有兩把單發獵槍。他們兩個沒事。」

「待在這裡，先觀察一下情況。」瑞奇對嵐之說。但就在此時，他們都聽到凱凱邊哭邊喊：「叔叔趕快來救我們啊——」

「你在叫誰？是不是還有人躲在後面？」其中一個男人高聲問道。

士延、嵐之和阿良三個人面面相覷。結果是阿良站了出來。「我去顧一下小孩，你們就看著辦吧。」

接著他就高舉雙手，往轉角走去。

「就只有你嗎？」他們聽到那男人問。

「對。」阿良心虛地回答。凱凱的哭聲逐漸止住。

「那你剛剛幹麼不出來？」

「我怕被槍打到。」

對方一時間居然回不了話。

「拜託讓我們進去，」欣潔的聲音有些顫抖，「山下有怪物在追我們。」

「不行，」一個更渾厚的聲音加了進來。「我們不知道你們會不會變成怪物。」

「我們不會，」阿良高喊，「我們……我們有親眼看到別人怎麼變成怪物。可是我們都沒事，所以沒有問題的。」

「既然你們都看過，那你們有可能已經被傳染了啊。」

阿良不知該怎麼解釋。

「求求你們，我們好不容易才從山下走上來的，讓我們進去吧。」欣潔哀求。

「我們就是怕有人從山下走上來啊！不行！你們不能再靠過來了。」

正當雙方僵持不下時，嵐之的手機響了。儘管嵐之連忙把手機掏出來關掉，但所有說話的人都已經靜了下來。

「到底還有幾個人？再不出來要開槍了！」那個聲音惱怒地威脅。

士延手足無措地看著嵐之。嵐之看到喬和瑞奇握緊了槍，似乎已在倒數衝出去開火的時機。於是她深吸了一口氣，然後手也不舉，就這樣在三人的驚愕中大剌剌走了出去。

嵐之繞過彎口，看見阿良和欣潔兩人直挺挺站在原地，護著中間的凱凱，並訝異地望著她。眼前向上入村的窄小坡道上，一堆枯木橫著擋住了入口，她看見三個皮膚晒得黝黑的男性，兩個年輕的一左一右舉著土製獵槍對著她，中間還有一個年紀較大的人，雙臂叉在胸前，但三人都露出不可置信的表情。

右邊那個人瞪大了眼，「不准太靠近……」

「你們這樣亂開槍，誰敢隨便走出來啊！」嵐之忽然大吼，所有人都嚇了一跳。「你說你要開槍，好啊，萬一我們沒被傳染，等到山下有人上來追究，你們要背幾條殺人罪？」

「胡說，山下已經──」

「山下怎樣你是聽誰說的？」嵐之逼問。

「……我們這邊也是有電視……」中間那人反駁。

「電視上有什麼？空畫面？你們根本連怪物都沒看到吧？你們又怎麼知道怪物會感染人？」

「那個……電影不是都那樣演？」左邊那人愣愣地回答。

在後頭聽著的土延明知不能出聲，但實在忍不住笑，連忙用雙手摀緊嘴巴，繼續聽嵐之怎麼逼問下去。

「事情完全不是你們想的那樣子。我們都有看到。你們如果沒搞清楚，就不知道要怎麼對付那些東西。」嵐之放緩了語氣，神色柔和地望著三人：「你們不想讓我們進去，我可以理解，但至少先把槍放下來……」

這時，嵐之的手機再度響起。原本她還惱怒著誰在這要緊時候打來，忽然靈機一動，對著前面的三人說：「山下已經有人知道我在這裡了。你們先讓我接個電話，好嗎？有什麼新消息我立刻就告訴你們。」

左右兩人望著中間。「村長……」

「讓她講吧。」村長挫敗地說。「那麼會講，應該不是什麼怪物。」

嵐之連忙拿出手機，是重國打來的。

「喂？你在哪？」

電話那頭的聲音一團混亂，像是有無數的人聲交雜在一起。「——妳——沒事——」

「聽不太清楚。」她壓抑著心裡的焦急，不想讓面前那三人看出不對勁。

「沒事吧——」

「可以到清楚一點的地方嗎？」

混亂的聲音稍微有了點頭緒。「——妳抵達安全地點了嗎？」

「還在路上。你在哪裡？」

「我在介壽機場……沒辦法……」

「是嗎？情況是怎樣？」她刻意讓他們聽見。

「沒趕上他們……只好……可是機場也出不去……」

「趕上誰？」

「嵐之……如果妳到那邊，能不能請他們過來……至少把小孩……」

嵐之垂下了頭。「我盡力。」

「謝謝。如果——」就在那時，嵐之感覺到手機裡混亂的人聲忽然變成了一致的反應，好像所有人都被什麼吸引住了一樣。而重國的聲音也在那時候變得格外清楚。

「馬的，居然想得到這招！算你們狠！」

嵐之再也忍不住了，「重國，你到底在說什麼？」

「果然他們想要的不只那些……」電話那頭的聲音彷彿瞬間洩了氣。「嵐之，我剛剛說的都算了，接下來只能靠妳自己了。利用他們逃到安全的地方，然後繼續逃……不要相信他們。」

「他們到底是誰？」

「我接觸的也只是外圍而已……沒有時間了。底迪乖，把拔馬上講完……」

「你陪家人吧。」嵐之哽咽起來。「重國，還有一件事……我想問你電腦裡那份檔案的密碼。」

「妳怎麼會——」

「我偷看了，對不起。」她落下了眼淚。

「沒關係，不重要了。是LARALOVE。嵐之，我真的很抱歉——」忽然一陣恐怖的感覺從聽筒狠狠刺進她耳中，硬生生將她從所有情緒中扯裂出來，她幾乎快要站不穩，手機也從手上滑了出去。

不一會兒她回過神來，冷靜地、緩緩地撿起手機。

「有人在嗎。喂喂，有人在嗎。」

那是個小女孩的聲音，聽起來像是從虛空中飄來。嵐之聽得出，那是重國的小女兒，她還記得她的綽號。

「捏捏，是嵐之姐姐，妳還記得嗎？」

「把拔和馬麻剛剛跑走了，只剩下我和我弟弟。」

「這樣呀。」嵐之木然地回答。「那你趕快牽著弟弟一起跑，一直跑用力跑，絕對不可以停下來，然後也不可以發出聲音，不然就會被抓走喔。知道了嗎？」

「知道了。」

「好乖。那我數一、二、三妳們就跑，準備好了嗎？那就來囉……一、二、三！」

聽見電話那頭的雜音開始規律地上下搖晃，嵐之便按下中斷通話的圖案。到通話結束前，她都有聽到一種頻率固定的模糊拍擊聲在那一頭響著，但奇妙的是，當她掛斷之後，那聲音反而更大了。

她抬起頭來準備面對所有人，卻發現大家早就把目光轉向另一頭。一架直升機帶著越來越緊迫的旋翼聲，正越過了山谷朝這邊靠近。

◆

村長疑惑地望著直升機，但還是稍稍放下心來。「它好像要停在村裡面。我去看看他們要幹麼。你們看著他們。」他說完就往村裡走去，剩下那兩人瞄著面前這四個平地人。

「我問你喔，那個直升機是不是來把我們載走的？」一個人問。

「那麼多人載不下吧？」另一個人回答。

「要載當然是分好幾趟載走啊。」

「……那我們兩個是不是就變成最後走啊？」

一說出口，兩人都開始有些不安。

◆

剛剛還在哭的凱凱，很快就被從未見過的直升機吸引住了。這跟他在書本上看過的直升機不一樣，它沒有尾巴，前面後面有兩個一樣大的旋翼，機身下頭還掛了一大袋像是貨物的東西。看著那個貨物，他忽然覺得恐怖起來。

「媽媽，直升機上面好像怪怪的……」

「你又在亂講……」欣潔原本只是習慣地否定，但她突然想到，先前兩次凱凱這樣講，後來真的都發生了事情。她望向阿良，「那個直升機……是來送東西嗎？」

「我也不知道，」阿良搖搖頭，望向嵐之：「那個直升機是妳電話在講的事情嗎？」但嵐之只是緊緊盯著眼前的手機，彷彿正在腦中努力拚湊著什麼。

旋翼聲已經能輕易蓋過人的吼叫，士延只能對瑞奇指著天空，做出疑問的表情，想問他直升機是不是他們要搭的，但瑞奇卻露出比他還要疑惑的表情搖了搖頭。當聲響從他頭頂上飛過的那一刻，士延忽然覺得不對勁到了極點，不是判斷出來的不尋常，而是一種直覺，就像他當初一看到蔣公銅像新聞就出現的，那種無來由的恐懼。

嵐之望著手機，思索著重國最後說的那幾句話。「想得到這招」、「他們想要的不只那些」，還有他女兒最後的描述，以及那個一路從手機裡響到手機外讓她快要聾掉的旋翼聲——她忽然搞懂接下來要發生什麼事了。她轉頭想往士延他們躲著的山壁跑，但才剛要轉身，就覺得身體被狠狠搥了一下。

◆

「你幹麼打她啊？」左邊那人驚慌地問。

「我……我看她動了啊！」右邊那人嚇得連槍都拿不穩。

「她是有往這邊過來嗎！白癡！」

「怎麼辦？我是不小心的啊……」

◆

對喬和瑞奇而言，旋翼並不妨礙他們聽見槍聲，他們便毫不猶豫地往村子入口跑去。掩體後面的兩人看到兩名全副武裝士兵提著步槍衝來，嚇得丟下獵槍就往裡跑。在兩名士兵眼前，嵐之倒在地上痛苦地扭動，肩膀已染成一片血紅，阿良和欣潔蹲在地上不知怎麼處理傷口，凱凱站在一旁害怕地望著喬。士延也衝到了嵐之面前，「嵐之……怎麼會這樣？」

「我來處理。」瑞奇擠開士延。

「等等！」嵐之用盡力氣喊，「你不要管我，快去村裡！那架直升機把銅像帶過來了！」

「妳先不要講話，」瑞奇拿出急救包，但嵐之猛力伸出手抓住瑞奇，「他們想把整座村的人都變成那怪物，他們在山下已經這麼做了，快去阻止他們，不然沒有人逃得了！」

瑞奇望著嵐之思索了一剎那，隨即轉頭對喬大喊，「快去！我會跟在你背後！」接著他拿出紗布壓在嵐之的傷口上，然後抓著阿良的手代替他壓上去，並對他說，「別動。」接著他立刻跳起來追著喬往村裡跑去。此時直升機已停在空中，正緩緩將機腹的東西往地面垂降。

◆

光復村的男女老少全都跑到房舍環繞的空地上，頂著從中心向外猛掃的強風，望著在空中發出轟然巨響的直升機。

「幹麼不停小學操場，以前颱風送物資都停操場啊？」有人摀著口鼻向旁邊大吼。

「我不知道，你要問村長！」旁邊的人吼回去。

「你們是誰去連絡直升機的？」村長這時也來到空地。

「沒有啊！」幾個人都搖著頭。

「那直升機幹麼自己來——」就在那時，直升機上的東西連同吊著的纜線一起砸在地上，發出一聲蓋過旋翼的巨響。同時，原本滯空的直升機突然急速爬升，像是逃難一樣飛出村外。此時村民們才注意到，有兩個外國兵不知什麼時候已經站在他們身邊，一人舉槍對著空中，另一人平舉著槍對著他們。

村長愣在原地，已經想不出該怎麼辦了。但砸在地上的那包東西突然自己抬了起來，把所有人都嚇了一大跳——接著，一大堆章魚觸手般的東西從內刺穿了外包裝，破破爛爛的塑膠布一掉下來，每個人就都看得出那是什麼了。

那是一尊蔣公銅像。全身的淺銅綠像是被晒到褪色一樣，頭上戴著軍帽，不動的微笑不知望著何處，又好像看著所有人。那些撕破包裝的觸手縮回了銅像腳底下，團團把銅像往上拱了起來，就像一棵被拔起的樹，用茂密的根立在地上。

村長呆住了。這跟他聽人說的什麼殭屍完全不一樣啊。下一秒鐘，他感覺周圍的景物全都像發動的車引擎一樣，規律而快速地震動著。

◆

倒在地上的嵐之忽然像觸電一樣弓了起來，阿良根本壓不住她，整個人跌坐一旁。他害怕地看著嵐之的身體又癱回地上，然後開始扭動。

阿良想重新壓住她卻徒勞無功，「怎麼會這樣？不是只有肩膀嗎？喂！你們也來幫忙啊！」

欣潔也試著壓住另一邊肩膀，但嵐之扭動得實在太大力，她想抓卻一直被掙脫開來。她想叫士延壓住她的腳，卻看到士延也跪倒在一旁。這時嵐之的痛苦似乎到了極點，而發出毛骨悚然的尖叫；一瞬間不知是否幻覺，阿良和欣潔都看到無數鳥影從山林間飛竄出去，讓天空瞬時黑壓壓一片。回頭一看，嵐之已經全身癱軟，臉色慘白，但呼吸已逐漸平順。

「媽媽，它死了。」凱凱突然說。

「亂講，姐姐明明還很好呀？」欣潔一抬頭，才發現凱凱望著的是村子那邊。

這時士延也虛弱地抬起上身。

「你還好吧？怎麼也倒下去了？」阿良問他。

「我沒事。」士延也一臉慘白，但很快就爬到嵐之身邊。「嵐之，妳還好吧？」

嵐之這時也張開眼睛，勉強微微抬頭望著大家，大粒的汗珠從她額頭上滑下。「這裡是哪裡？」

「村子外面啊，」阿良還壓著她的肩膀，「妳剛剛整個人好像快不行了……」

「村子！」嵐之忽然喊，「銅像在村裡面！直升機把銅像丟在村裡了！村裡的人現在可能……」

「可是它死了呀。」凱凱說著便往村子那頭走去。

「凱凱，等一下！」欣潔連忙起身追上去。

「我們要繼續待這裡嗎？」阿良轉頭問士延，「那兩個外國兵早就進去了，然後妳……」他看到嵐之肩上的血已經不流了，「妳剛剛說直升機把銅像帶來？」

「對，電話裡有人警告我，」嵐之說。「直升機呢？」

士延望了望空無一物的天空，耳中彷彿還有旋翼的聲音。「應該是走了。」

「村裡不知道現在變什麼樣子。我怕已經來不及了……」

這時他們都聽見喬在大喊，並看見他在入口揮著手，凱凱和欣潔正往那跑去。

「他說啥？」阿良問。

嵐之輕輕推開阿良壓在肩膀上的手，「他說村裡安全了，可是又說有什麼東西我們一定要去看看。」

ii

阿良和士延一左一右把嵐之小心抱起，士延本來還想繼續扶著嵐之，但她搖了搖頭。

「妳肩膀上還有傷吧？」阿良問。

「好像只是擦傷而已……」嵐之抹了抹傷口，「沒怎麼痛了。」

士延疑惑地看著那沾滿血的肩頭。「等下還是仔細看看吧？」嵐之點了點頭，三人爬過掩體，跟在母子後面進村。

本來七嘴八舌在爭辯的村民，一看到又有陌生人進村就靜了下來。嵐之身上的血讓他們紛紛讓出路來，直到士延一行人直接看見倒在空地中央的蔣公銅像。無數的觸手癱散在地上，有幾根幾乎垂到他們腳前，就像照片裡被沖上岸的大烏賊屍體一樣。

「傷口停止流血了嗎？」一旁的瑞奇訝異地問。

「我很好，」嵐之望了望自己的肩頭。「剛剛這裡發生了什麼事？」

「我們一進來就立刻對直升機開火。我很確定那不是我們的直升機，也沒看到任何國籍標誌，雖然那是軍用的沒錯……沒想到直升機選擇丟下貨物逃走。確實如妳所說，是銅像沒錯，跟我們本來預期在城市會遇上的一模一樣，但我們可是第一次看到。我們知道它的觸手很危險，但就只能射擊，就在那時候，周圍好幾個居民不知為什麼就開始痙攣，同時那些觸手也開始攻擊我們。」

「媽的，那真的就差一點啊！」喬在一旁補充。「那些觸手跟會跑的尖木樁一樣，幾乎快要刺到我鼻子了！可是妳絕對不會相信，就在那時候，多虧老天保佑，那東西就死了，那些尖刺就在我面前跟死蛇一樣掉在地上！」

「那東西之後就保持不動了。」瑞奇更正了喬的說法。「本來痙攣的人也開始恢復。」

「有人……企圖躲到暗處嗎？」嵐之問。

「沒有，村民都在妳面前了，每個人都意識清楚。」瑞奇指著旁邊的地上，包括剛剛看到的村長在內，有幾個人像是剛摔車似的坐在地上，還有些人站在他們身邊關心著。

「看起來你們還是趕上了，幹得好。」嵐之對瑞奇說。

「事情還沒結束……」瑞奇稍微壓低了聲音。「我們還要繼續我們原定的計畫。這裡確實有安全的降落點，也沒有那些生物威脅。確定之後我們會告訴你們下一步。如果可以的話，盡量把這些人的注意力引開。」他拍了喬肩膀一把，「走吧，老兄，工作時間。」喬避開所有人的眼神，轉頭跟著瑞奇往操場走去。

「妳剛剛是問他們發生什麼事嗎？」士延問。

「對，簡單來說那個造成變化的過程好像被他們兩個打斷了，所以沒人變成那種生物。」

「要是我英文也像妳一樣就好了，」阿良有點羨慕地說。「如果當初能申請外交替代役，我現在搞不好已經在國外了。」

「國外會怎樣還不知道呢。」嵐之不以為然地回答。她看到幾個人把村長拉了起來，看來他並沒受剛剛的痙攣影響多少。「我們去跟他們的大頭目解釋一下吧。」

◆

「我是村長啦，這邊沒有什麼頭目……」嵐之眼前這名結實矮壯的中年男人一臉厭倦地說。士延一聽，就想起他是行腳節目裡那個「全台灣最偏遠村落」的村長，以他們一行人的腳程來說，節目的說法似乎有些誇大了。但這裡確實夠遠，要不是蔣公銅像被丟過來，這些村民可能到現在都還不知道山下有什麼東西呢。

「……我已經搞不清楚了。丟這個蔣公下來到底是要做什麼？怎麼裡頭還長東西？」

「這個我會從頭跟你解釋。」嵐之說。

「妳的肩膀……」村長有些歉疚，不知怎麼問下去。

「擦傷而已。」

「真的沒事就好……那妳一次跟大家解釋吧。弟弟，你去叫大家集合，要開會啦！還有，」他望著士延，「怎麼穿這樣上山，你不會感冒喔？」

「那是因為……唉。」士延忍不住苦笑出來。

村長搖了搖頭，攔住旁邊一個路過的年輕人，抓住他肩膀：「你拿兩件衣服給他穿吧！」

「要給他穿……我的衣服喔？」年輕人面露難色。

「不然咧……好啦，不然穿我的啦！去跟你媽拿。快點快點！真是的，耍帥，衣服還不給別人碰……」

村長唸著遠去的年輕人，「你跟他去拿衣服吧！」他對士延說。

士延道完謝便跟上年輕人，還聽見村長在背後繼續對其他集合過來的人發號施令。年輕人似乎擔心士延身上還有殭屍病毒，當士延接近時，他便加快腳步保持距離。

「那個，其實我沒有——」士延想跟他解釋，但他只是繼續往前走，稍稍離開了村子中心，進了一間兩層樓的小屋後就立刻把門關上，士延只好站在外面等。裡面傳出幾句聽不太清楚的對話後，門一開，年輕人拿著一件夾克和一條牛仔褲，往士延這邊拋了過來。這是兩三天以來他第一次穿上外衣，雖然早就不冷了，但身體遮住之後，還是比較有安全感。

◆

活動中心裡，嵐之一個人面對滿屋坐著折疊椅的村民，解說蔣公銅像的特性和災情，她注意到有很多男人直盯著她，但她沒空管。

「所以這種殭屍不是用咬的？」活動中心裡，有個抱著嬰兒的媽媽發問。

「沒錯，蔣公銅像裡的生物會發動某種傳染方式。在那個範圍裡的人被傳染之後，會被驅使著往暗處躲，然後跟蝴蝶一樣，化蛹，然後羽化，變成半人半銅像的生物。」

村民發出一陣驚嘆。

「像蛆變成蒼蠅那樣嗎？」有個年輕人小聲說，旁邊幾個人笑了出來，看到站在一旁的村長狠狠瞪著才收聲。

「那國父銅像也會動嗎？」有人問。

「我們沒看過。」

「那大理石像呢？」又有人問。

「沒看過，但因為不是空心的，所以裡面應該沒有可以動的東西吧。」

「那鄭成功呢？」

「重複的問題不要一直問！」村長阻止大家。「妳繼續講。」

「那種半人半銅像的生物就會開始吃人……但可能就只是吃而已，我們沒看到有人被咬到才變成這種生物。它們運動能力很好，主要是靠聽覺在獵捕活人。」

話一說完，整個活動中心瞬間靜了下來，甚至沒有人敢問問題。

「但也沒有好到那麼誇張就是了。我們曾經偷偷從它們旁邊繞過去，其實只要有夠大的引擎聲蓋過去，它們就不會注意了。但它們連引擎聲也追。」

村長看現場一片安靜，便問嵐之：「那要怎麼把它們殺掉？」

「那種會吃人的，開槍打它們的頭會死……我們應該有開槍打死過一隻。打身體不行，」她想起那匹「騎馬蔣公」仍心有餘悸：「子彈打身體沒用，它們好像一下就癒合了。至於躲在銅像裡的蔣公……」她想起實驗室更是一陣毛骨悚然：「我不知道它會不會死。有些都被切成好幾塊了，還重新活過來。」

許多人此時忍不住往銅像那頭看。

「趁它還沒動之前把它扔掉吧。」有人說。

「燒掉比較保險吧？」也有人說。人們又開始爭論起來。

「安靜！」村長又制止討論。「那我想問一件事。那兩個美國兵是來做什麼？怎麼會跟著你們走？」

嵐之望向村長，看到他身後的欣潔和阿良也在等著答案，只有凱凱一個人趴在窗沿上，望著村外的群山。

「他們是來調查這種生物的，」嵐之從容地說。「我們運氣很好，在路上遇到他們，就一起往山上逃了。」欣潔露出質疑的表情，但不知道要怎麼問嵐之。
「咦，他們跑哪去了？」
「可能在附近檢查有沒有那種生物靠近吧。」嵐之岔開話題，「畢竟它們已經出現在復興村了。」
聽到復興村，村民一片譁然。「真的嗎？連復興村都有了？」村長問。
「我親眼看到了，」阿良接話，「我是復興村的替代役。全村的人只剩我逃出來。」
「山下的情況也很不樂觀，」嵐之接著說，「如果每一尊銅像裡面都有這種生物，然後各個機關、學校、公園的銅像都到處移動並感染活人的話……現在還安全的地方恐怕已經不多了。」
「那我們要怎麼辦？」不知誰說的這句話點燃現場的慌亂，人們開始爭論、吵架，甚至哭泣，連村長都制止不了。
「請聽我再說一件事！」嵐之的聲音彷彿有魔力似的，一瞬間所有人都停止了吵鬧，望向她。
「也有不少人近距離和銅像接觸，但完全沒起變化。」她想到拿起重國手機的揑揑，瞬間有些鼻酸。「目前都沒有看到有小孩子受影響的。我現在還不知道為什麼，但至少確定還不是死路一條。一定還有機會。」
現場逐漸冷靜下來。「那我想應該都問得差不多了……」村長趁著此時收尾：「事情結束前，你們先留在這裡沒關係。」
台下議論紛紛但聲音不大，欣潔和阿良都露出了如釋重負的神情。不過，士延不知何時已經進了活動中心，在一旁望著嵐之。嵐之心虛地看了士延一眼，然後向村長淺淺地鞠了個躬：
「真的太感謝你了，村長，謝謝大家。」

iii

村長和其他幹部繼續留在活動中心討論。其他人陸續回到原本的崗位上，一時間還真沒人理睬士延一行人。

他們一路往銅像那邊走，阿良也趁機從空地中央處打量整個村莊。村裡的主要建築圍著中間的空地，除了活動中心之外，還有一間雜貨店，跟一間餐廳兼遊客服務中心的平房。有一條水泥路繼續往山裡走，沿路似乎還蓋了一些小房舍。小學校舍和操場則是蓋在旁邊的一塊台地上，背後是整片往山上蔓延的樹林。入口不大，而且一出去就是下坡，而那也是整個村唯一的對外通道。

「感覺這裡安全多了。」他望著環繞村落的群山說。一旁的欣潔卻一臉憂心，牽著凱凱的手，緊盯著前頭繼續往操場走的士延和嵐之兩人。

「你穿這好土喔。」嵐之忍不住笑出來，「啊，抱歉。」

「沒關係啦，反正我本來就那樣。」

「聽他們說可以留下來，我就放心了。」

「咦？可是我們不是要……」士延小聲地納悶。

「我是說他們三個——嘿，不要往後看。在這裡分開總比在下頭好吧。」

「是沒錯啦。只是，總覺得還是怪怪的……」

「哪裡怪怪的？」

「都一路到這邊了，這時候只有自己走……」

「照你這樣講，都一路到這個村了，不把全村的人都帶走不是也怪怪的嗎？」

「……直升機又裝不下。」

「直升機也未必能帶他們三個喔。而且你想想，」嵐之直望士延：「這邊這樣下去能撐多久？」

「一陣子可以吧……」

「一陣子之後呢？等下一班直升機再帶銅像來？還是等這尊活過來？」

「這尊已經死了。」士延忽然冷冷地回答。

嵐之愣了一下。

「你怎麼知道？」

「我……」他大夢初醒地抓抓頭，「抱歉，我剛剛腦子好像有點放空，忽然就……我也不知道為什麼我會這樣講。」

這令嵐之有些不悅。「什麼啊。反正，一定會有直升機把下一尊運來，直到這裡的人也變成那種東西為止。」

「妳又怎麼知道？」士延鼓起勇氣問。

「因為重國他就是這樣……」嵐之忍住了動詞，「他從機場打來時，電話裡聽得出來就是跟這邊一樣。直升機掛著蔣公銅像朝人群飛，故意把活人變成那種生物。」

雖然只有一面之緣，士延還是感到些許遺憾。「是嗎……誰會做這麼沒良心的事？」

「除了那兩個士兵之外，恐怕還有別人也來了。所以我們還是快離開吧。」

「就這樣跟著他們走，我們到底會去哪裡？」士延忍不住問。

嵐之想起重國最後說的那幾句話。她決定到了適當時機再告訴士延。「重國他安排的，不會出什麼問題。」這時，他們看見喬和瑞奇從操場走來，有些小孩好奇而害怕地在幾步外跟著他們。喬開玩笑地作勢朝他們衝過去，他們便邊笑邊叫地逃開了。

「為了帶我們兩個人走，還真是辛苦啊。」士延感嘆。

「對啊，真不知道……」嵐之忽然想起什麼，便對士延說：「士延，我總覺得肩膀還是怪怪的。你可以幫我問問看有沒有……衛生所還是護理站之類的地方嗎？拜託了。」

士延點點頭，左看右看，決定往那些小孩們走去。

嵐之看士延走遠，便停下腳步從包包中拿出平板，並按下開關。經過了這一連串折騰，平板幸運地還沒受損，現在只差有沒有網路可以用了。這時，瑞奇走到她面前。

「已經聯絡好了。半小時候就會抵達。」他小聲說。

「好。可是要怎麼避開人群？」

「我想好了。一聽見直升機聲音，就叫他們到屋裡避難。然後你們兩個到離運動場最近的地方待命，我們會往直升機靠過去，等我們的信號。離其他人遠一點，若他們要登機，我們會阻止他們。」

嵐之臉色一沉。

「能的話不要傷到人，好嗎？」

瑞奇隨便點了一下頭。「你們等下假裝做點什麼事，別一直望著天空。」

看到喬走過來，凱凱不知道該不該靠近；因為他覺得，士兵叔叔今天看起來不喜歡他。喬猶豫了一下，還是對凱凱張開雙手露出了微笑，凱凱便跑了過去。喬有些為難地把他抱了起來。

欣潔把這一切都看在眼底，並思考著。

◆

嵐之找了塊陰影處獨自坐下，把平板放在大腿上，開啟桌面上從重國那抓下的檔案。她試著在村民的呼喊間保持專注——心靈空間的老師有教過這樣的課程，她當時覺得沒什麼用，但現在不知為何，當她想要專注時，周圍的人聲確實都從她耳中消失了。

她開始專心讀起士延那份身體檢驗報告。一行行讀下去，她驚訝地發現情況遠超乎她本來想像，而且，顯然沒人和士延提過這件事。她終於知道為什麼重國要花這麼大工夫把士延關進實驗室，也大概猜得到他怎有辦法找外國士兵護送他們——不，她現在明白，其實一直都只是護送士延，她只是運氣好有跟到而已。而且她現在也懂了，為什麼重國最後一刻叫她那樣做。但那樣做會有什麼結果，恐怕沒有人能保證。

即便無從預測，她還是得試著猜接下來可能的狀況。但在這時，欣潔忽然出現在她面前。

「我可以坐這邊嗎？」她彎下腰問。

「呃……好、好啊。」

「好不容易終於到這邊了。」欣潔望著嵐之說。

「是啊，真的。」嵐之藏著被打斷的煩躁，隨隨便便回應。

「本來我都擔心要自己一個人帶凱凱走，還好有你們幫忙。」

「不會啦。」

「真的很謝謝呀。」欣潔望著凱凱，他在不遠處拉著喬，要他跟著自己走過來走過去。「而且有那兩個美國人在，真的就很放心。」

「對啊。」嵐之勉強微笑。「我也不知道他們是不是美國人……」

但欣潔完全沒理會嵐之。「只是說，接下來還不知道要怎麼辦……」

「待在這裡還滿安全的呀？」

「可是，搞不好又會丟東西下來……到時候就不知道要去哪裡了。」

嵐之點了點頭，不知道該說什麼。不遠處傳來凱凱和喬的嬉笑聲。

「那個美國人，之後也會想辦法回美國吧？」欣潔突然問。

「是吧……」嵐之不想再糾正，只想結束話題，「能的話，大家都會想回去吧。」

「對啊。」欣潔忍不住苦笑。「很久以前我也想回去……後來凱凱長大了，才沒那麼想。只是現在這樣……」

「之後一定還有辦法的。」嵐之望著平板電腦，搜尋著網路信號。

兩人沉默了片刻。嵐之以為這樣不說話，欣潔就會去找凱凱，但她就是坐在一旁，好像在等什麼。而無線網路的格子還是空的。

「那個，」這時欣潔突然開口，「有一件事我一直想問……」

「啊？」

「妳跟那兩個美國人……是不是本來就認識？」

「沒、沒有呀？我之前就說過，我們是路上碰巧遇到的。」嵐之連忙反駁。

「抱歉，我忘記妳說過了……因為我看妳好像跟他們一直在講事情，而且我總覺得一開始，他們好像就急著要帶妳跟妳——妳朋友走……大概是我弄錯了。」

「嗯。我們本來不認識。跟他們一起走，本來就得一直講英語。」嵐之冷冷地說。

「也是。應該是弄錯了，不好意思呀。」

「沒關係。」

「那……妳可不可以幫我跟那個美國人講一件事？」

「妳說他嗎？」嵐之比了比喬。喬正把凱凱背在肩頭，讓凱凱用望遠鏡掃視遠方山林。

「嗯。」欣潔點點頭。「妳可不可以幫我跟他說，如果我真的沒辦法走的話……能不能請他帶凱凱走？」

「這個……」嵐之焦慮著怎麼回答時，忍不住想起重國的兩個孩子。他們那樣能跑多遠呢？會不會被自己的父母……她不想再想下去了。

「好。我等下去問。」

欣潔似乎是因為放心而紅了眼眶。「謝謝妳……謝謝妳幫忙。」

但就在那時，她們都聽見凱凱大聲喊叫。欣潔直覺地朝他衝去。嵐之看到喬火速把凱凱放下，一把搶過望遠鏡往山那頭看。他轉頭望向嵐之，表情驚愕不已。

「它們來了！」不用嵐之翻譯，誰都聽得出他在喊什麼。

iv

各種半人半銅像的怪物，正沿著士延他們走過的路往村子接近。瑞奇想從望遠鏡裡數它們的數量，但被路邊大樹的枝葉擋住，只看得到經過的身影一個接一個沒有停下來。

「應該是被剛剛的直升機吸引來的吧，」他拿開望遠鏡，看了看手錶。「這樣下去不用十分鐘就會到這邊了。都不給我們休息一下，」他對正替槍枝做最後檢查的喬說。

「擋得到直升機來嗎？」喬略顯不安地問。

「一定得啊。」

「小孩跟女人都去神木那邊躲！快點！獵槍全部拿到入口這邊來！」村長著急地吆喝。「你們站在這幹麼？」

「我們……要保護村子。」幾個年輕人站成一排怯生生地回答。

「你們是小孩！等你們長大再來保護村子！現在給我去躲！快點！」村長刻意發起火，他們只好不甘願地跟在其他人後面，朝通往神木的路跑去。現在村長周圍只剩下壯年到老年的男人，以及士延他們一行人。

「你們……也跟他們一起去躲啊？」

「我想說……我應該要留在這邊幫忙。」阿良鼓起勇氣回答。

「你用過槍嗎？」

阿良搖搖頭。

「去躲啦。你去教那些人怎麼躲，躲到殭屍都找不到他們，好不好？你在復興村好不容易才沒死，不要浪費啦！其他人也快去躲！」

阿良點了點頭，對其他人說，「我們趕快走吧。」

「我和士延要留下來。」嵐之堅決地說。

「你們留下來幹麼？還是你們會用槍？」

「他們會，」嵐之指著跑來的瑞奇和喬，「而且他們的槍比較好。你們要他們幫忙的話就需要翻譯。」

村長聽了不太高興，但也只能點點頭。「那你們自己小心啊。其他人快走吧，快點。」

「走吧。」阿良拉著欣潔和凱凱準備往神木那邊走。

「等一下。」欣潔突然說。「那個……士延不跟著走嗎？只有嵐之一個人會英文啊。」

這個問題瞬時讓所有人一頭霧水，除了嵐之以外。嵐之困窘而憤怒地瞪著欣潔，卻想不到有什麼說法可以搪塞過去。一旁的士延，也只是納悶著欣潔幹麼這時候問這個，卻不知這兩人剛剛有過一番對話。他焦急地思索一個好的藉口，忽然一個想法浮上心頭。

「我負責保護嵐之。」他用一種自己都需要說服的語氣對著所有人說，並望向嵐之，催促她跟著相信下去。此時嵐之望著士延的欣喜神情，並不是被他的誠意感動，而是讚許他的突然開竅。

「可是你要怎麼保護人家？」村長問。

正想著該怎麼掰下去的士延，忽然察覺瑞奇走到他身邊。他用力地把一塊沉重堅硬的冰冷東西塞到他手裡。他舉起手一看，嚇了一跳；那是把深黑色的手槍。然後他便擋在士延和欣潔中間，表情像座陰冷的石像，對欣潔、凱凱和阿良比了個走開的手勢，他們甚至覺得他另一手的步槍槍口好像還跟著抬了一下。欣潔別無他法，只能絕望地看了嵐之一眼，然後低下頭，牽著凱凱和摸不著頭緒的阿良轉身離去。喬站在一旁，也低下了頭，避開欣潔和凱凱望向他的眼神。

「你們去把兩台卡車開到門口堵住！還要把上面堆高起來！」村長看這邊解決了，便繼續對剩下的男丁吆喝。

嵐之走到瑞奇身邊。「所以你其實聽得懂國語？」

「不到關鍵時我不會讓任何人知道——我開玩笑的啦，我怎麼可能懂那麼難的鬼東西。無意冒犯。我說過，必要時我會阻止他們登機。我剛剛一看就知道他們想跟著我們。這種事太常發生了。所以我就逼他們離開了。正如妳要求，沒人受傷。」

「希望是……」她望著目送一行人遠去的喬。「那你為什麼要給士延手槍？你不是聽得懂他說的才給他的嗎？」

「我說過我聽不懂。」瑞奇抱怨。「我只是認為到這時候他該要有槍自保。所以，你們剛剛到底在講什麼？」

「算了。不重要。我們先來和村民並肩作戰吧。」

◆

士延望著手中的槍，只覺得好沉重，除了握住以外什麼都不敢。

「嘿，」喬這時走了過來。「好槍啊。」他笑著對士延說。

士延尷尬地點點頭。

「你知道怎麼……」喬對天空比了「碰碰」兩下，「……嗎？」

士延想起自己還真有當過兵，搖起頭就更尷尬了。

「沒關係。我做給你看。很簡單。」喬從士延手上接過槍，把槍口朝地，然後把槍身旁邊的保險旋鈕秀給士延看，接著就用拇指把它往前用力一推。

「打開。OK？試試看。」他把保險歸位，把槍塞回士延手上，把他的手指從扳機上拉到護弓外面，然後壓住他手臂讓槍口朝下。士延緊張地把保險往前一推。

「很好！」喬連忙幫他把保險推回去，然後把他雙臂一抬。士延在他的調整下做出了標準的瞄準姿勢，這樣平舉著槍令他感覺吃力。

「左手，這邊；右手，這邊。直直向前，碰、碰。OK？」喬問。

「OK。」士延怯生生地回答。

「很好！」喬拍了拍士延的肩膀，並拉開士延身上那件借來的夾克，幫他把槍塞進了內側口袋。「我希望你用不到。」他彷彿自言自語地說，接著便跑向村子入口的陣地。本來心跳就不停加速的士延，現在連胃也在激烈跳動。

◆

村民用兩台卡車頭對頭貼在一起，在村入口的掩體後面立起一道車牆，並在車斗朝外的那側用一堆板子椅子堆出一面矮牆。包括村長在內的一排村民站在牆內拿著獵槍向外瞄，另一排人坐在他們背後，等著接上去開槍。他們望著喬和瑞奇跳上兩個車頭在中間頂出的制高點。

「跟他們說，我們會先扔手榴彈。四個扔完了，換他們開槍。要打頭才行。我們解決剩下的。」瑞奇一說，下頭的嵐之便照著翻譯，聲音雖響亮卻有些顫抖。嵐之翻譯時，瑞奇見其他人都望著她，便偷偷對她用右手兩根手指直指自己的眼睛，然後在左手手錶上比了個兩腿走動的模樣。嵐之對他眨了個眼。

「如果這邊擋不住的話……大家就盡量散開，但絕對不要往神木那邊，聽到沒？」村長接在後頭說。

聽完嵐之翻譯，喬點了點頭。沒有人接著開口，村莊就這樣靜靜地維持了幾分鐘。嵐之和士延在卡車內側，各自貼著兩台車的車門，透過車廂上的車窗往村莊外瞧。兩層車窗讓景色略為變形且罩上一層暗紫色，但他們還是看到古怪的身影一團團從轉角冒了出來。

其他人都直接看到了那支大軍。即便是之前看過好幾次的喬和瑞奇，也忍不住像村民一樣寒毛直豎——本來那些東西的表皮還有一點橡膠質地，現在似乎已在太陽下晒得乾硬，看起來就跟銅像沒兩樣。它們也有著各種銅像的顏色——銅綠、深黑、赭紅、淡綠、棕黃、淺灰，甚至可以用五彩繽紛來形容。它們的五官如今已輪廓分明，使它們一個個都掛著蔣公銅像那標準而僵硬的笑容。在人們的眼裡，那就像活生生會走路的蔣公銅像，用它們自己的雙腿，像是發了狂地向他們跑來。

瑞奇毫不猶豫地丟出了第一顆手榴彈。它飛出拋物線落地後，順著下坡滾進了打前鋒的銅像人腳底，隊伍中便炸開一陣巨響和灰煙，銅像人紛紛震倒在地上，後面的則陷入濃煙中。但沒過幾秒，濃煙中又跑出新的銅像人，它們踏著倒地的同類繼續往村子入口衝。喬立刻丟出第二顆手榴彈又震倒一批，但又有一批補上。當四顆手榴彈用盡，揮開煙霧前進的銅像人大軍，卻彷彿沒比攻擊前少掉幾隻。

喬和瑞奇立刻把槍上膛，「開火！」他大喊。不用嵐之翻譯，站第一排的村民立刻各自找上目標開火，並立刻退下來重新填裝火藥和彈丸，讓第二排村民站上去攻擊。然而，填裝的速度再快也趕不上銅像大軍的數量，只能靠瑞奇和喬小心又迅速地在一隻隻銅像的頭上開出洞來。雖然隔著兩層車窗，但士延還是多少看得出，一整排村民的火力加起來只是替那兩個士兵補補空隙而已，畢竟那只是土製獵槍，不是用來這樣戰鬥的。

火網很快就出現漏洞，一隻頭沒中槍的銅像人毫不減速地跳過先前的掩體，撲向卡車上的矮牆，士兵要是轉身幫忙，前面就要守不住了。就在那時，村長從後頭衝上，開山刀一刀就往銅像的脖子割了下去。看起來堅硬如金屬的表皮瞬間被劃出一道開口，像堵塞的排水溝一樣滾出深黑色的液體。但這時銅像右邊的村民卻發出慘叫，其他人一看，銅像的右手像是巨蛇的嘴一樣狠狠咬住了那人，並在往後翻落牆外時順勢把它拖了出去。一個村民正想爬出去救他，卻被村長攔住，因為銅像大軍的前線已趁這空檔靠近了一大步，幾隻銅像圍著那村民，開始用手或腳或胸口的嘴巴撕開分食他，完全不顧子彈還繼續打在它們頭上。

「槍丟掉，用砍的！」村長大喊。接下來衝上卡車的銅像一隻接一隻向後倒下，它們一爬上來露出頸子，前面村民馬上就是快狠準地一刀，後排的人則是拿著槍托把看起來像嘴巴的地方拚命往外頂；不知不覺間，村民和士兵們居然逐漸取得了優勢，只剩零星銅像踏著滿地的銅像屍體爬不上來，輕鬆地被喬和瑞奇一槍一槍慢慢地打在眉間。

「我覺得我們來得及。」喬興奮地望著瑞奇說。

瑞奇也回給他一個得意的笑，並看了看手錶。只要再五分鐘過去，直升機就可以把他們接走，他幹這行以來最硬也最離奇的一次任務就要順利達成了。

但就在那時，轉彎處出現一個巨大的物體，壓過整個路面向他們衝來。一瞬間瑞奇還以為那是台坦克，定神一看才發現，那還是一個銅像人，和這島上無數銅像仍是同一個臉孔，只是它的身體穩坐在巨大的方椅上，底下有無數的短腳像蜈蚣一樣穩而快地把椅連人往前送，同時把地上的銅像屍體踩扁、踩爛，擠下邊坡。瑞奇反射地朝它頭部連開數槍，但它的要害顯然不在那，甚至還加快了速度衝破掩體，往卡車撞過來。他只能用盡力氣喊：

「快躲開——」

只有從剛剛就望著車窗的嵐之和士延提前避開，其他人，包括瑞奇和喬在內，都像保齡球瓶一樣，從撞開的兩台卡車上飛了出去。一個摔在巨大銅像人面前的村民來不及起身，只能眼睜睜望著那張椅子從蔣公的兩條褲管間張開血盆大口，底下的無數小腳在一聲槍響後，就全部同時朝他起跑。當椅子蔣公撕開地上這村民時，更多奇形怪狀的銅像人也從它撞開的洞灌進整座光復村。

倖存的村民開始依計畫往四面八方逃，但沒有誰跑得過陸續進村的銅像怪物。有人被銅像右手像拐杖的鞭狀物揮掉了腦袋。也有人被銅像牢牢抱住，然後被它長在胸口的嘴巴從後頭開始啃。甚至有人被地上亂竄的半身銅像咬斷了腳，才被一擁而上的銅像人淹沒。

士延和嵐之驚愕地看著眼前的慘劇，一下子忘了要繼續逃。直到他們看見瑞奇和喬邊開槍邊拚命跑到面前，對著他們的耳朵喊著「往運動場，快！」他們才回過神來轉身往操場跑。

但他們還沒跑到學校校門，銅像怪物就已經追上了殿後的喬和比較慢的嵐之。一隻銅像人從側邊跳上來，一口氣撲倒了兩人。瑞奇和士延正要衝過去，卻都聽見了喬從銅像人身下傳來的喊叫：

「繼續跑！不要管我！」

一旁嵐之正想從喬和銅像人旁邊脫身，幾隻銅像人卻撲了過來，嵐之的尖叫聲立刻被擠成一團的銅像人軀體和喬的哀號聲蓋過，只剩下一隻手試著往外伸，很快就被硬生生擠了回去。士延還想往前，卻已被瑞奇狠狠地往後拉。

「他們沒有救了！繼續跑！」雖然士延聽不懂，但那吼聲加上他無法接受的眼前事實，反而讓他瞬時一片空白，只能像被催眠一樣地跟著瑞奇全力跑，他甚至開始覺得他從來都沒有遇見過嵐之和喬，從一開始就只有他跟著瑞奇在逃。然而，操場上什麼都沒有，他只能跟著瑞奇衝向旁邊的一間小屋，拉開門就躲了進去。

瑞奇在他面前關上門，瞬間一片陰暗。士延彷彿聞到了一股曾經熟悉的味道，一時間卻無法再多想是什麼。他看見頂在門邊的瑞奇，左手腕亮起一小塊冷光。

「兩分鐘。」他聽見瑞奇小聲地對他說。但他也聽到屋外有許多踏在沙土上的聲音越靠越近，在牆壁外頭停了下來。然後忽然間，各種猛力擊打牆壁、門板、屋頂的聲響從所有方向傳來。他看見瑞奇全力頂在門板上，在黑暗中好像對他露出了絕望的微笑。隨後瞬間，強光刺進他眼中，他看見瑞奇隨著門板一起被拔了出去，接著就有一個個銅像人靠了過來，擋住他面前的光，變成好幾片彼此交錯的光頭剪影。這時候，他終於想起那熟悉的味道是什麼——那是體育器材室裡混合了舊木頭和黴菌的味道，聞著聞著，小學時的記憶好像也跟著回來了。

透過那一條發光的縫，士延看見嵐之就在外頭。縫裡面有他喜歡的那種氣味，是廢棄的教具、累積許久的灰塵，加上散不掉的濕氣和仰賴其維生的黴菌所混合而成的味道。他像一尊石像般動也不動，等到最適合的時機，便推開門大吼一聲，朝嵐之撲過去。

嵐之嚇得尖叫起來。士延達到他的目的，便得意地停下來等她回應。

「劉士延，你很無聊耶！」穿著藏青色百褶裙、白色水兵服的嵐之，用她肥短的小手，用力打在士延和她一樣白嫩的手臂上。其他同學在旁邊嗤嗤地笑了起來。

「哎喲——」他們故意拉長了最後一個音。

嵐之憤怒的臉紅通通的，讓士延覺得十分好玩。他忍不住也跟著笑了起來。但嵐之只是更用力地一掌打在他胸前，然後氣嘟嘟地走了。

像是從遙遠時空飄來的上課鐘在那時響起。他便追著嵐之的腳步，和其他同學一起往教室跑去。

◆

「先—總—統—蔣—公—是—壹—個—偉—大—的—人——」全班同學用稚嫩的聲音一起大聲念著。

「好，下一行繼續念，」

「他—領—導—我—們—反—共—抗—俄—復—興—中—華—」

「先停下來，」老師說。「在這邊跟同學講，因為先總統　蔣公是一個偉大的人，所以當我們講到他的名字的時候，我們就要坐正，來表示我們很尊敬他。我們現在就來練習一下。」老師緩緩走過陣列般的課桌椅巡視著同學，並大喊：「先總統　蔣公！」

同學們紛紛坐正，有些反應慢的還抓不太到時機，看起來零零落落。

「要快一點，然後用力一點。我們再試一次——先總統　蔣公！」

全班同時在座位上用力挺起身，整間教室瞬時轟隆一響。

「很好！以後老師提到先總統　蔣公的時候，」有些同學認真地又一次坐正，「大家就要像剛剛一樣啊！接下來——」

就在這時，窗外突然響起一陣聲響，那是某個人在講話的聲音，卻因為擴音喇叭嚴重失真，而變得既沙啞又破爛，但即便是教室裡的小孩子，也聽得出那裡頭的情緒很激昂。接著，一首也破爛到聽不清楚的樂曲在講話結束後開始播放。

老師一下子想不起來自己要說什麼。她惱怒地望了一眼窗外，轉頭對同學說：「那些人又在抗議了。整天這樣阻礙交通、干擾日常生活，真的是很沒公德心。我是沒有特別排斥他們啦，但是，」她忽然臉色一變，「我們每個人吐一口口水就可以淹死他們了！」

那一瞬間猙獰的表情把士延嚇得動也不動。平常老師很兇沒錯，可是他都可以先預料到，比如說沒帶東西、寫錯答案，就知道老師等下會兇；可是剛剛他就沒想到老師會忽然兇起來，而且他根本不懂她在兇什麼。他只知道，以後聽到窗外有那種廣播聲，皮就要繃緊一點了。

◆下課時，同學三三兩兩在教室裡找伴，有些就那麼一路打鬧出了走廊。士延和幾個男生圍成一團，講起一些不敢讓別人聽到的祕密。

「我跟你講喔，我爸都跟我說，蔣公其實是壞人。」有個男生說。

「噓……」其他人同時要他小聲。「你講蔣公壞話，會被抓走喔。」

「所以我才偷偷告訴你們啊。萬一被郭嵐之聽到跑去跟老師說，我們就要被抓走了……」

「你怎麼知道她會跟老師說？」士延問。

「因為老師最喜歡她啊，她每次考試都考很高分，還拿五育獎。」

「那又不一定會打小報告。」士延反駁。

「一定會好不好！是你喜歡人家，才會說她沒有。」

「才沒有！」士延急著辯解。

「齁——」男生們露出見獵心喜的表情。「說『沒有』，就是喜歡人家。」

士延臉紅了起來，「不要講這個啦。我們講蔣公啦。」

「噓……」大家聽到這兩個字，又放低了聲音。「反正劉士延喜歡郭嵐之，我們現在都知道了。」有個人調皮地說。

「我不跟你們講話了！」士延惱羞地離開了小圈圈。

「他生氣了耶。」有個人說。

「因為他真的喜歡人家啊。」另一個人賊賊地笑著。

「不用理他啦。」又有一個人說。「嘿，我偷偷跟你們說喔，球場的蔣公銅像，會眨眼睛喔！」

「亂講。怎麼可能。」

「上次二班真的就有人看到！我是聽我二班的朋友講的，他不會騙我！他說他們上次拿石頭丟蔣公，蔣公就眨眼睛了。」

「他拿石頭丟蔣公會被抓走耶。他一定是在亂講。」

「他不會騙人，是你自己不敢丟才說別人亂講。」

「是他亂講。」

「是你不敢丟。」

「是他亂講是他亂講是他亂講是他亂講是他亂講……」

「是你不敢丟是你不敢丟是你不敢丟是你不敢丟……」兩個人鬥起嘴來。

「是他亂講反射！」那個男生比出反射超音波光線的手勢。

「是你不敢丟雙重反射！」另一個男生兩手各做一個反射手勢。

「絕對反射！」「不能反射的反射！」「把別的反射都打掉的反射！」他們就這樣吵了下去。同時，遠離同伴的士延，看到座位上的嵐之偷偷把手伸進書包裡，然後他好像看到一個洋娃娃的頭冒了出來。他好奇地走了過去。但嵐之一看到他靠近，立刻就把娃娃塞了回去，空著手指著他，「劉士延，你不准過來！」

「喔——老公老婆又在吵架了。」不知何時幾個人又圍了過來。

「你們全部都走開！！」嵐之站起來大喊，但大家已打定主意要一直開他們兩個玩笑。就在這時，

懸在黑板上先總統　蔣公遺像頭頂的擴音喇叭，又響起那種從遙遠時空飄來的上課鐘。全體同學立刻停下先前的話題、動作、表情，像人偶一樣坐回自己座位上。

◆

放學鐘終於響了。三年一班的所有同學在喊完「謝謝老師」之後，就急忙收起書包，在走廊上排出整齊的隊伍。嵐之拿出一面黃色的小旗，上面除了敦美國小四個字外，還在一個圈圈裡面寫了一個大大的阿拉伯數字「4」。另外五個同學也拿出其他顏色數字的五支小旗，把全班分成了六支路隊。接著，各班級任導師先是一班班地把人帶下樓，然後在樓下像指揮交通一樣把每班的2路隊往北側門趕，盯著3路隊乖乖往西側門走……最後留下1和4兩支最多人的路隊，在樓下籃球場的定點上蹲著，等待從最擁擠的東大門出學校。

士延和嵐之他們班，就蹲在蔣公銅像的台座旁。在紅色1路隊的末端，士延正好能望著4路頭的嵐之，嚴肅地握著她那面小黃旗。其實出了學校就沒剩多少同學理那面旗，大家都是愛走哪就走哪，被指定掌旗的路隊長也不會真的去管同學有沒有好好跟著，甚至自己也隨便亂跑。可是嵐之不一樣。士延每天都會看到嵐之緊握著旗子，走在前面不時回顧，要後面的人好好跟著她，直到士延自己的1路和嵐之的4路，在大馬路底下的地下道分道揚鑣，走上馬路兩邊平行的回家路。

終於輪到他們班起立出發了。他起身時沒站穩，往後跌坐在地上，惹來一陣笑聲。他重新爬起來時，目光掃到了一旁的蔣公銅像，看起來沒什麼不尋常的地方。另一頭，士延看見嵐之也聽見笑聲轉過頭來，好像跟著笑了一下，又不以為然地轉過頭去。

他有些惱怒地心想，我今天有看到妳帶洋娃娃來喔。老師有說不可以隨便帶玩具來學校，雖然大家還是會偷偷帶那種彩色塑膠鬥片來鬥，甚至還有人帶電動玩具；但老師偶爾就會突然現身，把他們抽屜書包裡的東西倒出來，把大大小小的鬥片全部沒收，順便補上幾道火辣辣的藤條印。

可是老師從來都不打嵐之。士延因此覺得，那洋娃娃就是個能讓不可能成真的神奇寶藏，但他一時想不到要怎麼拿到它。他只能在 1 路和 4 路分開時脫隊，並偷偷跟在嵐之路隊後面出了地下道。

出乎士延意料，4 路隊的同學也不理嵐之，一離開導護老師的視線就散了。還有些人嘻笑著跟嵐之說再見，就成群結隊朝老師說不能靠近的店家、攤販、遊樂場走去。他繼續跟著嵐之穿過房子沿街拼湊起來的高低騎樓，直到最後幾個比較乖的同學，也向嵐之揮揮手然後拐彎進了巷子。接著，她便停下來把旗子插在書包旁，走沒幾步，突然就轉身進了旁邊的一間書局。

士延在書局門口猶豫了一陣，才走了進去。一進去他才發現，裡面文具架都比他還高，他看不出嵐之到底走去哪邊，只好碰運氣地繼續往二樓圖書區走。他在陌生的書架間繞來繞去，忽然就看到嵐之坐在角落的地上看書。他小心翼翼地走過去，但嵐之一抬頭就看見了他。

「劉士延，你在這邊幹麼？」嵐之大喊。

「我沒有要幹麼呀……那妳又在這邊幹麼咧。」士延嘻皮笑臉地回答。

「書店裡保持安靜！」旁邊一個大人叱責，兩人便心虛地低下頭。

「我在這邊看書，你不要再來煩我。」嵐之捧著書，小聲但生氣地對他說。

「放學不是應該馬上回家……」士延正想回嘴，卻被那本書的封面吸引住了。書封上有一隻鉛筆畫出來的黑色大章魚正從海中冒出，用牠的一條條觸手纏住一艘巨大的帆船，那密密麻麻的線條令他心生一股前所未有的異樣感。

「嘿，妳在看什麼書？好像很有趣的樣子。」他忍不住問。

「你覺得有趣嗎？」嵐之有點驚訝地回答。「這是《瀛寰探奇》。」

「瀛——寰？」士延望著章魚觸手上那兩個筆劃特多的白色生字。「那是什麼意思？」

「就是很神祕的意思。」嵐之回答。「你有沒有聽說過復活節島的摩艾石像？」

◆

那天在書店，嵐之把書上她看得懂的東西一件件講給士延聽，直到她想起家裡已經要開飯了才闔上書。

接下來幾天，士延順著嵐之的介紹，看起埃及、馬雅、吳哥的照片。他開始知道，世界各地都有神祕的古文明，打造出一大堆神祕的石像，卻又不知因為什麼原因都消失了，只留下石像在原地，對多年後重新發現它們的探險家露出「你們永遠不會懂」的神祕表情。尤其是吳哥文明，那些石像巨大的笑容總給他一種不懷好意的感覺，彷彿要把走進來的探險者都變成和它們一樣的石像。他忍不住想，台灣會不會也有這樣的石像，到現在都還躲藏在雨林中，等著探險隊去發現呢？他忽然想到了先總統　蔣公。

「可是我覺得一點都不像。」嵐之抵在書架邊，捧著《瀛寰探奇》說。

「是喔⋯⋯」一旁，士延看著今天嵐之翻到的照片。照片上有兩尊一男一女的石像，他們站得直挺挺，兩手在胸前握著，眼睛瞪得老大，好像被什麼嚇到而僵住似的。

「先總統蔣公——」她放低了聲音，不想讓大人知道他們的對話，「是偉人，不是神祕的古文明。所以蔣公銅像和古文明的石像一點都不像。」

「真的都不像嗎？」士延仍不放棄。

「而且，我跟你說，蔣公銅像是用『銅』做的，所以叫銅像，要用石頭做的才可以叫石像。」
「那他們為什麼不用石頭做……蔣公石像呢？」
「我不知道。我要去問我爸。」
「妳爸為什麼都知道？是不是因為他是考……考……」
「考—古—學—家。」嵐之不耐煩地說。「都跟你講好幾次了，還記不起來。」
「課本沒有教這些生字。」士延抓了抓頭。「考—古—學—家，妳爸是考古學家嗎？」
「不是，可是我問他什麼他都知道。」
「哇。我問我爸什麼，他都不知道耶。那個，現在幾點了，妳媽會不會快要到家了？」
嵐之看了看手錶，闔上書本。「好像快了。走吧！」

◆

自從聽嵐之說她那天晚回去被家裡罵之後，士延看書都會不時提醒嵐之看手錶，比她媽媽早一點到家。有時候他乾脆跟她一起離開書店，目送她走進那棟像辦公大樓一樣高的住宅大廈，然後他自己再過馬路，穿過菜市場和後面的小巷，回到鐵軌旁四層樓公寓底下的家。

ii

第二天，士延一找到機會就往嵐之那湊過去，急著問她爸爸回來了沒。但嵐之只是冷冷地說還沒，然後就不理他了。士延還在納悶發生了什麼事，就被其他男生圍了起來。
「騙子，你還說你不喜歡郭嵐之。」其中一個心懷不軌地對士延笑著。

「我沒有喜歡她……」士延連忙辯解。

「人家 4 路隊的都看到你天天放學跑去找人家！」另一個男生大笑，「而且你還臉紅了！你們看劉士延臉紅了！」瞬時全班一陣喧鬧。

「不要亂講！」士延氣急敗壞地猛推那個男生一把，「你幹什麼推人！」他也不甘示弱地推了回去。情況忽然演變成全班鼓噪著看兩人打架。士延把臉紅害羞的感覺化成拳頭還給對方，心裡相信只要現在打贏，就可以叫對方不准再提這件事。兩人互相扭打時，他的眼角餘光掃到嵐之，看到她驚愕地看著他們，一隻手伸進了她的書包裡，像是在護著什麼。士延這時才想起自己早就把洋娃娃的事拋到腦後了，一個分神，就被對方壓倒在地上，拳頭連翻落在他的手臂和胸前。

「老師來了——」這時候忽然有人大喊。所有人像是聽到空襲警報一樣，立刻全速跑回自己位子，連揍著士延的男生也連忙鬆手逃開。士延瞬間也克服了疼痛和慌張，跌跌撞撞爬回自己位子上坐定，拿出課本，擺出下課也在用功的好學生模樣。

到那天中午下課為止，級任導師都在班上盯著，沒人敢再打鬧，就那麼乖乖出校門，沒人去跟士延起鬨。但士延那天也沒跟著嵐之，就默默地跟在 1 路的小紅旗後面走，眼睛望著大馬路對面，希望能看到他們班的那面小黃旗。當他快要走到書局對面時，他偷偷放慢腳步，在行人穿越道前停了下來。路隊早就散了，沒有人理他，他便在原地望著書局門口，直到他看見有個女生把小黃旗插在書包上，站在馬路的另一頭。

綠燈亮起的瞬間他便往對面跑了過去。嵐之看到他過來，害羞地笑了一下。

「那個……」士延搓著手說，「我今天跟他打架，和妳沒有關係喔。我本來就不喜歡他。」

「對啊，我也只是和你都喜歡看古文明的書而已，他說什麼都是他亂講的。」嵐之臉也紅了。

「對啊對啊。」士延也猛點頭。「妳後來回去問妳爸了嗎？」

「還沒。可是我媽跟我說，沒有蔣公石像，是因為石像太重了，銅像中間是空的，比較輕，比較便宜。」

「銅像中間是空的？可是那這樣的話，銅像不就會站不起來嗎？」

「可是我媽就是這樣說啊。我有問為什麼，她就說，在外面不要沒事跟別人講蔣公，會被抓走。然後她就不理我了。」

「那妳還跟我講這個。」

「這樣我就不會一個人被抓走了。」嵐之得意地回答。

週六下午的騎樓比平常更擁擠了一些，士延和嵐之得要靠近一點，才不會被大人們擠散。

「我媽媽要我回家等她帶中飯回去。」嵐之一直回頭望著她的小黃旗，怕它被人撞斷。「今天不能看書了。」

「我要自己在外面吃。」士延在前頭稍微幫兩人開路。「那妳明天會去看書嗎？」

「不會耶。我媽要帶我去找我爸。」

「啊？」士延一頭霧水。「為什麼要去找你爸？」

「你不會懂啦。反正、我星期日都不在家就對了。」嵐之勉為其難地回答。忽然她像看到救星一樣，拔腿奔向那棟又高又漂亮的住宅大廈。「我家到囉！下星期一見！」她轉頭對士延說。

「等一下！那個……我想問妳一件事。」
「幹什麼？」
「就是那個……那個……」士延猶豫著不知該不該問。
「你再不講我要走了！」
「妳……怎麼帶洋娃娃來學校？」
嵐之嚇了一跳，一下子楞在那不知道要回答什麼。她正想大發脾氣時，士延卻小心翼翼地說：
「我……我是不小心看到的，對不起啦。我不會跟別人講。」
「你真的不會跟別人講？」嵐之盯著士延問。
「不會！」
「真的不會？」
「真的不會！」士延猛搖頭。
「那你說『如果我跟別人講，我就不是人。』」
「如果我跟別人講，我就不是人。」士延一字一字照著說。
嵐之猶豫了一下。「可是這裡人太多了。假如到沒有人的地方，我就告訴你。而且你什麼都不可以跟別人講，誰都不可以！」
「嗯！」士延用力點頭，「我知道了！」
「那我先走囉！星期一我們再去看書。再見！」嵐之走沒兩步又回過頭來，「記住不可以講喔！」
士延只能傻傻在原地一直點頭。

iii

自從士延學會在班上跟嵐之不理彼此之後，其他同學也不再鬧他們了。他們就各自留在了男女不同一國的小團體裡。只有到放學後，他們才會在書局的角落打招呼，然後一起打開《瀛寰探奇》，看完了古文明之後，便繼續開始看起書中更玄奇的內容，像是鬼魂、催眠術、夢境預言、心電感應等超自然現象。或許是因為兩個人一起看的關係，面對那些模糊變形的失真照片，他們始終只覺得有趣，從來沒有感覺到一絲恐怖。

士延一直想找機會問嵐之洋娃娃的事，雖然他早就沒有想害她被老師打的念頭了。只是，他周圍總是充滿別人，從早到晚不管走到哪裡，都被爸媽、老師、同學和陌生人層層包圍，沒有哪個地方會只有他和嵐之兩個人。

但那個地方還是出現了。自從老師宣布校外教學的日期，並要同學把家長同意書和錢準備好之後，全班、甚至整個年級就洋溢著一股坐立難安的興奮氣息。到了出發前一天，班上同學在聊的已經都是背包裡要帶什麼零食，但士延心裡想的卻只有嵐之的洋娃娃。雖然他根本不知道要去的地方長什麼樣，但他總覺得那裡會有一個沒人的地方，不管講什麼都不會被別人偷聽到。

他抱著這樣的期待，和全年級同學搭上一台台排在圍牆外馬路邊的遊覽車，和一個普通好的男同學坐在一起，離嵐之她們遠遠的。同學跟他聊天，他卻不太想回話，因為車窗外的世界實在太吸引他。他很少有機會離開住的城市，當車子上了高架橋往外走，風景就越來越不像他習以為常的模樣。房子越來越少、越來越矮，山變得越來越巨大，路越來越狹窄彎曲。他忍不住開始想像，神祕古文明的石像會不會突然出現在路邊，用那無神的眼窟掃射開過去的遊覽車。越是這麼想，他就越不敢放過窗外的風景，只要不像是屬於山林的東西，他都不捨得眨眼錯過。

上午，他們排成兩路縱隊，規矩地在森林遊樂區的步道上走了一圈，乖乖地在休息區分桌吃便當。下午，遊覽車隊繼續在山上行駛，最後依序開進了一扇上頭寫著「幸福樂園」的大門。

「下午四點以前，所有人要在這裡集合！有沒有聽到？」老師大聲宣布。

「有——」全班大喊。同時，士延望向隊伍前面的嵐之，嵐之也回頭望著他。

宣布完之後，同學開始以朋友為單位，逐漸往各處散去。

「劉士延，趕快來啊！趕快去搶好玩的！」幾個和士延熟的男同學對他吆喝著。

「喔……好，等我一下。」

「會被搶走啦！你再不來就不等你了！」其中一個人著急地大喊。

「那……你們先去吧，我等下再過去找你們。」

那幾個人露出懷疑的表情跑了。這時，士延看到嵐之也離開了她的同伴，正偷偷往他靠過來。他便慢慢往外走，走到幸福樂園巨大的園區地圖下。壓克力板隔著的地圖上，那些遊樂設施的照片和底下的書法字，還有把那些地方串起來的道路線，令他想起課堂上老師給全班看的特大號中華民國地圖。他注意到地圖上離入口最遠的地方，有一塊雙面膠痕跡框出來的空白，像是照片被撕了下來似的。方塊底下該有字的地方隨便貼了一小張紙，上面寫著「禁止進入」。

他記住從入口往「禁止進入」的路線，然後離開擠在地圖前的同學，一邊注意嵐之有沒跟上來，一邊朝那地方走。雖然到處都是他同學，但他們太專心在排隊等遊樂設施和互相打鬧，沒有人注意到有兩個人完全不理會這一切，只是互相隔著一段距離，直直往沒人的地方走。

漸漸地，士延覺得同學的嬉鬧聲離他很遠了。他停步轉頭一看，也只剩嵐之還悄悄跟在後頭。這令他心裡有一種新鮮而說不出來的快樂。

「這邊都沒人了耶。」士延對走過來的嵐之說。

「不行，我還聽得到有人。」嵐之說。

「那我們繼續走到底吧。」

士延和嵐之併肩走在逐漸被樹木包圍的小步道上，腳下的枯葉發出清脆的聲響。

「妳覺得這裡會不會有神祕的古文明？」士延問。

「怎麼可能，」嵐之有點嘲笑地說。「只有外國才有。」

「要是可以出國看那些古文明就好了。」

「你都沒有出過國嗎？」嵐之問。

「沒有。」士延搖搖頭。「妳有出國過嗎？」

「有啊，我暑假才跟我媽媽出國過。我都不能跟我爸去。」

「是喔，真好。」士延羨慕地說。

「怎麼會好？」嵐之有點生氣地問。

「不是啦，我是說，可以出國真好。」士延連忙回答。「如果我能出國，我一定要去看復活節島的摩艾石像。」

「我也想去。」嵐之說。

「我還想去看馬雅的金字塔、巴比倫的通天塔、吳哥的石像……」就在那時，士延忽然發現腳下的路展開了。他們踏進了一座荒廢的庭院，一座被矮牆圍起來的方形廣場。廣場那頭，有一棟像是學校禮堂縮小版的建築物，許多藤蔓攀爬其上，甚至從窗孔爬進爬出。

此時他們完全聽不到樂園那頭的聲音了。他們站在原地，一句話也不敢說，只是望著那建築。最後，士延鼓起勇氣對嵐之開口：

「妳現在可以說了嗎？」

「可是……」就在那時，他們忽然感覺背後有什麼靠近，雖然聲音十分細微，但確實有動靜。他們本能地往建築物跑，看到門敞開著就跑了進去，但一進門就被裡頭的人影嚇了一大跳。他們定神一看，居然是一尊蔣公銅像，就那樣立在進門不遠的前廳正中央，窗外穿過爬藤照進來的陽光打在銅像臉上，讓它的微笑浮現古怪的花紋。他們正想往外逃，卻看到好幾個人影擋在門口。令他們放心但又警戒起來的是，那些走進來的人影和他們一樣，只比門的一半高一些。

「齁——抓到了齁——兩個人約會！」帶頭的那個男同學說。旁邊，陸續進來的其他同學也跟著笑。

「我們不是約會！」士延連忙反駁。

「還狡辯！我們從剛剛就一直偷偷跟在你們後面。我們要去跟全班說！」另一個人樂不可支地指著他們。

「那我們也要跟老師說……你們不守規矩，到處亂跑！還跟蹤別人！」嵐之反擊。

幾個男生愣了一下，你看我我看你，但還是帶頭的人反應比較快，「我才不怕妳講呢，我們亂跑，你們也亂跑啊！」

「對啊對啊！誰怕誰！」其他人連忙附和。

嵐之正想要怎麼反擊，士延忽然在此時開了口。「我們真的沒有在約會啦！我只是有事想找嵐之……」

「劉士延！」一聽嵐之怒吼，士延才想起自己犯了什麼錯，但已經太遲了。

「真的嗎？什麼事？」帶頭的男生不懷好意地問。

「沒有，我說錯了，沒有事。」士延連忙回答。

「郭嵐之，劉士延想要找妳幹麼？」

嵐之咬緊了牙關，一言不發，雙手向後抱緊了背包。

「你看你看，一定是在背包裡面。」有個人忽然提醒帶頭的人說。

嵐之一聽拔腿就跑，但好幾個男生馬上把她圍了起來。

「你們幹什麼？我要跟老師說！」

「如果沒有東西的話，給我們看一下有什麼關係？」擋在她面前的人說。

「對啊，一定有問題！」圍住她的其他人也跟著說。嵐之眼看說也沒用，便用力往前一撞，和前面那個人扭打起來，但旁邊的人立刻趁著這機會從後拉住她的背包，扯開背包扣子，伸手進去把第一個摸到的東西扯出來。

「是洋娃娃耶！」那人放開嵐之的背包，得意地高舉著嵐之的洋娃娃繞著大廳跑。嵐之連忙鬆開面前的人追著洋娃娃跑，但那男生一看嵐之追來，就把洋娃娃扔給下一個人，嵐之只能徒勞無功地追著洋娃娃在空中來來回回的拋物線。

「三壘手接到球快傳二壘——」

「一壘手傳給二壘手完成刺殺！」

「二壘手快傳本壘，三人出局！」他們興奮地鬧著嵐之喊。

一旁的士延想衝上去幫忙，卻被兩個人左右拉著手臂不能走。「原來只是洋娃娃。」帶頭的人忍不住對士延抱怨。「還以為是什麼好東西。女生真是無聊。劉士延，你到底跟郭嵐之來這邊做什麼？你不講，我就跟全班說你們天天都在談戀愛喔。」

士延還在掙扎要怎麼回答，忽然聽到嵐之那邊傳來一聲大叫。

「剛剛蔣公銅像眨眼睛了！」一個拋接著洋娃娃的男生發著抖喊。

所有人先是在原地望著蔣公銅像不敢動，突然一個人先發難往後退，其他人就像觸電一樣跟著往門邊躲。嵐之和士延也顧不得剛剛的事，一起害怕地隨其他人躲到門邊，看著大廳中央的蔣公銅像。

「你……亂講的吧。」帶頭的人質問剛剛大叫的人。

「我真的看到了。剛剛我把娃娃丟到它的頭那邊，它就眨了一下。」

「看吧。我之前就說過了，你們還說我亂講。」之前堅持隔壁班朋友有看到的那人說。

「本來就是亂講。」帶頭的人不服氣地說。「你們都在亂講，我就沒看到他有眨眼睛。」

「那你去丟丟它石頭啊。」堅持有看到的人也不服氣地反駁。「你不去丟，你就是亂講加膽小鬼。」

「對啊，膽小鬼。」旁邊不知道誰跟著附和。

帶頭的人惱怒地望著等他出手的眾人。「好！我現在就丟！」他開始在地上找起可以丟蔣公銅像的東西，「等我丟完之後，你們就全部都是亂講加膽小鬼，就只有我敢！」他撿起一塊水泥之類的東西握在手中，看著蔣公銅像，猶豫了一下，轉頭確定所有人都還在背後，便深吸了一口氣，慢慢學起偶像棒球選手的投球動作，「嘿！」地一聲，把水泥塊扔了出去，正中蔣公銅像額頭。

但除了不清脆的「喀」一聲之外，什麼動靜也沒有。

「好奇怪，」嵐之小小聲說。「怎麼不是空空的。」但士延根本不敢望向嵐之。

「你們看吧，哪有什麼眨眼睛！」帶頭的人得意地轉身望向其他人，「只有我一個人敢，你們全部都——」但這時，他看到所有人都用一種極恐怖的表情望向他背後。他猛轉頭看過去，蔣公銅像是沒有眨眼，它只是微笑著舉起了右手，像是在和他們打招呼一樣。

帶頭的人瞬間拔腿狂奔，被他撞開的其他人也跟著向外跑。士延跟著跑到門外，卻聽見嵐之在裡頭哭喊：「你們把妮妮扔到哪裡去了？」他猶豫了一陣子才回頭進去，看到嵐之在大廳裡一邊哭一邊徘徊著，還在找著洋娃娃。他害怕地望著蔣公銅像，卻看不出和一開始有什麼差別。「他們……他們都走了耶。」士延小聲對嵐之說。

「全部都是你害的！」嵐之對他哭喊。「你跟別人說了，你不是人！」

「我沒有真的講出來……」士延正要辯解，卻看到嵐之停下了動作，像是中了書上的催眠術一樣，傻傻望著蔣公銅像。他正納悶發生什麼事，眼前的一切就突然像夏天發燙的柏油路一樣開始飄動、晃動，同時體內彷彿有什麼正在蓋過他的意識，只剩下害怕自己要消失的恐懼感。他想要大叫、轉身逃走，身體卻已不聽指揮。意識中的最後一幕，就只剩蔣公銅像的微笑，以及嵐之彷彿能穿透一切的尖叫聲。

◆

士延完全不記得後來怎麼離開那裡的。

他開始覺得，自己記得的事情好像一下子變少了。他只記得後來他一樣去上學，老師要他把當天發生的事跟她講一遍，他就老老實實地全都講了，除了嵐之的洋娃娃以外。老師聽完也沒罵他，只警告他不准再跟別人講這件事。他本來擔心那些男同學會把事情跟全班講，但不管是蔣公銅像還是他和嵐之的事，他們什麼也沒說，就好像那天在幸福樂園的事從沒發生一樣。從那之後，那些男生也不太跟他玩了，但也不會找他麻煩，就好像在他身上嗅到什麼一樣地微微避著他，甚至有點當他不存在。

但嵐之依舊跟其他女生很要好。他記得最後那天放學後，他又在對街看著嵐之一路走到書局門口，但這次她沒有停步，看也不看地就從門外走了過去。他連忙衝到對街叫住她，問她怎麼不去看書了，她卻回答：

「我不想看了。我覺得那本書好無聊。」

「可是妳之前不是天天都要看那本書嗎？」

「我現在覺得那都在亂講。」

「可是……」士延著急地問，「校外教學那時候，妳不是也有看到嗎？」

「看到什麼？」她問完便繼續向前走。

士延只能跟在嵐之後面，拚命把他還記得的事情跟嵐之講，但嵐之就像是沒聽見似地直直向前走，直到通往她家的轉角到了。

「我要走了。」

「妳真的什麼都不記得嗎？」

「我不記得了。真的有這回事嗎？」

不知為何，士延一聽到這句話，也開始覺得那天發生的事不一定是真的。但他還是忍不住問：

「那妳的洋娃娃……妮妮，後來找到了嗎？」

「我不知道你在說什麼？劉士延，你以後不要再跟我講一些奇怪的話了。」說完她就頭也不回地走了，留下士延在原地搞不清一切怎麼會變這樣。

嵐之走後，他還是回了書局角落，自己一個人翻開《瀛寰探奇》。看著看著，一種從沒出現過的恐懼感突然從那些變形失真的照片間浮現出來，嚇得他碰一聲闔上書本，再也沒有踏進那間書店一步。

此後，士延在房間獨處時，他都會覺得有各種東西在他看不見、摸不到的次元裡偷偷地監視他。一直到長大，他都還這樣覺得。

駕駛員謹慎地操縱直升機越過群山，往指定地點前進。根據出發前的指示，目標在降落前可能都無法和他通話，因此他只能自行確認現場安全與否，而且要快，因為底下不管是人還是怪物都會立刻聚上來，只要一個判斷錯誤，可能就再也離不開了。

小小的山村逐漸出現在視線中，並逐漸放大。看到晃動的人影有點多時，他就感到些許不妙；再靠近一些，他就確定那都不是活人。指定的運動場上，只有察覺到直升機的怪物朝旋翼聲響飛奔過來。

飛行員嘆了口氣。「沒機會了。」

「不再看一下嗎？」旁邊的人問。

「怕它們接下來只會追著我們的聲音跑。」

「你說得對。」另一個人望了一眼村莊，「我們走吧。」

「上帝保佑他們。」飛行員拉動操縱桿，讓直升機掉頭爬升。「目標不在位置上，無法靠近，我們要回去了。」他對嘴前的麥克風說。

◆

頻率穩定的轟音連番敲打士延的耳膜。他在恍惚中驚覺那是直升機，連忙起身跑出儲藏室，但直升機已經掉頭離開操場中央。他拚命追著直升機大吼揮手，但直升機的影子只是越來越小、聲音越來越空虛。這時，他才注意到自己身邊都是和他一樣送著直升機離開的銅像人。

士延閉上眼睛，心想，這次真的結束了。

他以為過往的人生又會像剛剛那樣一幕幕浮現，但等了半天，除了銅像人走在草地上的窸窣聲之外，什麼也沒出現。他張開眼睛，銅像人還在，但好像沒有一隻在注意他。他想起電影裡有演過，有些恐龍只看得到會動的東西，便止住所有動作，想像自己是一尊真正的普通銅像，而這些銅像人將會無視他並逐漸離開。

一隻銅像人經過時大力撞了他一下，他想維持姿勢反而失去平衡，還不小心叫了出來，揮舞著誇張的手勢重重摔在草地上。他正打算僵在地上裝死，但它們依舊毫無反應，只是繼續探索周遭動靜。

這時他好像理解到，這跟他動不動無關。它們根本就看不見他。不管它們是用看的還是怎樣，似乎都沒察覺到他的存在。

或者說，它們是有察覺到他，只是不覺得他是什麼。

他鼓起勇氣，用最慢的速度從地上爬起來，然後慢慢地、一步一步從它們中間往外走。他不敢左顧右盼，害怕和身邊徘徊的銅像人對上眼，只敢用眼角斜斜掃著它們。但他慢慢可以確定，這些銅像人的眼睛處並沒有真正的器官，整個頭只是個形狀；但它們還是會因為聲音或者他不曉得的其他理由轉頭，就好像頭裡面還是有什麼感覺器官似的。

他終於走到了操場邊緣，確認後面有一整座山林可以跑進去躲之後，便小心翼翼地對銅像人群舉高了右手，揮了幾下。

沒有誰理他。接著他開始緩緩地跳了幾下開合跳。確定它們還是不動之後，他便深吸一口氣，然後略為壓抑地，對著眾多銅像人不輕不重地喊了一聲。

「嘿！」

所有銅像一起轉過頭來，嚇得他差點跪倒在地。可是它們沒再聽到後續的聲音，就緩緩地別過頭去，逐漸離開操場。士延這時想到嵐之，連忙繞過銅像人往村裡跑，一下就在爬上學校的坡道上看到嵐之。她躺在地上，動也不動；在她身後，那尊坐在方椅上的特大號怪物，正對著嵐之的腰身張開它兩腿間的血盆大口。

瞬時士延想起瑞奇塞在他夾克裡的手槍，便毫不猶豫地掏了出來，按照喬說過的每一個步驟，直直朝銅像張開的大嘴扣下扳機。一發爆音震得他耳朵發痛，讓他鼻子裡都是比鞭炮更濃烈的煙硝味；不知是出於後座力還是恐懼感，他鬆開扳機的指頭依舊隨手臂抖個不停。他定神一看，原本撐著巨型蔣公的小腿已經癱軟在向前傾壓的方椅下，面前的大嘴也貼著地不動，上頭坐著的蔣公也跟著垂下它的光頭，就好像死在方椅上似的。周圍的銅像人紛紛望著他，但沒過多久，就各自別過頭去繼續徘徊。

士延顧不得一切衝去跪倒在嵐之面前，看見她正驚愕地不知望著何處，嘴中還大口地吐著氣。

「嵐之！」他焦急又欣喜地搖著她。「是我啊！」

嵐之的眼睛逐漸對焦，並轉向士延。「……這裡是哪裡？」

「這裡……」士延緊張地望向四周，確認沒有銅像人靠近。「我們還在原地，都沒死。」

嵐之一聽卻臉色大變，猛坐起來抓住士延，準備起身逃跑。

「等一下！妳不用跑！」

「小聲一點，」嵐之硬生生壓低自己的驚呼聲，「它們聽得到我們——」

「它們聽不到。」士延刻意大聲回答。嵐之驚訝地發現，銅像人們雖然隨聲音抬了抬頭，但沒一隻朝他們靠過來。

「怎……怎麼會這樣？我們是不是……已經死了？」

「應該不是，」士延撿起手槍並起身，「死了的話就不會像這樣了。」說完，他便握緊手槍走近另一隻銅像人，對著它的頭部舉高槍口，然後開槍。嵐之還是忍不住驚叫一聲，但她接著就看見那銅像人往後一倒，沒發出她以為該有的金屬碰撞聲，落地又彈起來的感覺反而比人體更有彈性。

嵐之像先前士延那樣小心翼翼地起身，畏懼地望著那些只會轉頭看看的銅像人，以及同樣驚魂未定的士延。

「我也不知道為什麼……但大概就是這樣。」士延轉過頭對她說。

他繼續舉起槍，朝下一隻銅像人靠近，然後對著頭部，又是一槍。

嵐之遠遠跟在士延後面，隨著倒地的銅像人增加而一步步靠近他身邊。當士延對第十還是第十一隻銅像人再度舉起槍時，她抓住他還在顫抖的肩膀：

「等等，你還剩幾顆子彈？」

「不知道……」士延放下了槍。「我完全不知道。」

「要不要先停一下？還是謹慎一點比較……」

這時他們都聽到旁邊有腳步聲走來，士延連忙舉起槍，卻看見村長一臉驚愕地定在原地，手還停在半空中想擋住士延的槍口。士延連忙放下槍。

「好不容易活下來，要是被你打死很虧耶。」村長鬆了口氣說。

「你沒事吧？」士延問。

村長拍了拍身體四處，「應該很好。我們剛剛躲在那，看到你們走來走去都沒怎樣，就出來看一下情況。」士延順著村長的指頭看過去，倖存的人們也畏畏縮縮地，一個挨著一個從一間倉庫般的小屋子探了出來。

「它們好像看不到我們。」士延對村長解釋。「但前提是它們有視覺這種能力……」

「我看你開槍它都不會躲……它是把你當鬼嗎？」

「感覺是有點像。」

「這樣的話……」村長想了想。「我跟你說，你等下拿槍對著前面那一隻，」村長指著不遠處的一隻銅像人，「我要去試試看。如果它要咬我，你就開槍。好吧？」

「你要試什麼？」士延問。

村長撿起地上一把開山刀，甩了甩刀柄上的暗色液體。「試刀啊。我也要來砍蔣公。」

嵐之在稍遠處，緊張地望著士延舉槍對準那銅像人的頭，同時，村長繞到銅像人背後，往它脖子一刀劃下，並連忙逃開。接下來，嵐之就看到銅像人的脖子飛出暗色液體，整個頭像是要斷掉一樣地亂扭，身體隨著歪歪斜斜，然後就往地上倒了下去。

她放膽走過去，和前頭兩人一起望著地上。那銅像人噴著液體抽搐了一陣子，便動也不動了。幾個村民也圍了上來，對著屍體竊竊私語。

村長和他們低聲吩咐了幾句，他們便點點頭，各自往村裡散去。

「我們砍比你們快，你們不要動就好。」村長臉上似乎恢復了一點血色，「而且子彈不小心會打到人，太危險了。」說完，他便奔向另一隻銅像人，朝脖子又是一刀。

接下來士延和嵐之只能愣在原地，看著眼前不可思議的風景——村民們砍銅像人的速度快到讓他們看不清楚，到處都是毫無防備的銅像人，在村民們的刀下噴濺深色液體，然後抽搐倒地。那場景與其說是屠殺，不如說更像割草，村民走到哪，銅像人就躺平到哪。最終，村裡奇形怪狀的銅像人全都倒在地上不動，只剩下十來個被液體噴得烏黑的人站在原地。

村長回頭向士延和嵐之走來；士延一下子以為村長也變成了銅像人。但他還在喘氣，還刻意學起電視主持人的腔調：

「不要亂動，就很好砍的啦……」

士延和嵐之只能傻傻地點頭。村長抹了抹臉上的液體，「搞不好有毒耶，不管啦。對了，那兩個外國人去哪裡了？」

嵐之回頭望向剛剛她倒地的地方，除了那尊歪斜的方椅外，就只剩一把步槍丟在路邊，地上都是血跡。

「我最後看到喬已經被抓住了。」士延說。「大概……」

「瑞奇呢？」嵐之問。

「被拖走了，然後也沒看到。」

「那直升——」嵐之問到一半，才想到不該問出口。
「已經飛走了。」士延坦然地回答。
嵐之臉色一沉。
「很多人都走了，得先把他們……撿一撿。」村長不知有沒聽到他們的對話。「別的事以後再說吧。你們去幫我們叫女人小孩出來吧。」
「可是，我們不知道他們在哪裡？」士延說。
「神木步道只有一條，你們一直往裡面走到底就好了，不會太遠。我們身上太髒了，去不太好。」
「去吧，」嵐之拉了拉士延。「我也想走一下。」

ii

原本士延覺得來村子路上的樹已經算高大了，沒想到步道走沒多久，路邊就出現了更高的樹，隨便哪棵都有一兩個人合抱那麼粗。他不自覺地伸出手，沿路觸摸著樹皮堅毅又柔和的質地，大口吸吐森林的氣味。不知為何，他突然產生一種奇怪的幻想：就算村裡完全守不住，那些銅像也進不了這裡；這裡的樹比銅像更多更強壯，一定可以擋住他們。

嵐之默默走在他前面不遠處。想起往事之後，士延心裡就有許多事想和嵐之確認，可是她頭也不回，只是踩著枯葉不停前進。他只好反覆回憶並整理他腦中的片段，但怎麼想，都覺得最關鍵的地方少了一個東西，只能期待嵐之能幫他補齊。

當他開始擔心還有多久才會抵達時，嵐之突然開口：

「好像就是這裡了。」

士延向前一望，一棵已經超出他概念中大樹的巨木，像一棟樓立在他面前。他仰著頭差點失去平衡，才看到樹頂端稀疏的枝葉在陽光下一片金黃。

「這實在是……我從來沒看過這麼大的樹。」士延忍不住讚嘆。

「可是這只是一號而已喔。」走到樹下的嵐之對他喊。

「一號？」

「牌子上寫的。神木還要繼續走。」

嵐之和士延像是走進一座天然庭院似地，踩著細流上的石塊，跨過樹根盤成的階梯，在巨木環抱的小溪谷裡隨著神木的數字上下繞行。二號像是一座微微傾倒的小斜塔。三號和四號像是孿生兄弟一樣肩並肩立在一塊。五號悄悄躲在山坡上，看不出是枯死還是活著……終於，他們看到了六號特別顯眼的告示牌，上頭用手工刻著五個大字：「光復村神木」。

一開始他們倆還有些畏懼；神木底端巨大的盤根錯節，令他們想起蔣公銅像腳底伸出的無數觸手。然而當他們望上去之後，那恐懼的想像便消失了——參天的神木伸出兩道撐住雲端的粗壯臂膀，把無數枝葉送進天際。就這樣了，那頂端沒有朝下對他們微笑的金屬臉孔。

同時，神木後面沒了步道的林間，傳出細微的聲響。他們倆繞到神木另一邊，便看見阿良正從一棵巨木後面探了出來，警戒地望著他們。

「沒事了，可以出來了。」士延試著溫和地說。大大小小的身影，便隨他的聲音從一棵棵巨木後小心翼翼冒出來，一瞬間令士延想起《瀛寰探奇》上，一張森林小妖精的目擊照片。

◆

「你們沒事真是太好了，」阿良興奮地望著兩人。一旁，欣潔牽著凱凱，一言不發。

「老實說，本來我心裡真的在想，你們大概也擋不住吧，可能最後我還是要像在復興村那樣吧。啊，抱歉，我這樣講好像不應該……」

「沒關係啦。這樣想很正常啊。」士延說。

「不正常的是別的事。」嵐之在一旁回答。

「啊？妳是說什麼？」阿良問。

「她是說……老實說真的有點複雜啦，我也不知道怎麼講。太奇怪了。」士延尷尬地說。「但至少，村莊現在是安全的。那些東西都死了。」

「那村長他們都沒事吧？」一個媽媽問。一旁的少年和其他婦人也焦急地望著士延和嵐之。

「我要找阿兵哥叔叔！」凱凱忽然跟著喊。

士延看了看嵐之，她似乎沒有要回答的意思。他只好勉為其難地回答：「還是先回村裡再說吧？」

◆

隨著村莊接近，原本還在士延嵐之後頭走著的村民逐漸不耐煩起來，開始加速超過外地一行人。漸漸他們也只能看著那些女人小孩的背影越來越遠。

「他們兩個……都……走了？」欣潔邊走邊問。

士延點點頭。「嗯，都走了。」

「是嗎……」

或許連凱凱也察覺不對勁，他們沉默地在步道上走了一陣。太陽提早落進山後，身邊的樹林也逐漸深沉陰暗。

「還有其他人活著吧？」阿良問。

「村長和一些村民。他們把那些東西都殺光了。」士延回答。

「他們那麼厲害？」阿良嚇了一跳。「我有聽說他們這一族天生英勇善戰——」

「跟那一點關係都沒有。」嵐之忽然開口。「是別的因素。有別的因素我還想不透……」

「妳沒事吧？」欣潔問。「妳從剛剛就怪怪的……」

但嵐之沒有回話。

「剛剛發生的事真的太怪了。」士延幫忙接話。「我一下子也不知道怎麼說……」他吞了口口水，「我想想……簡單來說就是，嗯，很多人被吃掉了，可是我們剩下的人，它們就不吃了。」

「它們已經吃飽了？」凱凱忽然問。

士延本來還顧忌要不要在凱凱面前講這些，但他心想，小孩子再怎樣都還是要知道的。「搞不好喔。它們不吃我們剩下的人，而且也看不見我們。說看不見也怪怪的？我沒看到它們眼睛長在哪。但反正就是看不到。所以村長他們就把剩下的怪物一隻一隻殺掉了。」

「他們殺它們都沒怎樣嗎？」阿良問。

「對。它們都不跑的。我們親眼看到的。」

「所以……村子居然就這樣沒事了啊。」

這時，他們聽見前頭步道出口處傳來一陣又一陣的嚎哭聲。

「怎麼可能真的沒事呢。」嵐之忽然說。

◆

當他們回到村裡，廣場上的整理工作仍持續著。殺完銅像人的男人們正開著山貓鏟起一具具銅像屍體，以最大的蔣公坐像為中心堆了起來。銅像的頭部和四肢掛在鏟斗外，沿路滴著黑色的液體，地上到處都是來來回回的軌跡。

剛回到村中的女人圍著村長和站在一旁的太太跟兒子，不少人手上拿著沾滿血的碎布嚎啕大哭，聲音蓋過了村長的解釋，士延他們只能看到他臉上凝重的神情。他們沒看到村裡的其他小孩，但眼前的慘況確實沒必要讓小孩看到，欣潔也連忙把凱凱帶到不會直接看到廣場的路旁。他們一下子也不知該去找誰，或者有什麼事能幫上忙。好不容易有人看見他們，但也只是捧著僅剩的遺物，冷冷地盯著。

村長朝他們走了過來，身上看起來更髒了。

「等下要把那些都燒掉。本來想丟去村外頭燒的，可是那個大的搬不動。那麼大的東西怎麼有辦法弄走啊……」他搖搖頭。

「那尊銅像呢？」嵐之突然問。

「哪個？」

「一開始最早空投下來的那尊。」

「妳說那個真的銅像喔。就在最大的的後面啊，那個可以排第二名。要用兩台車一直推，推了半天才推過來，怎麼那麼重。那個更早就死掉啦？」

「你們確定它死了嗎？」

「沒死也沒辦法啦！」村長沒好氣地回答。「它殼那麼硬，我要怎麼砍？只能跟著一起燒掉，不然怎麼辦？」

「對了，那個……」士延這時插話，「你們有撿到那兩個士兵的東西嗎？」

「有！他們的裝備都還在，人的話就……」村長搖搖頭。「東西我都放在那邊了，」他指了指外頭進村的入口，「我要去幫忙別人了，他們的東西你們自己看怎麼辦，但不要留在村裡。」他說完便走回人群間。

士延、嵐之和阿良越過廣場，看到入口那邊地上有兩堆土黃色的東西。那是瑞奇和喬的背包，上頭壓著頭盔，兩把步槍整齊地併排在前面。背包後面就是一些沾滿血跡的破布，阿良忍不住停下腳步，但士延和嵐之彷彿已經習慣地，直接繞過去把破布撿了起來。

「該說……幸好嗎？」士延望著那些被撕裂的野戰服碎片。「吃得很快……很乾淨。」

「但到底為什麼吃他們……但不吃我們呢？」嵐之喃喃自語。

「妳還在想這件事啊？」

「一定有什麼理由。為什麼我們可以活下來，而且反過來可以輕易殺掉它們……然後還有那個空投的銅像。為什麼我們什麼也沒做，它突然就死了？我總覺得很多事都快湊在一起了，但就還差一個關鍵，我就可以想到了……」

「對了，」士延說，「說到這，我剛剛想到什麼妳知道嗎？以前小時候的事情耶！本來以為我都忘記了，沒想到剛剛突然都想起來，就跟人要死掉的時候——」

「等一下再講好嗎？」嵐之有點不高興地打斷士延。「等重要的事解決了再說吧。」

「那他們兩個的東西……你們覺得要怎麼辦？」阿良在另一頭問。

「他們嗎……」士延看了看手上的遺物。「這些我們拿去外頭埋起來吧。還能用的就先放著吧。」

這時他抬頭往村內看，廣場上還剩幾個人舉著橡皮水管噴出一整面水幕，其他人正成群結隊地往同個方向走，似乎要把遺物帶去哪裡埋下。

iii

那晚，村中被巨大的火堆照得一片通紅。原本人們擔心那些連刀槍都不太怕的怪物燒起來會不會一樣頑強，但潑上汽油點火後，它們也是跟普通屍體一樣逐漸燒焦、乾枯、脆裂，最後就只剩那尊真正的巨大銅像，身影始終在火焰裡屹立不搖。

士延一行人和倖存的村民們，一起在用來招待觀光客的餐廳裡吃了睽違幾天的熱騰騰飯菜。他們這時才想起自己餓了一整天，但沒人有心情大快朵頤。他們只是和其他人一樣默默打飯、吃飯、收拾碗筷，然後走出餐廳，看著其他人各自返家。一入夜，村裡就瀰漫起一股寒意，但路上的村民仍紛紛避開那團火，彷彿連熱氣都不想沾上似的。

「我叫他們今天不要關鍋爐，好好洗乾淨。」村長拎著一串鑰匙，從活動中心那頭走了過來。「你們睡那個遊客小木屋吧，鑰匙上號碼那間，往神木那邊走一點點而已。」

「謝謝，」士延接過鑰匙，然後遞給欣潔，「要不要先帶凱凱去洗澡休息？」

欣潔點點頭。「走吧凱凱，我們先去洗澡。」

但凱凱猛搖頭。

「不用怕啦，怪物都已經被叔叔他們殺掉了，乖，去洗澡。」

「我不要去，我要聽他們講故事。」

「哪有人要講故事，傻孩子，大家都想趕快洗澡睡覺呀？小木屋那邊有床可以睡喔，快去。」

欣潔正要拖著凱凱往小木屋走，嵐之卻開了口：

「我乾脆就一次把知道的都講完吧。」

其他人訝異地望著她，尤其是士延。

「也許本來就應該講出來的，這樣大家才能想想接下來該怎麼辦。另外還有一些關於這種生物的事，我一直想不透為什麼；或許我講出來之後，大家能幫我想到什麼也說不定……」

◆

六個人以嵐之為中心點，就著火堆一側，在一根橫倒的原木上並排坐定。在晃動的火光中，嵐之平鋪直述的經歷，彷彿成了某種從遙遠過往流傳下來的故事。士延一邊聽嵐之講著他也不全然知道的細節，一邊注視著她不時望向火堆的側臉。

他忍不住想起第一次，應該說遠離童年後第一次見到嵐之之時，他們倆所在的那個心靈空間，以及當時發生的難堪事情。他現在想想，倒覺得那老師沒有騙人——那樣的儀式似乎真有某種讓人找到什麼並說出來的力量，只是那時候他能說的，根本比不上後來才經歷並想起的一切。

雖然嵐之講起某些恐怖場景時仍會結巴甚至發抖，但她仍一五一十詳述了她從實驗室開始所見到的每個犧牲者情況。她也不再隱瞞自己和士延曾經擁有過的特權、她和那兩名士兵私下用英語談出的協定，以及他們倆在戰線潰散後的下場。她甚至也不避談自己在事發前就知道的情報，以及她如何出乎意料地把士延從他家帶到這裡，如今卻沒了下一步的現況。

火焰仍熊熊滾動著，但所有人都靜了下來。凱凱忍不住打了個呵欠。

「凱凱，故事聽夠了齁。」欣潔起身並拉起凱凱。「我們去洗澡睡覺吧。」他軟綿綿地隨媽媽站起，轉身跟著離去。這時欣潔突然回過頭說：「其實很多事情，本來就沒辦法……」但她沒繼續說下去，就往小木屋走了。

其他人依舊沉默。嵐之低著頭，徹底不想與人接觸視線。士延想替嵐之說些什麼，但一想到自己一路上也都配合著嵐之的說詞，就不知該怎麼開口了。

「老實說……」這時阿良起了頭，「說實在的，聽妳這樣講，心裡難免會有一點……可是情況這麼亂，我覺得也真的是沒辦法。我也是只能自己逃出來……」他低下了頭。

「至少你還活著啦。」村長拍拍他說。「很多人都死了。我們村裡的男人死了很多啊，都還是年輕人，反而活下來都是我們老人，為什麼會這樣……」他忍不住抹了抹雙眼。

這時嵐之忽然抬起頭來。

「只有老人活下來嗎？」

「還有女人小孩啊。」

「我是說在現場。面對那些生物的時候，活的人跟死的人有什麼明顯的差異？」

「妳在問什麼啊？他們都是我們村的人呀！」村長有些動怒。

「她不是那個意思啦……」士延終於找到開口時機，「她是想要分類、分析說，有沒有什麼原因，讓一些特定的人可以活下來。」

「你意思是說，老的人容易活下來，年輕的人比較難活下來嗎？」阿良問。「這跟年齡有關嗎？」

這時嵐之開始喃喃自語。「年輕人被吃了。老人沒有被吃。可是我們也活了下來，然後瑞奇他們被吃了。年齡可能不是問題。」

「國籍嗎？還是跟種族還是遺傳有關？比如說只吃外國人之類的？」

「那你說那個外籍新娘怎麼沒事？她也不是台灣人啊。」村長沒好氣地說。「那我們被吃的村民也是外國人喔？」

「不是啦。可能因為她已經歸化了……」

「這方向根本錯了。」嵐之打斷阿良的推論。「欣潔不是銅像不吃她，是她根本沒被吃到。這是兩回事。我們不知道躲起來的人，包括你在內，如果那時候也在它們面前的話會不會被吃掉。」

「妳難道要做實驗嗎……」阿良嘀咕著。

「實驗……」嵐之欲言又止。她停頓了一陣，然後望向士延，開了口。「其實還有一件事我剛剛沒有講。是和你有關的……」

士延的驚訝中帶著不悅。「原來還有呀。」

「抱歉，士延，因為這個我怕你很難接受。」嵐之嘆了口氣。「這只是個假設……但我也只能先說了。」

所有人望向嵐之。

「士延，」嵐之問，「你沒有想過為什麼重國……我主管，他無論如何都要把你送上直升機？」

「咦？不是送妳嗎？」士延訝異地問。

「不是我，是你。而那是有原因的。我剛剛有講，昨天——」嵐之頓了一下，驚覺一切開端也不過就是昨天而已，「昨天早上我會在實驗室其實是因為，我想要去看我主管的機密檔案；他和國外的組織或者企業一直都有聯繫。可是我剛剛沒講的是，結果我只有看到你的檢查報告。」

士延屏住呼吸。

「你的身體……有一部分已經變得跟蔣公銅像裡的生物一樣了。」

「妳在說什麼啊？」士延露出不解而想笑的表情。

「你身體裡有些不尋常的器官……人類沒有的器官，但比較像那生物解剖時發現的器官。他們幫你斷層掃描時發現的。」

「搞錯了吧那是。」士延不以為然地反駁。「我可沒有想吃人喔。我只想吃飯而已。我還想吃烤山豬呢。村長，這裡有沒有烤山豬可以吃啊？」

但村長根本不理他，只是等著嵐之繼續說下去。

「不只你有，連另外一個老人也有……那個和你一起看到蔣公銅像復活的老榮民……他後來跑去咬活人，然後死了。解剖報告被送到我主管那邊，他註記說你們兩個的身體出現了類似的情況。」

「他弄錯了吧。」

「他不會弄錯。」嵐之堅決地說。「他沒說為什麼老榮民會去咬活人，但他身體確實出現變化……一部分變得和銅像裡的生物一樣。我不知道為什麼大部分人都徹底變了，你們卻都只有變一部分，但這是確定的事情。」

「亂講，哪有這種事。我明明就沒什麼變化呀？」

「完全沒有嗎？」嵐之問。

原本自信滿滿正要回嗆的士延，腦中卻開始浮現自己從看到銅像新聞以來的各種古怪感覺，以及一種前所未有的、身體不屬於自己的恐慌。一旦無法確定自己的感官是否真是本來的感官，他也就無法再相信感官告訴自己的結果能確認一切正常了。瞬間他感覺到，心裡有某種東西開始出現了一丁點裂痕。

「你好幾次遇到蔣公銅像直接站在你面前。別人要不就完全沒事，要不就整個開始變化；但你每次都會突然暈倒。我不知道原因是什麼，但事實就是這樣。你的檢查報告是這樣，你碰到蔣公時身體的反應是這樣，你面對那些會吃人的生物也沒死，它們也看不見你。」

「等一下，」村長忽然打岔，「妳意思是說，只要碰到蔣公然後昏倒的，身體裡面就已經變成蔣公嗎？那我們這幾個沒死的，裡面也都變成蔣公了嗎？」

「直升機把蔣公丟下來的時候，村裡昏倒的人和活下來的是不是同一群人？」

村長伸出指頭算了算，隨即一臉驚愕。

「可是，」阿良忽然問，「如果是因為接觸到蔣公銅像的話，為什麼他會變成……一半？那為什麼我就不受影響……我應該真的不受影響吧？」他忍不住摸摸自己的胸口。

「你靠近蔣公時有沒有特別的感覺？比如說頭昏？」嵐之問。

「完全沒有。」阿良篤定地回答。

「那應該就沒事。我現在也只能猜……可能有什麼打斷了變化的過程。士延他被蔣公銅像抓到一半，銅像裡的生物就被燃油燒起來了。直升機上的蔣公銅像一下來沒多久也是死了。所以他們沒有完全變成那生物。我只能這樣猜。」

「妳這樣講誰會信啊……」村長有氣無力地回答。

「至少你們都活下來了，而且那些生物完全查覺不到你們的存在。」嵐之開始做結論。「不管怎樣，接下來如果又有入侵，都可以很輕鬆擋住他們了。」

「可是這樣還是不知道，為什麼很多人都沒變化啊……」阿良也開始自言自語地統計人數。「我、凱凱、凱凱的媽媽、兩個士兵，村裡的……對了，村長，你剛剛說被吃掉的都是年輕人嗎？」

「年輕人多，也有一兩個和我差不多的。」

「那你跟他有什麼……差別？我沒別的意思啦。」

「你們平地人都很沒禮貌耶。大家都是台灣人啦！有什麼差別。」

「等一下。」嵐之喊完又開始喃喃自語。「平地人。台灣人。平地。台灣……」嵐之皺成一團的眉頭彷彿快要炸裂開來。突然她抬起頭問村長，「你一直都待在山上嗎？還是都待在平地？」

阿良正急著要緩頰，但村長只是忍住厭煩並嘆了口氣。「我和我老婆以前都在平地做工啊，什麼工都做。我們這邊好幾個都這樣。後來覺得這樣下去不行，還是回來比較好，也會想說小孩還是在這邊比較不會變壞……就這樣回來了，也差不多十年了，小孩也都變成帥哥了……」講到這，村長的眼神倒是閃過一絲光芒。

「十年……活下來的人也都和你一樣在平地做工吧？」嵐之繼續問。

村長想了想，瞪大了眼點點頭。

「那應該就是了。」嵐之整個人振奮起來。「是平地的關係，我是說台灣的平地。」她雙手合十放在嘴唇下，低著頭開始確認。「欣潔說過她來台灣八年。瑞奇和喬應該是第一次來台灣。」她忽然望著阿良，「你今年幾歲？」

「我？我二十二。」

「奇怪……你以前都待在山上嗎？還是待在什麼不一樣的地方？」

「呃……都待在家裡或者醫院……」阿良尷尬地回答。「算嗎？」

「那就說得通了，」嵐之忍不住起身，在火堆前來回踱步。

「我目前是這樣想的——從個別的情況推論起來，平地似乎有某種感染原，很早之前就已經散布在所有待在平地的人身上。應該就是從蔣公銅像裡面散布出來的，所以有蔣公銅像的地方都跑不掉。可是它後來，可能十年前吧，或者十幾年前就停止散布了。所以那之後的人身上就沒有那種感染原了。原來如此，怪不得……」她自己感嘆完之後又說下去，「所以我猜，這種變形的傳染病會爆發得那麼快，幾乎所有人同時都一起變成不明生物，是因為這根本不是疫情擴散……」

她露出畏懼又欽佩的眼神：

「是本來就在身上的東西被叫醒了。沒錯，因為是用『叫』的，所以所有人才會一瞬間一起往陰暗的地方跑，因為只有聲音之類的才有那種速度和範圍……那所有事情都說得通了，問題就只剩下它實際的運作機制而已。」她滿意地點點頭，欣喜於自己完美的推論，「我主管其實還有從國外收到一個機密檔案，剩下我還沒想出來的，裡面可能會有解釋。可是這樣的話我得下山一趟才行。」她望向許久沒有出聲的士延：「嘿，士延，你能不能陪我回實驗室？現在你已經這樣了，只要有你在的話我應該……」

「我覺妳應該不需要我陪啊。」士延面無表情地望著她說。

「怎麼可能？山下全部都是——」

「妳自己也已經是了，妳沒發現嗎？」

嵐之的笑容僵在臉上。

「啥？什麼我已經是？」

「妳應該跟我一樣，也跟村長一樣，已經有一半是蔣公銅像了。」士延平靜地回答。

「不可能啊！」嵐之急忙辯解，「我又沒像你一樣被抓到。」

「可是它們也沒吃妳啊。」

「那是因為你開槍救了我不是嗎？」

「它們沒有看到妳。不然老早就該把妳吃掉了。」

「它們本來就沒有視覺！哪有在看！」

「一樣。妳遇到蔣公銅像不是也覺得頭暈嗎？」

「我那只是……身體一下子不舒服而已。」

「沒有看到什麼畫面？」

逐漸減弱的火勢照在嵐之的側臉上，似乎已沒了方才的通紅光澤。

「……沒有。」

「身體都沒有什麼變化嗎？」

「沒有。」

「完全沒有嗎？」

嵐之不自覺摸了摸白天被獵槍打中的肩膀。她以為只是幸運擦傷，又因為精神集中而忘了疼痛，但這時候一摸，她才發現那裡平滑得簡直像小孩的細皮嫩肉。

「不可能。」她喃喃自語。「我又沒有像你那樣被銅像抓起來。」

「妳自己剛剛說，有蔣公銅像的地方都跑不掉。」

「那我早就應該變形了，現在沒變應該就是跟阿良他們一樣。」

阿良在一旁忍不住嘆了口氣。

「而且如果是的話……」嵐之仍不放棄推論，「那瑞奇和喬應該也會保護我而不是優先保護你。是的話，重國會這樣安排，但他沒有，因為他知道——」

「他根本不會知道。」士延語氣嚴肅起來。「他一直以為我身上的變化是這幾天剛發生的事，但我已經都想起來了，一切都是更久以前的事。是只有我們兩個遇到的事。難道妳都忘記了嗎？」

「不記得。不，根本就沒有什麼事！」嵐之憤怒的雙眼映著竄起的火光，「我根本不記得以前跟你有過什麼！」說完，她便頭也不回地朝漆黑的神木步道方向走去。

士延正要起身去追，卻被村長粗壯的手掌按住肩膀。

「讓她自己待一下啦。」

「可是我怕有危險……」

「都有一半是蔣公了，還會有什麼危險啊。」村長把士延壓回原位。「來來。我跟你說，男女朋友還是要好好講話啦，而且，現在活著的人已經不多了，更要彼此好好相處……」

「可是我們不是男女朋友啊。」士延連忙辯解。

「啥？不是喔？可是我看你們很像啊。」

「我們只是國小同學而已。」

「國小同學？」村長忍不住皺起眉頭，無奈地望著阿良。「唉，我已經搞不懂現在的年輕人啦……你說對不對啊，同學？」

◆

浴室裡，蓮蓬頭噴著一下燙一下冷的水，但士延只是知道水溫有些不同，身體卻沒什麼感覺。是不是因為身體一直在適應變化？他邊搓著這幾天累積的髒汙，邊想著一個從事發前就想問自己的問題──

自己是從什麼時候開始變得有點奇怪的呢？別人是不是隱隱約約把他當成異類而避開呢？是不是從國小校外教學就開始了？那之後同學們改變了的態度，是因為他的身體、他的舉止，還是因為那一天發生的事？他想著想著，不由自主地搖起頭；這種混雜在一起的事，早就不可能弄清楚了。他現在只能繼續猜測：適應冷熱之後，接下來還會適應什麼？之後自己還需要吃人的東西嗎？還是開始吃人？

他很快就排除了這討厭的想像，轉而想起嵐之。他覺得剛剛一切都太突然；她什麼都不和他講，忽然就把所有事告訴大家，也不給他一點心理準備──儘管他早就隱約察覺自己有點不對勁，而她的解釋也確實合理。但她只顧著一直想自己的問題，也不管別人聽了高不高興就猛講答案，又講得好像自己是局外人一樣；但隨便誰用膝蓋想一下也想得到，她自己怎麼可能一點事都沒有？就只有她自己沒想到，還是她在假裝沒想到？

當時他不戳她一下實在難受。

但出乎他意料的是，他只是把這個點說出來，嵐之就氣到不知道跑哪去了。雖然他覺得自己沒做錯什麼，但此刻還是有些後悔。就算自己沒說錯，好像還是沒必要說得這麼直。

他弄乾身體，套回內衣褲和村人給他的、不知道誰的外衣，放輕腳步穿過已經熟睡的凱凱跟欣潔，拍了拍坐在浴室旁等到打盹的阿良。阿良睡眼惺忪地起身，邊脫下替代役制服邊走進浴室，士延則輕聲打開房門，準備出去找嵐之，卻看到她一個人坐在門廊的階梯上，抱著那台螢幕碎裂而一片漆黑的平板。

她一聽士延開門，便轉過頭來。

「我沒事。」她鎮定地說。

「妳不冷嗎？」他問。

「不冷……真的不冷。大概是身體慢慢習慣了吧。」

士延不知道該接什麼，才不會讓她想到剛剛的事。

「沒關係的，我其實也想起來一些以前的事了。我其實都記得的。」

她回頭望著碎裂的螢幕，卻在漆黑中看到自己臉孔的輪廓。

「抱歉。」她突然說。

「呃……」

「真的。我就這樣莫名其妙把你弄到這邊，搞了半天也不知道是在幹麼。我現在已經沒人可以聯絡了。接下來要怎樣我完全不知道了。那個說好的錢……」嵐之忍不住苦笑，「可能只能我自己領給你了，如果你還要的話。」

「不用了啦，」士延連忙說。「現在誰還要收錢？蔣公嗎？」講完他自己也笑了出來。

隨後兩人沉默了一陣。

「總之……妳回來就好。現在阿良在洗澡，妳等下就可以去洗了。」

「嗯，好。」嵐之點點頭。「對了，我打算明天就下山去。」

「真的嗎？還是很危險吧。」

「但如果它們都察覺不到我的話，那我下山也沒關係了。這可是你說的囉。」

「我剛剛不是那個意思……」

「不，你這個推論很合理。而且……小時候我確實有印象。我打算回實驗室一趟。重國有把機密檔案的密碼留給我，我想去看一看，或許有機會知道那些生物到底是什麼。至少也要這樣。」

「那……我陪妳去吧。」

「不用啦，」嵐之搖頭，「我自己去可以的。我不能再要你跟我去這去那了。唉，本來就不應該這樣的。」

「可是這次是我自己想陪妳去。」

嵐之有些動搖地望著士延的眼神。

「就當作我們去神祕的古文明遺跡探險吧。」士延的聲音輕柔而堅定，卻藏不住內心激動。「如果妳真的什麼都想起來的話……」

iv

士延眼前逐漸消散的漆黑裡一個夢也沒出現，這讓他可以輕鬆地醒來。然而昨夜並沒有離他太遠，睜開眼看到的窗外，天色依舊昏暗。同一張床上，阿良正發出平穩的鼾聲，但士延不覺得自己是被他吵醒的。他睡得比前一晚在檢查哨還少，卻覺得精神更好了。

他翻個身往旁邊看去，嵐之一個人躺在幾十公分外的雙人床上，似乎是聽見他的聲音，也跟著翻過身來。

「你醒啦。」她小聲問。

「吵到妳了？」他也把頭湊過去小聲回。

「我睡飽了。奇怪，根本沒睡多久。」

「那我們乾脆就準備出發吧？」

「嗯。」她便剝開包在身上、那種一層疊一層而過重過熱的旅館棉被。

外頭的天色正從深靛轉成青藍，空氣冰涼而濕潤，腳底的沙土昨天吸了太多水，踩下去有些滑。大部分的小屋都還暗著，只有餐廳微微透著燈光。廣場上有幾個人影，正圍著那尊蔣公銅像和繞著它堆起的各種焦黑物體，似乎在用棍子把它們撥弄開來。他們倆再靠近一點，就認出了村長，還有幾個一起把銅像人宰殺殆盡的倖存村民。

「早。」兩人生澀地打招呼。

「啊。這麼早起來約會啊？」村長問。其他人邊戳著焦屍間的餘燼，邊用捉弄的眼神盯著他們倆。

士延最討厭這種自以為別人也接受的冒犯玩笑，但又不知怎麼輕鬆應對。「不是啦，我們……」

「我們打算要下山了。」嵐之倒是直接明快。

「下山？」村長愣了一下。「你們待著有什麼關係。我們原住民一向最好客的啦——」士延聽得出，他又在對平地人模仿節目主持人了。

「我們不是不想留下來……我得回去我昨天說的實驗室看看。士延會陪我一起去。」

「平地很危險吧。如果人都變成蔣公，那不是走到哪裡都會碰到？」士延說。

「可是它們碰到我們也看不到——呃，它們本來就看不到，但是，反正就是那個意思。你們懂的。」

「我懂啦。」村長仍舊不以為然。「可是，你怎麼知道她昨天講那些有沒有搞錯？」他轉望嵐之，「妳又確定底下的蔣公都跟妳講的一樣？會不會山上不吃妳，山下的就想吃了？」

士延一聽，還真萌生一點放棄的念頭。但嵐之馬上回答：

「我不知道。但就是去了才知道。總有人要出去看看是不是這樣，然後把結果告訴其他人。而且我也不是只想知道底下的情況而已……我要知道那些生物到底是怎麼一回事。如果有機會的話，或許還能找到什麼解決方法。」

「要解決只能用殺的囉。」村長回答，幾個村民也心有餘悸地跟著點頭。「不然還能怎麼辦？」

「但你們有辦法把全台灣的通通殺光嗎？」

村長看了看那堆冒著煙的焦屍，又看了看旁邊望著他的村民。終於，他有些無奈地說：「你們要走就走吧。那就……自己小心吧。」

「嗯，」等了半天的士延連忙點了點頭，「那我們就——」

「你們開我的車下去吧。」村長忽然說。

「咦？不用了，」嵐之連忙推辭，「我們可以自己想辦法……」

「有什麼關係。」村長還是一臉不以為然，但語氣和順許多。「其實要謝謝你們啦。如果昨天沒人把那個真的銅像殺掉……我們村可能就跟復興村一樣了。」

「你們接下來還是要多小心。」

「放心啦。你們現在要走的話，我就去幫你們弄一下車，弄好我就停在入口那邊。對了，」他望向士延，「你手機留給我吧，山下有怎麼樣，就跟我連絡一下。」

「抱歉，我的手機留在山下了。」士延尷尬地回答。

「對喔，你上來的時候好像只有穿內褲嘛，衣服還是我兒子的，回來之後還我。」旁邊幾個村民聽了忍不住竊笑。「那不然……小姐的手機留給我吧。」

「要先問過太太啦。」有個村民插嘴，其他人就笑得更大聲了。

「我們這叫做公—事—公—辦—。」村長不悅地反駁。「對了，那你們另外三個人……我記得妳昨天是說，他們會被吃掉嘛？」

「對，」嵐之拿出手機準備撥號，「所以得麻煩——」但她想了想又更正了說法，「所以他們只能留在這裡了，沒有別的辦法。」

「這沒問題。」村長一口答應，但表情有些黯淡。「反正村裡現在有空房。」

◆

「對了……村長的車會不會是卡車啊？」一離開村長那邊，士延便問嵐之。

「卡車有差很多嗎？」

「我不知道……我只是想說，開起來不是不一樣嗎？」

「考駕照的時候都會學手排啊，只是少開而已。你沒考過嗎？」

士延搖頭。「都沒空去上課。」

「之後搞不好會用到，你有機會還是練練吧。那我們就出發吧？」

「不去跟他們說再見嗎？」士延比了比觀光小木屋。

嵐之停下腳步。「真的要去嗎……」

「不說一聲就走感覺很奇怪……畢竟都一起到這邊了說。」

「也許他們還在睡也說不定……」

但他們已經看見欣潔、凱凱和阿良迎面走來。

「你們怎麼一起來了？」士延問。

「凱凱一醒來就說你們兩個要走了，一直吵著叫我們趕快追上來。」欣潔推了推凱凱，但凱凱只是反舉著喬留下來的望遠鏡，用貼眼睛的那頭朝著他們倆一直望。「你們真的要走了？」她抬頭問。

「呃，對啊，」士延搓了搓手，「我們正想要和你們說。」

「所以……還是要回實驗室看看嗎？」阿良問。

「對啊。我想說陪嵐之回去，還是比較保險。」

「嗯嗯，這樣也好。」阿良已經換下了那件替代役制服。「照昨天那樣講，我想我們也沒辦法下山去。留在這邊安全多了。只是不知道還要待多久。」

這句話令所有人安靜下來。士延勉強試著回答：「嗯……我們下山之後會盡快到實驗室把事情搞清楚，然後就會和村子連絡，如果發現大家都可以下來的話……」

「我也要跟你們走。」凱凱忽然放下了望遠鏡，有點生氣地說。

「不行啦，凱凱，」欣潔把凱凱護在身前，「山下太危險了，只有叔叔和阿姨可以下去，對吧？」

她望向阿良。

「是啊，昨天說的就是這樣。凱凱我們還是留在山上吧？」阿良也跟著說。

「可是我想回家！」凱凱哭喊。

一時間，在場的大人都有點不知所措。「凱凱，乖一點，好嗎？」欣潔溫柔地勸著，「山上也很棒呀！你不是都說媽媽沒帶你出來玩……」

「我現在就要回去！我再也不要待在這裡了！」說完，眼淚便一顆顆從凱凱的臉頰滑下。欣潔也沒辦法再勸下去，反而自己也擦了擦眼角。

正當他們不知怎麼安慰時，嵐之突然開了口。

「我來想辦法。」

其他人訝異地望著她在凱凱面前蹲了下來，雙手輕輕搭在他細小的肩膀上。

「凱凱，阿姨現在要和叔叔去找超音波光線槍，然後我們就會用超音波光線把怪物全部殺掉。等到山下都沒有怪物了，我們就會回來接你和媽媽一起回家。」

凱凱半信半疑地望著嵐之，邊掛著眼淚邊點了點頭。

「村裡的都能解決了，我想，山下的一定也會有什麼辦法……」她彷彿像是對自己說似地，仰頭望著凱凱身後的欣潔，「一定會有的。」

這時欣潔也伸出手，輕輕在嵐之的手背上拍了拍。「不要太勉強自己。不管怎樣，還是謝謝妳……如果不是你們，我們也來不了這邊。」

嵐之看似感動地說不出話，但士延察覺到她臉上閃過一絲複雜神情。

「真的，能活著就好，別想太多了。」阿良也跟著附和。「我也是多虧了大家幫忙呢。」

「之後大家要靠自己了。」嵐之起身，站在士延身旁。「希望可以趕快再見面。」

其他人紛紛點頭。

「那你們會去找阿兵哥叔叔嗎？」凱凱抽著鼻子問。

士延和嵐之嚇了一跳，只能望著欣潔。

「沒關係，這件事我會再跟他解釋的，你們不用擔心。」欣潔把凱凱抱回身邊。「你們去吧。」

「你們要小心啊。」阿良說。

「你們也是。」士延說完，忍不住看了看凱凱。他回想起一整趟上山的路程中，眼前這個看起來什麼都不懂的孩子，其實常常一眼就看穿了許多事，讓他們措手不及。這讓他有些懷念，又有點擔心。雖然說不出口，但士延打從心底希望他能平安無事，希望他有一天能回家，有個比他不孤單的童年。這樣一想，士延便覺得自己真的該出發了。

「那我們就走囉！」嵐之揮了揮手。

「嗯！路上小心！」欣潔和阿良向他們揮了揮手。凱凱也一臉疑惑地望著士延，跟著揮起手來。

士延也朝他們揮揮手，然後轉身和嵐之一起往村入口走去。

◆

燻黑的銅像旁邊已經沒有村民，餘燼似乎完全熄滅了。嗆鼻的煙霧一散，地上殘留的一點血味就透了出來。小屋旁有兩個人正在檢視一把步槍——不知道是喬還是瑞奇的——就像在鑑賞什麼高級藝術品似的，完全沒注意到士延和嵐之經過。村長一個人站在村入口一台小貨車旁，車尾的排氣管正發著抖噴出青煙。兩人走近一看，駕駛座這邊的門已經整個凹陷，上頭的窗子也裂得差不多，駕駛座前已沒了擋風玻璃。

「被最大的撞成這樣。」村長抱怨。「再開門就要掉下來了，你們從另一邊上去。咦？開車的先上啊？」

他訝異地望著嵐之鑽進變形的駕駛座，原本想再說什麼，但最終還是忍住了。「你們從復興村那邊過來，然後底下整個堵住了嘛？那我跟你們說，你們等下過橋到復興村的時候，就直接穿到它另外一頭，然後往下開。小心點啊。」

「沒問題，」嵐之試了試三個腳踏板，比了個OK的手勢。「真的很謝謝你啊，村長。」

「不用謝啦。記得打手機給我，之後我也要下去幫村子找補給品。」

「好，等我電話。」嵐之揮了揮手，腳放開離合器踩下油門，「那我們走囉。」

車子有些不太順暢地上了光復村的聯外道路，一出村子才到下坡轉彎處，嵐之便使勁停了下來。士延正想問她是不是開不來，卻看到她不知為何凝望著車窗外。士延順著她的視線看去，看到那兩個小小的土堆——他們昨天才在那裡埋了喬和瑞奇留下的幾片布料。

「沒事。」嵐之說完便讓車子重新動起來，不一會兒他們就在顛簸的山路上猛力向前奔馳。曾經令士延疲憊而緊張的同一片山景，此時看起來還真的有些明媚，只是消失得太快。

士延再次望向嵐之。她望著已無車窗遮攔的前方，風吹得她頭髮向後飛揚，但她看起來一點感覺也沒有。

「妳真的沒事吧？」士延忍不住問。
「嗯。」嵐之依舊面無表情地望著前方。但不一會兒，她還是主動開了口：
「如果，那些生物本來就看不見我們的話……」她沉默了片刻，「那他們兩個來這到底……」
士延直覺想反駁，但發覺嵐之沒有說錯。「對耶……。這樣講起來，那些銅像在追的，其實從來都不是我們。是欣潔他們……還有他們兩個自己。」
「結果搞了半天，是我們陪他們跑啊。」說到這嵐之嘴角動了一下，但馬上收斂了表情。
「真的就這樣白白犧牲了。」士延向後倒進副駕駛座，仰頭嘆了一大口氣。「這種事誰會知道呢。」
「對啊，這種事不可能先知道的。」嵐之放慢速度，轉過一個大彎。「能先知道的話，很多事都不會發生了。」
「但至少……這樣還是有救到一些人吧。」士延說，「至少他們有保護凱凱他們到山上避難。而且他們還沒讓蔣公銅像把村長他們完全變成同類，不然村裡的人也都完蛋了。所以也不能說他們白來這一趟啦。」
「可是……他們怎麼有辦法殺死銅像？」嵐之重新加快車速。「在公園裡燒成那樣，被冷凍又被剖成好幾塊都能活了，怎麼會讓他們開幾槍就死了？」
「不會還沒死吧？」士延忍不住轉頭望向車後。「可是我覺得已經死了啊。」
「我也覺得。」嵐之說。「士延，如果我們真的已經……是這樣的話，搞不好我們真的能感覺到它們是死是活。我那時候就覺得，它死了，這樣。」
「我也是這樣覺得……可是，為什麼？」

「趕快下山找出原因吧。」嵐之再次踩下油門。

V

雖然已經知道銅像人不會攻擊他們，嵐之開進復興村時，還是小心翼翼地慢速前進。但村裡別說活人，連一隻銅像人也沒看到。這反而讓他們更覺得恐怖，但還是只能像坐遊樂園的鬼屋列車一樣，緊盯著每一扇沒有動靜的窗口、門口，硬著頭皮緩緩穿過整個村子。

「可能沒有吃的，就往山下走了吧。」士延鬆了口氣說。

「但吃人的那麼多，能吃的卻那麼少……」嵐之仍憂心著。

幸運地，村長指點的這條路除了幾台擦撞後停在路邊的車輛，並沒有什麼阻礙。沒幾個鐘頭，他們就抵達了能夠清楚眺望都市的周邊高地。嵐之本來想從路標研究往實驗室的路，卻看見懸掛在上的整排綠色路標間，有面棕色的寫著「蔣公紀念公園」，並指向右方的岔路。

嵐之把車停在路口。「原來到這邊了啊。我很少開外縣市的。」

士延也把頭從前面伸出車外，看了看頂上的路標。「我是完全不知道怎麼走啦。」

「去看一下吧。」嵐之說完便轉動方向盤。

「等一下，要去看什麼？」

「看蔣公銅像呀。不是應該多觀察一些樣本嗎？」

◆

嵐之把車一路開到園區售票亭前停下，兩人便下車跨過剪票口走進園區。他們以為自己會看見滿坑滿谷的蔣公銅像拖拉著腳底的觸手四處徘徊，但眼前的草地上卻連一尊銅像也沒有。只有一個個裂開的白色大理石台座沿步道排列，讓這裡看起來就像毀壞的墓園。

「居然全部都走了，它們行動也太一致……等等，士延，你看那是什麼？」

在水池的對岸，幾個台座後面，有一團遮掩不住的巨大黑色殘骸。嵐之連忙往那跑去，士延也緊張地跟在後頭。他們一靠近，就看出那是他們先前見過的東西——一架被漆成全黑的直升機，折斷了砸在土裡。垂降用的纜繩彷彿被什麼拉扯過，全部垂在同一側的草地上，原本掛著的東西則不知去向。士延放膽看了看駕駛艙，有血跡，但是沒有人。

嵐之往其他台座看去，周圍的草地看起來像被千百人踐踏過似地。「我居然都沒去想這件事。」

「哪件事？」

「直升機……把銅像從本來的地方吊起來，帶到村子、還帶去機場的直升機，是從哪裡來的？他們想要幹麼？」

「我記得瑞奇說那不是他們的直升機。」

「他們兩個是想把你帶走，可是這些人是想把活人故意變成那種生物……」

「一開始就已經那麼多人變了，然後有人還嫌不夠多？」士延有點動氣。

「對，不管他們是誰，他們顯然就是嫌不夠多。而且他們應該不是台灣人。」

「妳怎麼知道？」

「離銅像那麼近還沒變化的直升機駕駛，只有可能是沒待過台灣的人啊。」嵐之說。「他們一定心裡有底了。或許早在事情發生前就知道了。」

「他們會不會已經知道我的事了？」士延忍不住問。

嵐之沒有回答，只是看著天空。「總之要小心直升機。」

◆

他們從紀念公園離開，繼續沿山路而下。漸漸地，路上也開始出現一隻接一隻的銅像人。它們總是遠遠就抬起頭，但當車子開到它們附近時，它們只是在原地「聆聽」一陣，然後就不再理會。士延開始覺得，它們對他們倆的反應或許不該說是「看不見」或「聽不到」，而是明明有察覺，但並不把他們當作同類或食物。他開始覺得村長一開始說的「鬼」，反而是最貼切的一種形容。

當他們經過城市邊緣的高級社區，看著各種被拋棄在路邊的名牌房車、跑車，和那些徘徊在車旁的銅像人時，嵐之忍不住想起重國。這時她才實際地覺得，那些生物也都曾是活著的人，也許就住在眼前的社區，開著好車，有著家人。先前他們只想著自己不要死，根本沒空去仔細思考這件事；但當他們可以從容地旁觀，許多本來沒有的想法就一個個冒了出來。那種巨大的騎馬蔣公只是一個人變成的嗎？那個坐在方椅上的超巨大蔣公呢？為什麼人會各自會變成不同模樣？還有，它們還有沒有機會變回原來的樣子？

卡車逐漸駛進市中心。市中心看起來和當初拚命逃離時並沒有太大差別，他們才想到那也不過就是前天的事。只是說，過了兩天以後，他們已經沒看到突然狂奔的影子，也沒再聽到慘叫聲了。滿街只剩靜悄悄徘徊的銅像人，取代了過去路上奔走喧嘩的行人；整個城市乍看之下，彷彿比災難開始前還要井然有序。

前方路上持續有銅像人對逼近的車聲抬起頭，有些還跟著車尾跑了幾步，但沒有一隻像發現活人那樣發狂地追上來。嵐之和士延逐漸確信自己有如鬼一般的存在——如果銅像人還留有人的觀念，那它們抬頭注意到的，或許是一台快速衝過面前的幽靈車。

嵐之稍微動了下方向盤，閃過一隻徘徊路中間的銅像人。

「那個……」士延猶豫了一下。

「幹麼？」

「不閃也沒差吧？」

「不，」嵐之看了一眼照後鏡，「畢竟他們……」

士延搖了搖頭，但沒回話。他心想，此刻自己活著比較重要吧。他看著那隻銅像人搖晃著走向路邊一間連鎖麵包店，才想起早上急著離開，到現在什麼都還沒吃。

那些餐廳小吃店的鐵門多半拉下，有些半開半掩的，事發時應該正準備開店吧？那一刻已經開始供餐的應該都是早餐店，這猜測令他想起了火腿蛋三明治加中溫奶，還有鐵板上劈啪跳著的熱油；他忍不住吞了口口水，甚至覺得整個人真的暖了起來——但此時嵐之突然猛力一煞，沒繫安全帶的他整個往前撞，差點從碎光的車窗口滑出去。他抬頭一看，發現前方大樓下頭有間早餐店，從招牌到店面都已經焦黑，甚至還有餘火——不知道是不是事發當時瓦斯開得正兇。

「本來還想吃個早餐的。」士延望著這片火場說。

「吃便利商店吧？」嵐之轉動方向盤。「那邊的東西才放兩三天，應該都還能吃。」

◆

便利商店架上的早餐有些還在保存期限內，店內設備也仍運作著，只是少了店員，但反正微波爐咖啡機什麼的也不難操作。看著面前吃著微波便當的嵐之，士延忽然想起另一個女生——當初那個美女就是像這樣，隔著便利商店的小白方桌跟他面對面，把他騙進了那個什麼「心靈空間」；雖然自己逃了出來，卻又遇上嵐之，結果反而被她騙到更奇怪的地方……直到現在這樣。那個女生說是很漂亮，但到底長什麼樣，現在他也想不起來了，因為他根本不敢直直盯著別人。如果當時沒遇到她，或者那天沒有被開除，會不會有什麼不一樣呢？但如果自己的身體從小時候就這樣了，還會有跟現在不一樣的結果嗎？

「怎麼了？幹麼一直看我？」他聽見嵐之的聲音，看見她疑惑的雙眼正對著自己。

「沒……沒事。」他難為情地避開。他低頭望著嵐之身上髒汙的衣服心想，其實嵐之也長得不算差，只是這一路上誰有空仔細看著對方呢。

「回實驗室之前，我想換套衣服。」嵐之不自在地整了整頭髮。「你也換套衣服吧？」

「喔好啊。那……先去妳家嗎？」

◆

「兩頭跑太遠了。」嵐之望著對街的百貨。「去那找找吧？」

嵐之本來擔心事發時百貨還鎖著門，但一靠近就看到一樓的落地窗幾乎都碎了。而且很幸運的是，當時可能離開門不到幾分鐘，裡頭的燈光全都亮著，什麼都擺得整整齊齊，甚至連電扶梯都在轉。兩人走在整座只為他們開放的百貨，就像第一次進兒童樂園的孩子一樣，一時間傻住了，忍不住四處張望，不知該從哪逛起。嵐之比較有經驗，立刻就找到女鞋的櫃位，開始挑起靴子。

「我之前就滿想試試看這家的靴子，你等我一下，我馬上跟你去找鞋子。」她拎著一雙高筒靴，一屁股坐在椅凳上，抬高了大腿。

士延「喔」了一聲，別過頭掃視百貨挑高的中庭。這棟百貨的設計可以從一樓直直看到好幾層樓上的店面，令他想起活旺健康集團的中庭，還有那場害他被開除的、不知該說是閱兵還是迎靈的拍馬屁大會。但他注意到，現在視線裡連一隻銅像人都沒有。所有的銅像人好像都到外頭了，可能是想要找僅剩的活人吃吧。

「這雙還不錯吧？」嵐之踏著全新的靴子朝士延走來，手裡還捧著跟那一樣長的鞋盒，「總覺得還是該換雙襪子比較好……」

雖然挑尺寸和找庫存都花了點時間，但兩人還是找齊了室內外需要的全套衣服，連換洗的分也帶了。本來他們還想逛逛其他樓層看有什麼可以帶在身邊，但窗外太陽在不知不覺間已經有些低垂了。

「不小心逛太久了。」嵐之拎著幾袋衣服跨出落地窗，尷尬地笑了笑。「可是我從來沒在沒人的百貨裡這樣逛耶。」

士延兩手也提了大小紙袋，裝滿他以前看標價就跳過的衣服鞋子。

「是啊，真奇妙。」他望著街上仍在走動的銅像人，「晚上還是別在街上走吧。我還是覺得怪怪的。」

「對啊，而且我也不想晚上開著車燈到處跑……太顯眼了。」嵐之仰望大樓間的天空說。雖然四周只剩銅像人輕而黏膩的腳步，但兩人總覺得上頭還是有細微的旋翼聲。

◆

飯店巨大的標誌，就正對著他們走出的百貨。他們就像被手上那些高檔貨牽引著一樣，理所當然地往標誌那頭走去。

「妳以前有住過這邊嗎？」士延仰望這面比他住的那整棟公寓還寬的大門，不可置信地問。

「嗯。」嵐之快步走過。

士延看著嵐之的背影，偷偷猜想她會不會是和那個主管一起來的。「這裡的房間都是什麼樣子呀？」

「看價錢囉，我也只知道一間而已。」嵐之正要往電梯走，忽然停了下來。「唉呀糟糕我忘了。」

「忘了什麼？」

「我們又沒有鑰匙。」

「去櫃台拿不就好了。」

「這裡又不是隨便那種小飯店。門禁卡是在別地方保管的，還得要他們開卡才能用，櫃台只是拿給你而已。」

士延為自己的沒見識感到難為情。「那……還是去找小一點的飯店？」

「嗯……」嵐之放下手中的大包小包。「來都來了，還是看一下好了。反正那些東西都跑外頭去了。」

兩人一進電梯，嵐之就隨便按了層樓。電梯門一開，兩人就被眼前的景象嚇了一跳；房門東一面西一面地倒在走廊上。他們小心跨過那些門板，一一觀察房內動靜。他們發現，那些門被破壞的房間多半還亮著燈，甚至開著電視；一路算下來，其實只有少數門板是從內往外倒，多數看起來是由外往內撞破的。第一種房間裡頭還算整齊，但第二種就像是打過攻防戰一樣凌亂，櫃子椅子散落一地，到處都是血跡。也有些門還緊閉著，但上頭沒有門把，推也推不動。兩人跑了一兩層，看到的都是差不多的情況。

「還是算了吧。」士延把一扇僅靠絞鍊掛在牆邊的門推回房裡，準備轉頭回電梯。但就在這時，他們都看見走廊盡頭有一扇雖然敞開、但狀態完好的房門，旁邊走廊上倒著一台推車，毛巾、瓶罐散落一地。

士延率先進去，忍不住驚呼一聲。

「怎麼了？」嵐之在外頭急問。

「有電耶！而且裡面好像沒事！」他欣喜地回答。「也太大了吧，比我那邊的整層還大！」

兩人花了點時間把房間所有的陰暗處檢查了一遍，確認沒有掉落的衣服、奇怪的液體或是血跡後，才下樓把今天的戰利品，外加另一頓微波晚餐帶上房間。嵐之本來還想去餐廳找找有沒有好東西能喝，但夜裡一片安靜空蕩的飯店，反而比街燈下成群的銅像人更令她不安。

「還是把門擋起來吧。」上樓之後她對士延說。

兩人便又推又拉地把一張厚重的沙發頂在門上。

◆

士延只有在幻想自己中樂透時，才會順帶想像住在高級飯店裡是什麼滋味，但他那些想像和眼前相比，還是顯得很窮酸。最讓他有現實感的，就只有眼前比一般貴的聯名進口微波便當。嵐之在身邊，則是介於他的幻想和現實之間；還沒換掉那套髒衣服的她，就坐在一旁嚼著便當裡的豬排。但一想到接下來要和她獨處一整晚，在士延心中，她就更接近於有關這房間的幻想了。隨著肚子填飽，雜七雜八的念頭也開始從他腦中浮現。

嵐之看了看士延那不知在想什麼的表情，轉身拿起遙控器按下開關。有她辦公室電腦螢幕三倍長寬的電視亮了起來，但除了頻道資訊外就是一片黑。她按住選台鍵不放，但從新聞到綜藝到電影，全部都是一樣的黑幕。

「不可能看到節目了吧。」念頭被打斷的士延望著嵐之說。

「等下……」嵐之不死心地按著，忽然畫面一亮，一個外國女主播在正中央飛快地說著英語。

「好久沒看到其他人了耶。我是說，不在這件事裡的人。」嵐之有些感動地說。

「對啊，」士延也有點欣慰地說，「好久沒聽到誰像平常那樣說話了。可是她在說什麼？」

「你讓我聽一下……」嵐之專注地朝螢幕聆聽，而士延只能看著畫面上冒出台灣的圖形，接著切換成他們也看過的東西：空無一人的抗議現場，傾倒的SNG畫面。但接著又出現他們沒看過的手機直播影片——在顫抖喘氣的聲音中，蔣公銅像的觸鬚緩慢掃過鏡頭；從高樓拍下去的街道上，剛成形的銅像人正朝逃跑的人群加快腳步；甚至有一段影片，鏡頭外的人們已不顧一切地放聲尖叫，搖晃的鏡頭最後對著的，就是一扇像他們這樣的旅館房門；在發瘋似的撞擊與吼叫聲中，門板瞬間向一旁彈飛，好幾隻銅像人瞬間朝鏡頭衝來，下一秒畫面在旋轉中切回主播的冷靜面孔。

兩人不約而同地望向門口。

「電視要不要關小聲一點？」士延問。

「應該……不用吧。我先聽完這段。」

兩人沉默了一陣。在新聞終於出現世界其他地方畫面時，嵐之又轉了轉頻道，聽了一下其他國際新聞台的報導，直到畫面中央的主播變成一個老和尚——說的雖然是國語，卻完全聽不出在講什麼。

「宗教台居然還在播？」嵐之納悶。

「他們那些就從早到晚一直放一直放，後台的人變成什麼都沒差吧。」講完士延自己都笑了。「那些外國新聞怎麼說？」

「大概是說，前天台灣在一瞬間就完全失去對外聯絡，民間還有一些影片和訊息傳出來，但官方基本上是徹底斷訊。各國駐台單位回報出現大量不明生物之後沒多久，也幾乎都沒消息了。有少數訊息現在還在求救，但現在基本上沒有任何國家還是單位前往台灣調查，或者來救援。一方面現在情報太少，只知道島上十分危險，誰都不敢貿然登陸。一方面美國跟中國又卡在那邊，誰都不讓誰隨便踏上台灣。」

「都到現在這樣了還沒人要來啊。」

「就是這樣才沒人敢過來呀。」嵐之嘆氣。「等於大家就圍在外面，讓台灣自己等死了。」

「可是那兩個人不就來了？還有那些掛銅像的直升機……」

「兩邊都不讓人進來，就方便某些人偷偷進來了。而且可能不是某些人而已，或者應該說，表面上誰都不能進來，實際上……就不一定了。」嵐之拿出破裂的平板丟在一旁，又拿出手機看了看。「沒電了。只能等明天去實驗室吧。」

「嗯。」士延想起自己的手機還在實驗室，但早就沒差了。「對了，妳……妳真的好強喔。」

「啊？」

「可以聽英語新聞。」

「還好啦，我本來以為自己跟不上，但剛剛居然都聽得懂，可能因為——」嵐之講到這忽然停住。「以前有準備考聽力吧。我也不知道。」說完她就把電視一關，「我要先洗澡了。總覺得在山上根本沒好好洗乾淨，同一套衣服又一直穿。」接著，她也不管士延有沒有在看，就拿起裝著新內衣的紙袋翻揀了起來。

◆

聽著浴室傳來的水聲，士延的心跳越來越快。

他並不是期待接下來可能會怎樣，而是對接下來該怎樣一無所知，才感到緊張不已。昨天一瞬間想起的往事，讓他稍微了解到，自己這個人一路走來到底怎麼了——他不是出了社會才開始不適應的。他開始認為，自從小時候遇到那尊蔣公銅像以後，別人就開始因為某種生物的直覺而下意識地遠離他。儘管那種直覺隨著長大而淡化，但還是留下一層隱形薄膜，讓他與任何人事物保持著一點距離。

他不是沒有和女生在一起過，可是回想起來也只是表面地想有個對象而已，他並沒有懂得怎麼和女生相處，也就從來沒有機會往前一步——他本來以為，總有一天他會遇見真正喜歡的人，然後自然就會前進，但當兵、工作那些事都讓他越來越往裡退，直到現在這樣；即便此刻就像他看過的電影或A片一樣，人在高級套房裡，有女生在浴室裡一絲不掛，他卻只對開門之後可能出現的窘境感到不安和懊悔。

他忍不住埋怨起自己。好事只有當初走對路才可能遇到，而自己早就走錯了。一旦陷入這種想法，外頭的世界不管是一如往常還是被蔣公銅像占領，都會從他沉溺的煩惱中逐漸消失。

但他突然發覺，浴室的水聲好像停很久了，而且一點動靜也沒有。嵐之有一點動作，他應該都聽得出來——他上山時就感覺到自己的聽力越來越好，如今彷彿只要用心聽就什麼都能聽到；回想起來這就跟那時候不怕冷一樣，其實都是身體在變化，走起來不累、反應速度瞬間加快，或許也可以算進去——，但浴室就是一點聲音也沒有。

如果他在變化，那嵐之是不是也在變化呢？他想起那些從地下室暗處鑽出的人形怪物，連忙衝向浴室，用盡全力敲打浴室的門——就像影片裡那些銅像人一樣——而門鎖就那樣被他給打穿了。當那一塊約略看出是女體的膚色出現在眼中，他來不及轉頭避開視線，就已經和嵐之的一臉驚愕對上了。

「你想幹麼？」

士延只敢盯著嵐之濕漉漉的頭髮，水滴還一直從她臉頰上滑落。「那個……妳身體……有沒有怎樣……」

嵐之的驚愕瞬間變成嫌惡，但又突然消了下去。

「沒事！你先出去！」她側身雙手護住自己，雖然對著士延大吼，卻沒有責怪的意思。士延連忙調頭離開，就那樣背對著浴室坐在床上，整個人洩了氣，什麼緊張的念頭都沒了。

◆

「我穿好了。」嵐之說。士延轉頭過來，看見站在浴室破損門前的她，穿著尋常的運動休閒衣褲，就好像隨時要去跑步似的。

「抱歉，我剛剛不知道在想什麼……」士延低下了頭。

「我剛剛在裡面待了多久？」

「啊？」

「我剛剛在想一件事……」嵐之坐上士延那張床的另一角，「想到有點發呆了。所以也不怪你啦。畢竟這陣子每天都有怪事發生……」

聽嵐之一說，士延便心安許多。「我沒去算耶。只是覺得好像好一陣子沒聽到聲音，不知道妳怎麼了。」他抓抓頭，「我怕……我怕妳是不是要變成什麼了。」

「其實我就是在想這件事。」嵐之低著頭說。「我看著鏡子，忽然就開始想，我明明就一直都這樣好端端的啊，怎麼會忽然就說，我其實有一部分從來都不是……自己？看起來不是都一樣嗎？怎麼會說我本來就有哪裡不對，但我從來都不知道？我本來還想說，會不會我們都弄錯了……可是，我其實有想起以前小時候那些事，然後後來的一些事……」

士延本來要開口問「什麼事」，但他好像忽然懂了什麼似地，安靜地等著嵐之繼續說。

嵐之沉默了一陣，突然望向士延。「士延，你覺得，現在我這樣……有多少還是原本的自己？」

「那個……」士延吞吞吐吐地逼自己開口。「說真的，我也沒妳那麼聰明，我還真沒去想自己是不是自己之類的耶。我其實……都只是在後悔以前的事，煩惱接下來要怎麼辦，而且好像還是想不清楚，所以才會變成現在這樣吧，哈哈。就……怎麼說呢，我剛剛就是在這樣想，從小時候開始想，一直想想到現在，然後覺得……就這樣了，也不清楚為什麼啊。我不是很喜歡現在這樣，可是好像……也沒別的可能啦。」

嵐之看著士延，沉默了一陣子。「也是啦。」她露出尷尬的笑容。「按你這麼講的話，所謂原本的我或者不是自己的我，其實也沒有真的存在過。真的只有在這裡的我們了。」

士延有點疑惑地點點頭。「不過我們到底是變成什麼了呢？明天去實驗室，真的會有辦法知道嗎？」

「希望是可以。謝啦。」

「啊？妳說哪件事？」

「沒事。」嵐之起身，往那簡直像廚房一樣的角落走去。「去洗澡吧，試試看那個浴缸，洗起來超舒服的喔。我找找看冰箱有沒有放酒。」

◆

雖然這間浴室感覺比他住的地方還要大而舒適，士延還是像昨天那樣簡單洗淨身體，然後穿上嵐之幫他挑的家居服，坐在窗邊看著入夜後的城市。

巨大的商標仍在大樓頂上一明一滅，街燈也還亮著，車陣完全靜止在路上，一盞車燈也沒開。遠處還可以看到一點火光，不曉得是哪棟房子還是車輛起火，從那一刻延燒到現在。不少商辦大樓的側面還一格格亮著——士延雖然在實驗室裡關了好幾天，但還記得逃出來的那天是週末，照理來說那些辦公室的燈不應該開著的。但顯然，那一刻跑去加班的人比他預想的多，他們就這樣把自己的燈光留到了兩天後的夜晚。士延現在仔細聽，也稍微聽得到街上銅像人在相互咆哮，但除此之外，街道就像日常的凌晨一樣安靜，甚至比平常還少了飆過的車聲。

好像跟以往差不多嘛。當這念頭冒出來時，連他自己都嚇了一跳。但他很快就接受了這種想法，甚至另一種更誇張的想法也逐漸成形。他開始覺得，現在這樣也不是完全沒有好的一面。不，這根本比之前好太多了。

兩天以前，他根本無法想像自己能享受這一切。外頭的夜景，房內的高級家具，整棟隨便逛隨便拿的百貨……全都是兩天前的他買不起也碰不到的。兩天前的他只存在於下方看不見的某處，住在小公寓頂樓的爛房間、做著爛工作——然後還被 fire 掉。可是現在，整個城市都是自己的了，他明天想要拿多貴的東西，想要住多高級的地方都可以，而其他人，不管是以前那些董事長、主任還是誰，他們如果不是變成銅像人在街上晃，就是被吃掉了。而且它們又傷不到他——但自己怎麼砍它們都可以啊！

想到這裡，他倒開始覺得，或許自己可以來試試看喝點酒了。他以前沒喝過幾次酒——連啤酒之類的他都沒機會跟別人一起喝，更不用說那些聽也沒聽過的高級酒了。他轉頭看嵐之，卻發現她並沒有去拿酒，她只是坐在床上，整個人裹著被子，目光低垂，面無表情。

「嘿，妳剛剛不是說要找酒？有找到嗎？」

嵐之抬頭看了一眼。「有啊。你自己喝吧，抱歉。」

「我……我沒有要喝啦，沒關係。妳……怎麼了？」

「沒事，」嵐之側過身躺下，「我先睡了，明天還要去實驗室，早點休息比較好。」

士延納悶到有些不悅，但既然嵐之這麼說，他也就只能乖乖給自己倒杯水，喝完刷牙，然後躺進另一張床，並伸手關燈。

◆

士延清楚知道，自己從沒睡過這麼大這麼好的床，但他並沒有特別舒適的感覺。他還介意著剛才嵐之那神情，而且他其實也沒多少睡意。他聽見另一張床傳來翻動聲，然後靜止。

他聽得出嵐之還醒著。當他還在猶豫要不要開口時，嵐之卻先試探地輕聲發問：

「嘿，你還醒著吧？」

「對啊。」

「睡不太著。」嵐之恢復了音量。

「我也是。」

靜了一下子，嵐之繼續說：

「士延，除了自己怎麼了之外，我剛剛還在想別的事……」

「什麼事？」

「接下來會怎麼樣？」

「老實說，我還真沒在想耶。」

「你不會擔心嗎？」

「該怎麼說呢……」士延猶豫著要不要說出口，「那個……可能我覺得……現在這樣，還……呃……過得去啦。還可以住高級旅館，哈哈，本來都不可能來住的，還有那些衣服鞋子也是。」

嵐之沒有回話。擔心自己說錯話的士延，慶幸兩人在黑暗中不用面對面，甚至趕快假裝睡著也不是不行。

「我想了一陣子……覺得還是應該要回去。」嵐之平靜地說。

「回去哪裡？山上？」

「不是。我還是覺得，應該有什麼辦法可以恢復到原來那樣。」

「不可能了吧？」

「我知道不可能完全一樣。那些人……我想應該也是回不來了。但至少我希望這裡……能恢復成原來那樣。」

「是喔。」士延不以為然地回答。

黑暗中又沉默了片刻。

「士延，你難不成不想回歸正常嗎？」

「呃，也不是啦……」

「你真的覺得這樣還過得去嗎？」嵐之聽起來有些動氣。「再過幾天，店裡的便當就不能吃了。就算別的食物能放久一點，一陣子之後還是會壞掉。就算全台灣所有能放的食物都給我們吃好了，其他事情怎麼辦？你萬一生病受傷了，還是需要醫生吧？」

「妳上次受傷不就自己好了？」士延忍不住反問。

黑暗中又一陣靜默。「那，其他人怎麼辦？山上還有凱凱他們，還有那些小孩……」

「妳真的在乎嗎？」

「你怎麼可以這樣問？」

「可是妳就真的在乎嗎？」

士延再次感覺到，自己想講的話已經壓不下去了。他想起上次這樣發脾氣，就是穿著內衣褲，在新生百貨跟嵐之一起等救援的時候。

「妳到底什麼時候有在乎過其他人？」

「那你自己呢？」

「我就是不在乎！」脫口而出的瞬間，士延終於感覺到暢快。「我不知道妳之前過得怎樣啦，我自己是爛到不行，所以才被妳騙來騙去，可是我現在這樣超爽的，妳是能拿我怎樣？」

這時房間的燈猛然一亮，士延才剛聽見嵐之起身，就看到她整個人站在面前，用一種無法原諒的眼神瞪著他，接著猛然掉頭，拎起桌上的包包就往門邊走去。

「要不要我幫妳抬沙發？」士延有點歉疚又有點嘲弄地問。

但嵐之頭也不回，一個人抓緊了沙發猛力往後拉，而整張沙發還真給她扯了起來，錯愕的嵐之瞬間失去重心倒在地上，還順勢把沙發從頭頂向後摔了出去，士延看到沙發突然砸在床尾，嚇得連忙從床上跳下，一回神，雙眼正好對上還坐在地上、正回頭望向床尾的嵐之。

一時間兩人驚懼地望著彼此。但嵐之立刻恢復原本的神情，起身掛上包包，兩腳踏進靴子，就開門走了出去。

「妳要去哪？」士延邊喊邊套上室內拖鞋跟著往外衝，但嵐之卻早一步進了大樓電梯，無表情的面孔消失在電梯門合上的縫隙間。士延連忙按鈕，但已經來不及了。

等待另一台電梯爬上來時，他盯著電梯顯示板的數字；嵐之那台一路減少，另一邊則慢慢增加。士延開始覺得，何不乾脆就讓嵐之自己走算了。反正這一路下來，銅像人還真的都不理他們，他根本看不出她一個人會有什麼危險。他覺得自己陪嵐之也陪夠久了，老是被別人使來喚去的日子也夠長了，如今都沒有別人在，他只想愛幹麼就幹麼。就算嵐之知道了這個蔣公銅像到底是什麼，接下來她又能怎樣？靠她一個人能讓這一切恢復到哪裡去？

最後還不是得靠美國不然就中國進來解決，而這兩邊要怎麼做、會怎麼做，嵐之或者他都管不著。這還不提說，如果這兩國有人知道他們身體的祕密，又會把他們關到哪個實驗室裡做什麼實驗呢——既然這樣，幹麼要去自找麻煩？

但當電梯門一打開，他還是走了進去，並按下一樓。他是不喜歡嵐之說什麼讓一切回歸正常，更不喜歡她明明在乎的不包括他、卻老硬逼他跟她走。那種態度，變成現在這樣活該正好。

可是他也知道，除了她之外，這世界上已經沒有別人了。只有她跟他記得小時候的那場遺跡冒險，那之中藏著蔣公銅像最初的祕密；只有她還能和他拼湊出蔣公銅像事件從發生、隱瞞到全面爆發的故事。是有其他人像他們倆一樣，幸運獲得了不會受攻擊的身體，但只有她和他，是從小就以這樣的身體活到現在——他還沒有問她，是不是也跟他一樣自小就感受到那種天然的疏離隔閡，並和他一樣做著被銅像召喚的噩夢。

一旦想到有這樣的一個別人，士延就不想再獨自走下去了。至少，他想和嵐之一起看這一切怎麼落幕。

電梯一停，士延便飛快擠出剛敞開的門縫，朝飯店入口奔去。他很快就看到獨自站在大門中央的嵐之，以及她之所以停在那的理由——他的聽力讓他老早就聽到門外傳來的眾多嘶吼聲；他邊納悶邊跑到嵐之身邊，才看到馬路上原本靜靜徘徊的銅像人如今正在自相殘殺——昏黃的街燈下滿是它們的銅色身影互相咆哮、撲向對方，扭成一團撕咬著彼此，有些敗者已經變成了地上一團生肉，正被其他銅像人啃食著。

凝視這恐怖的景象，兩人不自覺地僵立原處，就像兩尊真正的銅像，只是些微顫抖著。

「這是怎樣？」士延小小聲地問。

「我不知道。」嵐之悄悄回答。「它們演化太快，前一步還沒弄清楚，下一步就已經在發生了。」

「它們沒人可以吃，開始吃同類了嗎？」

「有可能。」嵐之不敢點頭。「什麼都有可能。」

「那它們有沒有可能……開始覺得我們……」士延忍不住退了一步。

嵐之沒說話，只跟著多退兩步。兩人就這樣慢慢往櫃台這頭靠近，然後在無聲中加速奔向電梯門，電梯開門的瞬間兩人反射性退開往裡一看，接著才衝進去猛敲關門鍵。門徹底關上的那一刻，嵐之幾乎整個癱軟下來；士延也只能勉強撐著身體，電梯裡都是兩人的喘氣聲。

感覺到哪裡不對勁，嵐之才猛然起身按下樓層。隨著電梯開始向上，兩人呼吸平順下來，嵐之才重新開口：

「士延，可以陪我去實驗室嗎？我還是怕……我怕真的就像你說的一樣。」

「我也快嚇死了……我們還是一起走吧。」士延僵在原本的姿勢，扭頭望向嵐之驚恐但安心許多的臉孔，回給她一個慘白的笑容：「拜託這回讓我先穿好衣服。還有鞋子，我再也不要穿拖鞋在外面走了。」

ii

「其實冰箱裡的酒還滿不錯的，我有看一下。」

嵐之踩穩油門，把彼此廝殺的銅像人拋在車後。「可是看到就想起一些事。」車子經過一盞盞路燈，打進來的光變成一條又一條光帶，掃過嵐之的臉，士延一下子看不太清她的表情。

「抱歉。」他只好這樣回應。

「也沒什麼抱歉啦。」嵐之瞄了下照後鏡。「就像你說山上那些人，或者凱凱他們……你當然不會對著他們說，你們死了也沒差；可是你也不可能都不顧自己，只在乎他們吧？」

「也是啦。」向前探照的車燈，繼續打在更多互相抓咬的銅像人身上。「我只是覺得，他們暫時應該沒問題了。應該先不用操心他們。」士延說。

「嗯。而且身體變化的事情，村長或許比我們更能接受吧。」

「對啊，原住民天性比較樂觀嘛。」

嵐之知道士延只是在隨口亂接，但現在她也只能期待真有這回事了。前頭右邊兩隻對峙的銅像人，在車子經過時突然撲在一起，扭打撕咬間一齊撞上車身，瞬間把整台汽車往左推歪。嵐之在驚呼中蛇行了一小段才順利煞住車，但她隨即重新踩下油門，繼續筆直前進。不一會兒，車子就在空蕩的高架道路上全速飛奔。

「其實……」嵐之看了士延一眼。「我滿羨慕你可以這麼老實。」

士延沒回話，腦中只迴盪著羨慕這兩個字，不自覺地面露微笑。

◆

「到了。」嵐之說。

前車窗的破口外，又是那幾棟方正並連的實驗大樓。水銀燈仍舊打亮大樓底部，夜空下的建築物頂部還是一樣的巨大漆黑剪影。

「又要進去啦。」士延看著大樓，心有餘悸地說。

「對啊。」嵐之掏出門禁卡，手伸出破窗對感應器一晃。

嵐之把車停進重國的車位，隨即搭上電梯直達五樓。現在他們已經知道實驗室那天的怪象是怎麼回事，也知道那產生出來的銅像人應該還對他們毫無所覺，恐懼感便減輕不少。而且，他們一直走到重國的辦公室前，都還沒遇到一隻銅像人。

「是不是都跑出去了？」士延說。

「不是沒有可能，但沒那麼容易……」嵐之感到些許疑惑。「這裡畢竟是生物實驗室，不是百貨，沒什麼窗戶。各樓層各空間都有分開，沒有什麼地方是可以一路通到外面的。」

「還是說當時正好都沒人……不對，回想起來那個送飯的人就在我面前開始變化了。」

「嗯。」嵐之數了數，「假日的話，保全、值班人員、加班工作的人，加起來還是有幾十個吧。」

「還是說你們這邊太大了，要遇到也很難？」

「也不是沒有可能……不過還有一種可能是，它們就跟外面那些個體一樣，在裡頭互相殘殺，結果……咦？」嵐之突然一驚，「這樣的話，或許整件事就快要結束了？」

士延愣了一下，「妳在說什麼？」

「蔣公銅像裡的生物把人變成另一種生物，它們把人吃光之後，開始互吃……如果它們沒辦法離開台灣，最後不就都沒了？……它們應該會繁殖，可是再怎麼樣，食物來源都不可能一直供應同樣大的群體——所以無論如何，數量都會大幅減少。也許會少到無害的程度。」

「也就是說，到時候大家就可以下山了嗎？」

「對啊，而且某些外國人的計畫就要失敗了。只是說，已經變成那種生物的人，這下也不可能回復了。」

◆

辦公室燈一亮，嵐之望著自己的座位，不知為何還是浮現些許上班的心情。接著她走進重國的辦公間，放下包包，拿出手機開始充電，坐上他的大椅子並打開電腦，一進桌面就點進那個寫著「CKS」的檔案夾。那些鎖上的文件再次要她輸入密碼，她稍稍惆悵地看著那欄位，然後在鍵盤上按下「LARALOVE」。

士延在她身旁，盯著她在鍵盤上移動的手指。「那是什麼 LOVE？」他有些刻意地問，「前面那個該不會是妳的英文名字吧，哈哈。」

「是他太太。」嵐之望著螢幕冷冷地回答。

士延只好尷尬地退到客用沙發那頭坐好。或許因為剛才那句話，或者因為理解檔案的難度，嵐之有好一段時間只是盯著螢幕，士延完全不敢打擾她。他心想，要是可以去拿手機就好了——可是他根本不知道怎麼走，又不敢叫嵐之。沒事可做的士延，索性從新拿的夾克掏出喬留給他的手槍把玩。他想知道裡面還有幾顆子彈，但喬沒教過他。他只能照著喬教他的步驟再次推動保險，做好射擊準備，就像在撥弄一個玩具似的。

「你幹麼？」嵐之忽然抬起頭。

「沒有啦。就沒事做而已。」

「讓我再專心看一下好嗎？專心的話不用太久。」

「什麼？妳不是說東西很多，連妳主管都……」

嵐之舉了個手勢要他別再問下去。「你讓我安靜看完，我們就早點走。對了你要不要用我的電腦？密碼是volens。」

這倒是讓士延喜出望外。他連忙關上保險，把槍收回夾克，坐進嵐之的位子打開電腦，輸入那串他也不知是什麼意思的密碼。瀏覽器畫面一開，出現的是嵐之的臉書。交友、訊息、通知的符號上都懸著紅底白字的數字，顯然這段時間有不少人都在找她。士延興起一股想要偷看的慾望，但一想到很難有什麼細節瞞得過現在的嵐之，便移開了游標。他把嵐之的帳號登出，然後登入自己睽違多日的臉書帳號。

交友、訊息、通知都是空的——本來他也不期待有誰會傳訊或留言，只希望看到一點新的東西，新聞、求救訊息或者什麼都好。可是他看到的，依舊是臉書自動塞給他的東西——已經排好定時發布的各種廣告宣傳，並沒有因為這些浩劫而停止塞滿他的頁面，沒有真正的新聞，就只是內容農場的垃圾訊息而已。百無聊賴下，他居然一路又滑到了那則「駕駛失魂撞車，最後一刻看到的居然是！」。現在回頭再看那則新聞，他反而可以想像那大概是怎麼一回事：那個駕駛一定是看到了那個銅像動起來，不然就是和他之前一樣，在靠近銅像的時候因為裡頭那怪物的呼喚而起了幻覺——

這時他又感覺到那種恐懼。如今他已知道，那恐懼的內容是他的童年回憶，另至於它的源頭，就是蔣公銅像的呼喚。他這時想到，樓裡還有一尊銅像——就是最初呼喚他、後來被燒過卻沒死，後來在實驗室解剖過還是沒死的那隻怪物。

士延感覺到它還在這裡，好像還在微弱地呼喚著他。他連忙退進重國的辦公室想告訴嵐之，但她卻突然抬起頭，對他說：

「我看完了。」

「真的假的？這麼快？」

嵐之的聲音聽起來有些失落：「我自己也有點嚇到，可是……我也只能接受自己現在變成這樣了。」

現在士延曉得，這種時候人心裡不會太好受，便把「變成這樣考什麼試都可以拿一百分」這種不識相的安慰吞了回去。

「所以它上面到底寫了什麼？」

「東西很雜，年代差距很大，而且是一件一件往回推的。你拿椅子過來我這邊，我把它按順序講給你聽。」

「可是……我跟妳說，我感覺到那個銅像，妳們最早搬來的那個，現在還在裡面耶。妳沒有什麼感覺嗎？」

嵐之搖搖頭。「可能我太專心了。」

「我們要不要先離開還是怎樣……」

「幹麼離開。它還有什麼辦法傷到我們兩個嗎？」

「但我總覺得它不一樣，從一開始就不太對勁……」

「如果你擔心的話，那我們先來找找看它在哪吧。」嵐之打開重國專用的監視系統，快速瀏覽所有監視器的畫面。

嵐之來回掃視螢幕的雙眼抽動得如此快速，給士延一種機械的不自然感。他感覺到——嵐之現在也知道——他們兩個人的身體自從事件發生以來，一直在加速變化。他忍不住想，他們現在是走在銅像人之間的鬼魂，所有街上的銅像人都察覺不到他們，但這樣的狀態能維持多久？會不會還有下一步？還是說，他們倆會不會只是比其他人慢了一步而已，假以時日，也會變成在街上互相殘殺的兩隻銅像人？

「一下就找到了，」嵐之說。「唉，我也太快了吧。你看。」她把其中一小塊分格畫面放大，士延就看見了那失去外殼的銅像。他還是第一次看清楚它的全貌——而他唯一能聯想到的相似物，就是一頭已經被電宰剖半的豬隻，拖著該切沒切的內臟，沿著走廊爬動。它似乎是找不到出口在哪，而反覆地在監視器下的牆面上探索著。

「妳們這邊的人到底都在做什麼啊。」士延感嘆。

「解剖……可能做到一半就出事了吧。」嵐之平淡地回應。

「可以的話我實在不想靠近它……老實說，看著它，我簡直會覺得……街上那些蔣公銅像其實還滿正常的。」

「我也是。」嵐之把畫格縮小，嵌回原來的一格格影像間。「應該是不用擔心它突然過來，它連那層樓都沒辦法離開。」

「但我記得那時候它好像是撞破很厚的門才逃出來的。」

「對，最高層級實驗室的門。但自從我把周邊的門封起來之後，它就沒再離開了……不知道為什麼。但不管怎樣，我們就從這邊隨時盯著它吧。時間應該還夠。」

iii

士延搬來椅子在嵐之身旁坐定，嵐之便點開了第一個文件掃描檔。上頭那種手寫的字體，士延連一個字母都看不懂，但他可以察覺到文件年代久遠，紙上的摺痕、墨跡和粗糙的圖樣，都讓他想起《瀛寰探奇》裡，那些異國恐怖奇聞的的手抄文件。

「最早的是這本殖民地官員的筆記，其中有一部分寫的是他調查當地某原住民村落時，所聽來的一種習俗。

「那個村子有一種奇怪的巫師，全身到處潰爛，用布包了起來。這種巫師會代代相傳；被巫師挑上當繼承者的年輕人，會被帶到一個離村子一段距離的洞窟附近去生活。傳說中，那裡叫做『通往大地唱歌之處』。巫師會讓年輕人每天晚上睡在洞裡聽大地唱歌，這樣聽了十年後，老巫師就會用一段歌唱和奏樂，讓這個新巫師『醒來』。那之後，新的巫師就會聽見大地上不一樣的聲音，可以幾天幾夜不吃不睡，然後用大地的話來告訴村民遠方有野獸的氣息、有敵人的聲音，或者有人生了病該怎麼辦。可是巫師自己生的病是沒有辦法好的，因為他的身體有一部分給了大地，大地會在整個巫師的身體入土為安之前，就先把一部分吃下去。所以成為巫師之後，身上有些地方就會慢慢開始腐爛。」

說到這嵐之忽然打開另一份檔案，一具破爛屍體的全身照瞬間出現在螢幕上：

「這是事發前一名接觸過銅像的老人。你還記得他吧？」

士延記得那個老人，但無法和眼前的畫面聯想在一起。即便這幾天已經看過各種慘況，他還是忍不住一陣反胃。

「不知道為什麼，力量強化那麼多的同一種生物，除了製造出路上那些東西以外，也會跟祖先製造出一樣的……半成品……或許是因為對象是老人，身體機能已經下降了，所以才會形成不完全的結果吧，也可能是那生物本身的機能當時還不完全……到這裡你懂吧？」

士延勉強「嗯」了一聲。

「一旦接班人能夠成為新巫師時，最後一個儀式就是老巫師讓接班人把自己的肉吃光。讓他自己充分地回到大地，上面是這麼解釋的。」

「也不知道是真的假的。」士延搖了搖頭。「他們怎麼知道這一定和台灣的蔣公銅像有關？」

「我剛剛說過，事情是往回推的，但我是從頭跟你講的。」嵐之又點開另一份筆跡質地不同的手寫數字表格。「總之大致上是這樣子，細節我就跳過了。然後這邊說……後來那個村就徹底消失了，人也都沒有留下來。」

「被吃光了？」

「不是，被殖民者消滅了。」嵐之上下滑了滑那份數字表。「傳染病、搶奪土地、人口販賣、屠殺都有，到最後那個村和周圍同族的人全都死光了，巫師當然也沒有傳下來。」

「那那個山洞呢？」

這時嵐之又點開了一份文稿，看起來比較新，但感覺好像也有一百多年的歷史。「後來有文件提到這個地方，是要等到工業開始出現以後。洞窟所在的那座山變成銅礦場，本來只是開礦基地，後來就變成礦工村，最後就變成小鎮了。

「看起來當時開礦的人從來沒聽說之前原住民的事，他們剛到那邊時，說那裡是無人的荒野。他們有提到山洞，說他們就順著洞窟繼續往裡挖，挖出了整條礦坑。」嵐之又點開另一份像是日記一樣的手稿：

「寫下這本日記的，是新派往當地的神職人員。這裡頭好像也包括他從其他經過那邊的人聽來的事情。總之，先是礦工在礦坑裡開始聽到奇妙的聲音，後來他們又看見了各種異象，像是惡魔、幽靈或者怪物。接下來這些不知道是不是他親自打聽到的——說鎮上看到異象的人晚上都會做一樣的噩夢，然後慢慢地，這些有共同體驗的人就在小鎮上成立了異端結社。」

「異端？」

「邪教。他明查暗訪之後發現，其實全鎮都已經被這個邪教控制住了，他奉命前往的這個教會早就只剩殼子，私底下大家拜的，都是洞窟裡面的邪神。他打算調查一番後找機會向外報告，所以就偷偷跑進了那個洞窟。接下來他看到的就厲害了——

「他說，當他走到迷宮一樣的洞窟深處時，發現各種像是巨大器官或血管的東西交纏著塞滿去路，就好像他走著走著忽然走進巨大牲畜的體腔裡一樣。可是這時候，那些教徒已經湧入洞窟要殺他滅口，眼看自己被團團圍住無路可退，他乾脆拿火去燒那些東西，想要同歸於盡……結果那些東西就痛苦地縮了起來，而其他人也開始跟著在地上扭動，身體好像還開始潰爛，他就趁著大亂逃出洞窟，死命地到隔壁鎮上求救。等到隔壁鎮組織好搜索隊抵達鎮上的時候，鎮上早就沒有活人了。當時有一個搜索隊員寫說，鎮上就兩種屍體，一種是形狀完整卻四處潰爛，一種像是被活生生吃掉一大半。但地方官員堅持說那只是瘟疫，要他們把整個城鎮和鎮民燒掉了事。但官員也同時下令把礦場各個入口封起來。你幹麼笑出來？」

「沒事。只是覺得這幾天碰到的事，有些想想還滿好笑的。那個人後來怎樣了？」

「喔，我說這些資料很雜，就是因為連這種無關緊要的他們都列進去——那個神職人員後來被關到瘋人院，後面就沒記錄了。」

「是喔。妳繼續講吧。」

「沒有提到怪物——可是有一件怪事。後來這份報紙記載說，有人在當年發生瘟疫的開礦小鎮遺址挖出了一尊巨大的銅像——造型非常邪惡。這邊有圖，你看。」

嵐之還沒說，士延就先看到了報紙上的銅像照片——在那種顆粒粗到彷彿處處有靈異的銅版印刷報紙照片上，幾個中年男人在一尊銅像腳邊面對鏡頭，或站或坐；他們中間的那尊銅像，有著和蔣公一樣光滑的頭頂，但那以下就沒有人的氣味：一對細小的眼睛下，是一整排有如觸手般的鬍鬚。鬍鬚以下的部分混雜著幾個人影就看不清楚了，不曉得是像怪物一樣的肉身，還是人類的衣裝。

這照片帶來一種讓士延無法避開的不安，使他連忙向嵐之催促：「妳看一下監視器好不好？」

被打斷的嵐之有些不悅地點出監視器總覽。那東西依舊在原地緩慢摸索著。

「可以了嗎？」她不耐煩地問，也沒打算等他回答。「剩下沒多少了，你就聽我講完吧。新聞記載說這尊銅像後來被拿去熔掉，重新作成開國元勛的銅像，運到別的小鎮立起來了。那之後就一口氣跳到差不多五十年前了——接下來的這些就不是普通文獻了。你看，上面一大堆人名地名都劃掉了。」螢幕上出現一整頁由打字機字體和黑色橫條構成的報告書，嵐之繼續說了下去：

「立起銅像的這個小鎮，本來就離核彈試爆場有點近，在某次試爆之後，民眾感覺到空氣中有一股金屬的味道，不過政府單位什麼也沒跟他們說。後來，這個鎮上的失蹤人口就增加了，而且多年後有人統計當地的警政資料發現，鎮上各種人、動物的失蹤，都是越靠近銅像的地區越多。然後當地一直有關於銅像的傳說，說有人看到銅像在眨眼、移動；還有些人聲稱他們聽見銅像裡面傳出奇怪的低沉呼喊聲。」

「聽起來很像我們這邊的情況啊。可是他們怎麼沒有變成蔣公？都已經五十年前了，新聞總不能還騙說是瘟疫吧？」

「因為他們先走了。」嵐之說。「後來核彈試爆的事情傳出去了，鎮上的人不是自己搬走，就是被遷到別地方去了。銅像跟著小鎮留在原地，如果距離夠遠的話，可能根本影響不到吧。而且事後調查，當年住在那個鎮的人後來有不少都死於癌症，到現在也沒剩多少了。」

「這些資料最後講的兩件事很關鍵。」嵐之點開一份檔案，「首先是銅像。一九七六年有調查隊回到現場勘查，但在他們拍到的小鎮照片裡沒有銅像。」

「走掉了？」

「嗯……從現在的結果來看，應該不是走掉。是被偷去賣了。而且最後還一路賣到台灣來。」

「台灣？幹麼把銅像賣到台灣？」

「不是銅像，是銅。一九七六年的前一年發生什麼事你知道吧？」

士延搖搖頭。

「蔣公逝世啊！」嵐之有點不耐煩地解答。「那之後全台灣到處都開始立蔣公銅像，學校啊、公園啊、公家機關啊，有些地方立一尊還不夠呢。以前還沒開始拆蔣公的時候，全台灣搞不好有幾萬尊銅像呢。這樣的話事情就全部連起來了——當初在洞窟裡的生物有一部分也在邪神銅像裡，但就跟我們碰到的一樣，用火燒還是用熔的都殺不死，所以到後來重新做成開國元勛銅像之後，生物還是附在上頭。後來銅像被當成廢銅進口到台灣之後，上頭的生物又跟著被熔了一次，然後就被混進蔣公銅像裡了。」

「居然有這種事……」士延感嘆。

「很有可能啊。」嵐之說，「而且，你記不記得小時候有一陣子有輻射屋？那時候大家都很緊張，很怕自己住的地方其實是用輻射汙染的鋼筋蓋的，我還記得有人特地到我們家，拿一個小機器掃來掃去的……」

「這樣講我好像有點印象。」

「據說那些鋼筋，就是用進口的輻射汙染廢鐵做出來的。那些生物很有可能就像那些輻射鋼筋不小心跑到你家一樣，不小心被分散到台灣各地的蔣公銅像上了。」

「太好了，我們終於知道以前是怎麼樣了。」士延忍不住反諷。「可是知道了以後有什麼幫助嗎？」

「這就是最後一件事了。」嵐之彷彿早就等著士延發問似地，順手點開另一份報告影本。「在調查當年核彈試爆造成的危害時，科學家從那些鎮民身上，採到了一些極度不尋常的生命——」

「他們當時不太確定那是什麼東西。最接近的，他們只能勉強說是黏菌吧。」

「黏菌？」

「生物學上這是一種……算了，簡單來說就是又會動、又像真菌——呃，香菇、黴菌那類的，東西。反正，他們居然開始試著培養這種東西來研究。」

「哇，那他們有出人命嗎？」

「沒有，成果不大。當時的重點也不是純粹研究生物，反而比較像是要知道這種生物跟放射能的關連，或者說放射能對生物有什麼影響。他們求的是軍事用途。總之，他們大概知道了幾件事：

「首先，這種東西躲在陰暗處才會生長，在強烈光線下會停止運作，但一回到陰暗處又會恢復。它一開始只是薄薄一層附在表面上，慢慢會形成絲狀互相連接起來，逐漸就會把空間填滿。它們攝取能量的方式有點像食蟲植物那樣，會分泌消化液把靠近的東西直接分解然後吸回去。長到某種程度之後，它就會散布像是孢子那樣的東西。所有在人身上採到的東西都是這種孢子，它們已經成為人的一部分了。」

士延不自覺地舉起了手看了看，但想到自己身體裡早就有一大半是這樣，就覺得有點多餘。

「剛剛我讀到這邊就想到一種東西……你記得我說過殭屍真菌吧？黴菌那樣的東西寄生到螞蟻身上，入侵牠的神經，控制螞蟻走到適合的地方死掉，然後就在那裡噴出自己的孢子繼續繁殖……不過這種東西不太一樣。它不是寄生一隻然後換一隻，它是待在原地一直向外擴散孢子，可是孢子寄生到了人身上也不會馬上控制人，而是要等它發出一個信號，它才開始用力地攻占人體……我本來只是大概猜是這樣，但在看了這些資料之後，我就覺得八九不離十了。

「最早那群原住民，要整整十年曝露在孢子中才會被控制一陣子，而且那之後還要再過好幾年，才會慢慢潰爛掉一部分器官。後來銅礦小鎮的人也是在那邊待了幾十年，才因為那個傳教士啟動了防衛機制——對，關鍵就是防衛機制，我懂了；因為那東西覺得傳教士在攻擊它，所以它就發出信號，結果這次鎮上大部分的人就直接變成了它的殭屍兵蟻，那些沒變化的人可能是身上的孢子不足以發動叛變，或者是外地來的人身上根本沒有孢子吧——就是這樣，為什麼凱凱他們沒事？為什麼那兩個士兵沒戴面具也沒關係？一定就是因為他們身上根本沒什麼孢子吧。蔣公銅像從一九七五年蔣公逝世以來都沒受到什麼威脅，可是上次他們打算直接把蔣公拆下來，可能驚動到它，所以它就發出信號，叫所有身上有足夠孢子的人變成殭屍兵蟻，就是會吃人的那種生物，來保護它。我們在路上看到好幾次那個『信號』了——應該說是『聽到』，那一定是一種音波之類的東西，人們身上的孢子『聽見』了，就醒過來取代它們寄生的人類。

「所以，現在才擔心感染根本是多餘的。感染從蔣公銅像立起來那一刻就開始了，慢慢擴散了三四十年，就等著信號一發，讓所有在台灣的人一瞬間變成那種東西，誰也逃不掉。除非你待得不夠久。」

「等等，」士延忽然想到一件事，「妳這樣講好像不太對耶。那幾個人拆蔣公的時候，周圍的人沒有都變成妳說的殭屍螞蟻啊。是過了好幾天之後，全台灣的蔣公才忽然一起動起來耶。而且它們真的自己走起來了喔！就在街上走來走去耶！」

「對，我正要講這個。這種生物到了台灣之後，好像突然變強了；首先，不知道什麼時候它居然擴散到全台灣一大半的各種銅像裡，而且似乎還有辦法用某種方式協調行動。因為之前這種生物都只有一隻，所以我也猜不出它是怎麼和其他銅像裡的個體協調……我想應該也是聲音吧，搞不好還加上別的方法。第二個變強的是，它現在可以一口氣把人直接整個替換成白天也能活動的殭屍兵蟻，而且已經不是人的形狀，而是銅像裡面它們自己的形狀；最可怕的是，它自己還演化成可以從本體上脫離，而且不知道是運氣好還是適應力強，它居然想到像寄居蟹那樣，一邊躲在銅像裡，一邊到處走來走去……」

「妳剛剛說『想到』？」士延嚇了一跳。

「這樣講當然是有點誇張。可是它們的適應力簡直讓我覺得有點聰明了。」

「它會不會真的……長出腦子來了？」

「要是重國它們的解剖有完成的話或許可以知道。但他們應該已經……算了別提了。只能說，也不是不可能。畢竟，寄來的這批資料裡有這生物的實驗報告，研究者發現不同人身上採到的孢子已經有了一些變化，就好像反過來被寄生的人類影響一樣。然後他們還試圖培養這兩群孢子然後讓它們彼此接觸，結果兩者很快就融合成第三種不一樣的孢子。」

「這麼可怕的生物，那些原住民居然可以跟它一起活那麼久……這樣講起來殖民者帶來的傳染病還比較可怕啊。」

「它會變強恐怕也是後來的人造成的。人們先是為了挖礦把它居住的範圍挖大，然後又讓那麼多人跟它接觸，後來甚至還讓它曝露在放射能之下……我不知道哪個才是關鍵，但它後來變化得實在太快了，到現在都還沒停下來。」

「所以，」士延問，「資料有提到怎麼阻止它們嗎？」

嵐之搖搖頭。「他們幹麼要阻止它，它又沒做什麼。應該這樣講：重國把消息洩漏給他們之後，他們才開始拼出我剛剛說的那些東西，之前他們哪知道這些都是同一件事。想想看，如果他們當年只是碰巧採集到一些孢子，來試試看有什麼軍事價值的話，應該不會想到那些孢子最後會長成這樣，躲在銅像裡面一直發出聲音，把人都變成這種殭屍螞蟻吧？」

士延點點頭。「咦，說到重國——呃，妳那個主管，他應該有想到吧？不然他幹麼要妳把我……找來這邊？」

原本全速運轉的嵐之，到這裡稍微鬆弛了下來。「我在想……因為他沒有把所有事情都告訴我，所以我只能推論是這樣。他一開始只是想跟你把事情問清楚，然後看你身上有沒有可以採的孢子。不過我回想起來，他那時候就已經開始和國外連絡了。」她搖搖頭，「按規定是不可以這樣的。但以前就聽他說過，很多實驗室都這樣，台灣有什麼新發現第一時間就先傳到國外去……覺得留在台灣根本沒機會吧。先不管那個，他後來應該發現你身體的變化，可能這些文件他也看了一部分吧。他大概有猜到台灣接下來會亂成一團，所以可能和國外談好了一些緊急備案，想要把你送出去，所以喬和瑞奇才會來護送你。只是沒想到爆發得這麼突然，又一口氣燒到全台灣，最後他連自己都出不去了。我是這樣推測的。」

「是喔。」士延半信半疑地回答。「可是那……另外那個直升機是怎麼回事？不是他們兩個，我是說後來把銅像帶來的那一架。」

「我不知道那是誰派來的。」嵐之有些感傷地回答。「但我應該知道那是來做什麼的，太明顯了。他們想把人變成那種殭屍螞蟻。」

「他們是有什麼毛病？」

「他們大概覺得沒有親眼看到很可惜吧？」說出這句話時嵐之帶著一點笑意。「我不知道是誰，可能和重國他們有關，也可能是完全不同的單位……但不管怎樣，他們應該出動了不少直升機，把紀念公園的蔣公銅像都吊走，然後飛到還有活人聚集的地方，好比機場、港口或者光復村，然後想重複這個過程。就好像說，本來還沒聽到聲音的人，現在有直升機吊著大聲公直接在頭頂上飛來飛去，那還躲得掉嗎……」

「做這種事都不會被發現嗎？」

「昨天新聞有說啊，中國美國都不讓對方踏上台灣。所以我昨天說，偷偷進來的話，就不會有人去抓囉。」

「那難道就只能讓他們這樣做？」

「不然你打算怎麼辦呢？」嵐之冷漠地回應。「別忘了一件更重要的事——如果他們來這裡就是想做實驗，那我們遇上他們也不會有好事。那些生物拿我們沒轍，可是那些人真要抓我們，我們也拿他們沒轍啊。」

「所以說沒事幹麼抓別人來做實驗嘛。」士延忍不住嘲諷地抱怨。

「……算了。反正結果大概都一樣。倒是，我們接下來怎麼辦？妳不是說那些殭屍螞蟻這樣下去就要死光了？」

嵐之沒有回話。

「嗯，如果活人都吃完了，就算能互相以對方為食，還是沒辦法撐太久。」

「那那些銅像裡的大聲公也會這樣嗎？」

「我有點懷疑……原本銅像裡的生物靠著組織就能活下來，後來的蔣公卻是從人體演化出新器官，雖然活動力變強了，可是也開始有能殺死的部分……就好比說，神木可以活幾千年，但動物的壽命就只剩那一點。那也不能說是退化吧。」

「神木遇到火還是會燒焦啊，可是它們好像連火都不怕。」

「如果資料沒錯的話，它們連金屬熔化的溫度也不怕。資料上完全沒提到它們死亡……最後只有寫說，它們判斷這些組織沒辦法應用在戰場上，就按規定把樣本銷毀了。恐怕也沒有真的成功銷毀掉，也許現在還在某個地方躲著呢。這東西死亡的紀錄……」嵐之說，「就只有一次。就是在光復村那時候。要是不只一次就好了，那至少可以比對看看有什麼共同點……」

「沒辦法啊。」士延搖頭。「光復村那一次我們也沒親眼看到啊。當時我還在村外，妳還中了一槍，我們只顧著擔心妳，根本不知道村裡面怎麼了。」

「對啊，還好沒事。算沒事吧。」嵐之望了望自己早就癒合的肩頭。昨天她洗澡時甚至覺得那一帶的皮膚已經不是她自己的皮膚了，但她仍想相信那只是心理作用。「那時候除了痛，別的我都沒印象了。我那時候才知道，原來中槍可以痛成這樣……你剛剛不是還在玩槍？小心一點啊。」

「嗯。」士延打消了把槍插在褲頭的念頭。「槍在夾克裡。希望不要用到。」

「對它們的話，是真的用不到了。」嵐之把檔案一個個關掉。「但如果是對人的話……」

「人的話……老實說，我可能開不了槍。妳呢？」

「如果我被逼急了的話……算了。我連槍都不會用。」

「那妳要學嗎？喬那時候有教我開槍……連我都會了，妳一定也可以啦。」

嵐之搖搖頭。「之後再說吧。咦？」
「怎麼了？」
「我剛剛以為這台壞了，」嵐之點開一個全黑的監視器畫面，「可是怎麼還動了一下？」
「動了一下？」
「你看這裡，鏡頭好像被什麼擋住了。」嵐之指著黑畫面右上角一道細細的白影，士延仔細端詳時，它瞬間又開合了一下。
「那是什麼？蔣公嗎？」
「也許是……只是不知道它一直擋在監視器前做什麼。怎樣，去看看吧？」
「離剛剛那隻……近嗎？」士延有些不安。
「近啊，就隔一扇門而已。所以就不去了嗎？」嵐之有點挑釁地問。
「……去吧。不然我也不知道還能做什麼。」
「東西都帶走吧，我看哪些能讓我存下來……」嵐之收起手機，把隨身碟插上電腦，「我們有可能不會再回這邊了。」

iv

螢幕裡，游標停在關機的按鈕上等著嵐之。她再度環顧這辦公間，發覺自己儘管待了這麼久，卻很少從這角度觀看四周，以及她自己在門外的座位。她看到士延站在她桌前操作滑鼠，把她的電腦關掉。
於是她也跟著點下關機鈕，看著螢幕跑出關機畫面，然後一切回歸漆黑。

她覺得自己不會再回這間辦公室了──對她而言，這念頭比剛剛對士延開口說的，還多了一層意義。

◆

走廊上仍是一片空蕩，兩人不一會兒就進了直達目的地的電梯。

「等下一開門差不多就可以看見了，就在右手邊。」嵐之的手指放在電梯門開關上。

士延沒回話，只是靠在電梯一角死盯著電梯門，直到電梯抵達的聲音響起。他緊繃地看著門縫逐漸拉大，接著小心翼翼地向右探出去，忽然就像觸了電一樣驚喊一聲，整個人退了回來。

「什麼啊？」嵐之用力地猛按關門鈕，害怕地責問。

「妳把門打開……我……我再看一次。」他抵在門內最左側再次探出頭，這次多看了一會兒，才縮了回來。「這真的太扯了……不過應該沒那麼危險，應該可以出去看吧……」說完，他便緩緩往電梯外移動，然後就停在門外傻傻望著。嵐之放開按鈕，靠在門邊也往右一看，同樣瞪大了眼。

擋住天花板監視器的確實是蔣公的頭。只不過，光那一顆頭頂就將近一個人那麼高，身體、手臂整個塞滿了後面的走廊，就像被壓在倒塌建物底下的傷者一樣動彈不得。跟外頭的銅像人一樣，兩人的出現並沒有驚動它；它就只是俯臥在整條走廊裡，偶爾抽動一下。

「怎麼這麼大……」嵐之忍不住驚嘆，並小心地走出電梯。

「這麼大一隻怎麼跑進裡頭的？」士延問。

「這裡的走廊都差不多大，會這樣卡住，只有可能是進來之後才膨脹──」嵐之說到一半停了下來，「──不對。不需要進來。它可以在裡面自己膨脹起來，或者說，長大了……」

「它居然還會長大？」

「不是不可能，你還記得那些騎馬蔣公吧？還有山上最大的那一隻，坐在椅子上的……」

士延點點頭。「那它們要怎麼長到這麼大？」

「不知道。現在沒辦法搞懂的事情越來越多了——」這時，巨大的銅像人忽然對著他們倆抬起了頭，並發出響徹整條走廊的吼聲，嵐之忍不住摀上耳朵倒退了兩步，而士延更感覺那聲音像是要在腦中炸掉一樣。但他同時感覺到背後浮起一陣毛骨悚然，連忙轉頭一瞥——電梯門另一邊的走廊盡頭處，一扇門正隨著來自另一側的撞擊而變形，彎曲的門板隨即彈了開來，在走廊上撞了兩下後落在他腳邊。

撞開門出現在他面前的，就是那尊被解剖一半的蔣公銅像。

距離這麼近，他現在可以看清楚它身上的各個細節。它那顆蔣公頭就歪歪斜斜地掛在已經被切開的半邊身體上，沒辦法好好地往前看——反正它也不是用那邊看東西。切開的半邊身體外皮垂到了地上，裡面像是內臟的東西便從缺口滿溢了出來，但仍精神十足地鼓動著。底下的觸鬚有些硬生生被截斷了，有些像是死了似地癱在地上，但剩下一些還靈活地四處甩動。

士延感覺得到，即便形狀變成這樣，它還是好端端地活著，應該說剛剛才突然活了過來，並開始用力地向他傳達一種聲音，令他浮現恐懼的回憶，讓他有種衝動想放棄掉自己的身體逃跑。

嵐之也看見了迎面而來的蔣公銅像。「搞什麼……先進電梯吧？喂！士延！」她猛力想把士延往電梯口拉，但士延卻只是望著蔣公銅像，身體動也不動。這時，她也開始感覺到不對勁——就像之前遇到蔣公銅像時一樣，她再次發覺自己快要昏倒了，但這次她分得出來了，她自己的意識正在被別的東西所替代——

那是她不想想起的、小時候第一次遇到蔣公銅像的細節。她又看到了那個遊樂園深處的廢墟，那種令她卻步又想靠近的神祕感，被同學在空中拋來拋去的妮妮，還有那種徹底不知所措的孤獨感。記憶中的蔣公銅像動了起來，但就差了那之後的記憶，就差那一點點——

一陣巨響從她身旁響起，走廊的一側突然亮了起來，照著空氣中突然浮現的大量塵煙。兩人從夢一般的感覺中驚醒，很快就發現走廊牆壁破了個大洞，一條巨大手臂正從破洞伸進走廊，一把抓住塞在走廊上的銅像人。被抓住頭的銅像人已發不出嚎叫聲，就這樣被大手從破洞扯了出去。

士延順著破洞往外一看，才搞清楚他們倆其實已在建築物最外側的走廊上，離地有好幾層樓高；那隻手的主人正站在清晨日光下，是一尊幾乎和這層樓同高的巨大蔣公。剛剛塞住走廊的銅像人相比之下小了許多，正被它舉在空中，就像人抓著一條大魚的尾巴，倒吊的頭還在空中擺動掙扎；但那巨大蔣公只是把手又舉高了一些，然後就用力將它往下摔，發出轟然巨響。接著，巨大蔣公聳起了半邊身子，一腳往地上踩了下去。

一瞬間的劇烈晃動，讓士延和嵐之失去平衡，差點就翻倒在地。等到士延再往洞口看去時，巨大蔣公的眼神已掃過他們兩人，並繼續往他們左手邊掃去；接著，它舉起了右臂，先是往遙遠的後方退去，然後全速朝他們甩來。

士延和嵐之本能地屈身想躲開但根本來不及，但碎裂崩塌的聲音並沒有直朝他們襲來；他們抬頭再看，巨大蔣公的右手在走廊另一頭又打穿了一個大洞，並直接從那洞口抓住了被剖開的蔣公銅像；瞬間，那具半剖的詭異身軀便從走廊上消失了。

士延和嵐之連忙從缺口探出頭。巨大的蔣公仍聳立在原地，剛剛塞在走廊上的銅像人已在它身下動也不動，頭看起來整個被踏爛了。半剖的蔣公銅像被巨大蔣公雙手舉高，懸垂的肉片正對著它朝天張大的嘴巴逐漸靠近。順著原本剖開的方向，銅像裡的怪物輕鬆地被巨大蔣公撕咬成一段一段吞了下去。然後，蔣公又趴了下去，開始啃咬地上那隻銅像人的殘骸。

兩人在走廊上靜靜看著這一幕。嵐之終於先開了口：

「我想不到什麼辦法了。」

「可是怎麼會這樣呢……」士延目不轉睛地問。

「就是你看到的這樣。」嵐之指著四肢著地的巨大蔣公說。士延注意到，當巨大蔣公吞下同類時，它的背部也開始不尋常地鼓脹起來。

「簡單來說，就是越吃越大吧？剛剛裡面這隻也是，外面那隻也是……」嵐之望著下方的奇景喃喃自語。「或者說『吃』只是個樣子而已，實際上稱為『併吞』比較恰當……它們吃下彼此的肉之後，得到的並不是養分，而是形體……」

「太……太厲害了。」士延忍不住說。「它們怎麼想到這招的？」

「不是用想的，是用演化的。而且是被逼的。」

「被逼的？」

「已經沒有人類了。所以它們只好吃同類，意外地變成這樣……就跟我剛剛給你看的報告一樣，人一直逼它們改變，它們就不停變化。」

「那接下來會怎麼樣？一直吃一直吃，吃到超級無敵大嗎？」

「或許是，但也可能不是。每次我以為它們會怎樣的時候，它們就變了。我真的沒辦法知道。」

「而且它連那個……實驗室的蔣公銅像都吃了。」士延還是忍不住開口問：「妳知不知道吃了那個會怎──」就在這時，他突然聽到空中有一種從沒聽過的聲音，好像有什麼輕輕劃開了天空朝這邊飛過來，感覺越來越快，而且越來越沉。

「嵐之，快躲！」他直覺地護在嵐之身上，想把她往裡推。一聲轟然巨響加上熱而震撼的波浪掃過他們，把他們往走廊裡側牆上撞翻過去；他們根本不敢抬起頭，只能接二連三地承受同樣的一道道衝擊。一切平靜下來後，士延便聽見了另一種熟悉但令人不安的聲音──直升機的旋翼巨響，一道接一道地朝這邊接近。

在他身旁，嵐之的呼吸急促但穩定。

「妳有沒有怎樣？」他連忙爬起來並問。

「還有什麼能傷到我呢。」嵐之側躺在牆邊，挖苦地回答。但她突然像是看見什麼似地壓低聲音：「快趴下。」

士延連忙趴回嵐之身旁，順著嵐之的目光往牆壁缺口那邊看去。缺口外，一架直升機的剪影正以陣陣黑煙為背景降了下去，裡面的人似乎沒察覺到兩人的動靜。

兩人不約而同地往缺口旁殘存的牆壁上靠去，然後從缺口邊淺淺地往外看。巨大蔣公趴倒在地上，一條手臂和一條腿跟身體分了家。它身體的一側好像也炸開了，從肚子到臉頰都是一片焦黑冒著煙。它的頭動也不動地貼著地，對著他們露出光滑的後腦勺。直升機停在一段距離外包圍著它，許多頭戴防毒面具的黑衣人正緩緩朝它靠近。

士延稍微探出了頭，希望能聽到他們在說些什麼。他發覺自己能聽到的聲音好像越來越多，而且也逐漸發現，每次銅像呼喚自己之後，情況就會變得更誇張。但直升機的旋翼還在響個不停，讓他根本聽不清底下那些人的聲音。或許就因為太專心在下頭，他過了好一陣子才留意到上頭有人聲，但已經來不及了。黑衣人突然從上方垂降而下，他還來不及反應就被撞回走廊，並立刻被好幾個槍口對著。他覺得那些槍和瑞奇他們的挺像，但也不太確定。他順著槍身看了看那些人，也滿像第一次看到的瑞奇跟喬，一樣都戴著面具，一樣什麼也看不出來。

黑衣人把他圍住，他看不到嵐之。

「叫什麼名字？」一個聲音從面具裡傳了出來。

士延同時因為那居然是國語、卻又不像台灣口音，而愣住了。

「想活命就快說話！」那聲音大喊。

「什麼？」

「這個還沒壞。」那聲音說。「帶他下去！」

士延還來不及反應，就立刻被兩個同樣帶面具的人一左一右夾住，將他牢牢綁在掛鉤和鋼繩上。

「喂！你們幹麼？嵐之！嵐之……」他轉頭一看，嵐之雖然也被幾個人掛了起來，卻轉頭瞪了他一眼，嘴巴嘟起來悄悄地噓了一聲。在士延耳裡那再清楚不過；他便乖乖地閉嘴，任憑他們把自己推出破洞外，跟著一個黑衣人一起懸掛在外頭一台直升機的正下方。驚恐之餘，他倒覺得自己這樣還真像飛過部落的蔣公銅像。

當直升機接近地面時，馬上又有好幾個人七手八腳地把他卸下來，隨即又是兩個人把他一路夾到了一台停妥的直升機旁放著。嵐之也被放在一旁，隨即人們便讓開來，讓一個沒帶槍的人靠了過來。

士延和嵐之望著那副防毒面具左右來回掃視他們倆。

「兩個都說過話了？」他問旁邊的跟班。

「是，兩個都有開口。」

「有說什麼嗎？」

「都還沒。」

「很好，問話不是我們的事。」那人對跟班說：「留幾個人看著他們，叫其他人快一點。」

「是！」那人轉身一走，跟班隨即開始指揮現場其他人動起來，只留下兩個人在幾步外提著槍盯著他們。

直升機的聲音陸續減慢並停止了。士延不敢輕舉妄動，只能微微轉頭看嵐之打算怎麼辦。嵐之側過頭看著他，原本想張口說話，但看見對面兩人還在盯著，就只是做了個眼神要士延看她的臉，然後把頭轉正並抬起下巴，望著蔣公倒下的那頭點了一下。士延看懂嵐之想表達什麼，便開始專心地聆聽蔣公那頭人們的小聲對話。

「用飛彈打成這樣，我們有點難辦事啊……」

「不往死裡打，各位專家有個萬一我們可交代不過去啊……」

「有消息說別地方的蔣介石也長大了。」

「美國知道不知道？」

「現在是互惠合作，不能不讓他們知道呢。」

「什麼都給他們拿了可不行啊。上次運銅像還出那種事……」

「機場那樣搞也太絕了吧。怎麼說都還是同胞啊……」

「可沒聽說那是咱們幹的！」

「不然老美嗎？」

「可別以為只有咱們和老美在這兒搞呢……」

「誰想來都來，也太囂張了。也不搞清楚是誰的地盤。」

「話說我還是第一次來呢。」

「唉，只想早點回去。」

「連怎麼傳染的都還弄不清楚，我看還久呢。」

「難道還要再試幾次嗎？」

「別說啦。反正我們不算最過分的呢。」

雖然他被幾架直升機擋著看不到那一頭，有些話他沒聽清楚，但他差不多已經明白，台灣應該就是被這些人占領了——除了他們，好像還有美國，好像還有其他國家，各自在台灣做他們想做的事。現在的銅像人好像都開始長大，大概也只有他們的飛彈能對付，自己那種在銅像人面前隱形的小伎倆已經派不上用場了。而且搞不好就像嵐之講的一樣，萬一自己身體的祕密被他們發現，還不知道會有什麼下場。

他越聽越覺得，接下來自己只能聽天由命，祈禱他們把自己當成普通人了。他抱著一絲期望看向嵐之，但她似乎也放棄了，只是在那靜靜地等著。

他心想，再隨便聽聽看吧，就當做打發時間也好。有些人想從蔣公打穿的缺口進入實驗室，但沒辦法啟動電梯；有人講到之前在海峽中央攔到一艘渡輪，結果上面只剩幾隻怪物的事。他繼續聽下去，卻聽見了另一種聲音；那個不死的聲音依舊沒有被擊倒，又再度從深處傳來那種能喚醒他內心恐懼的呼喚——

但在這一刻，他居然有那麼一點欣喜。

◆

一名研究員在六七個武裝人員的包圍警戒下，蹲在比他還高上許多的蔣公頭顱旁，用夾子從它微張的口中取出組織樣本。當他扯下一大塊組織時，蔣公那和藹的微笑突然扭動了一下，研究員連忙又滾又爬地向外退，武裝人員也立刻舉起槍口。

又有幾個提著槍的人圍了上來。巨大蔣公先是停止了動靜，突然脖子和頭又鼓動起來，一整團樹根般的觸手就像嘔吐一樣地從口中滑了出來。人們還在納悶怎麼回事，那些觸手就已經穿過了他們的身體和四肢。防毒面具裡滿是各種淒厲的慘叫聲，以及他們混著血的最後一口氣。

嵐之聽見槍聲從蔣公倒下處傳來。她連忙望向士延，但士延似乎已經聽見了更多聲音，而面露幸災樂禍的微笑。兩名看守者舉起了槍對著他們，頭卻不安地望向背後，但已經來不及了。兩根觸手瞬間從兩人胸口各自穿出，尖頭就在士延和嵐之面前滴著血。下一刻，觸手便迅速往回抽，兩名看守者就像斷了線的木偶一樣倒了下去。即使一路看過那些可怕景象，嵐之此刻仍無法止住尖叫，但對士延來說，這場景已經是第二次出現在他面前——他也因此想起來，接下來那些觸手準備要做什麼事。

「快逃啊！」士延連忙站起來，拉起嵐之的手腕就跑。

原本密集的槍響逐漸被悶在面具裡的慘叫聲取代，最後連零星的慘叫聲也消失了，只剩下某個巨大物體在地面磨擦移動的聲音。士延頭也不回地往前跑，光用聽的他就知道背後有多危險。被拉著跑的嵐之忍不住回頭看；斷了一手一腳的巨大蔣公無法站立卻以剩下完好的兩肢撐起了身體；那些殺人的尖銳觸手正陸續縮進嘴裡，讓她想起檔案照片裡有著觸手鬍鬚的光頭邪神像。這時一陣旋翼的吼聲從他們頭頂颳過；一架直升機低空飛越他們，隨即掉頭過來，兩道筆直的煙瞬間從機身兩側朝他們身後飛了過去。

背後又傳來兩聲爆響。嵐之再次轉頭，一顆火球正從蔣公被削去半邊的頭顱滾滾而上，但那些觸手又重新從頭顱缺口爬了出來。同時，蔣公像是突然發狂似的以殘肢全速向前爬行，儘管直升機開始倒退，地上的兩人也死命地跑，但蔣公還是在一瞬間追上了他們。終於連士延也忍不住往回看，看到觸鬚紛紛從頭顱缺口向空中伸長飛去，並一一貫穿了直升機，破碎的零件就直直朝他們頭頂落下。兩人連忙停步蹲低以手護頭，各種金屬殘骸便像下雨一樣東一塊西一塊砸在四周地上。

等到他們再次想到逃跑，已經來不及了。所有的觸手已落在地上，將他們圍繞收攏，然後就像掬水一樣把他們捧了起來。被剷起而跌坐在觸手上的兩人，聽天由命地看著整盤觸手往蔣公逐漸低垂的頭顱旁縮去。

「你到底想要什麼呢。」士延望著逐漸靠近的頭顱缺口，喃喃自語。

「你說它嗎？」嵐之問。

「嗯。可是它現在到底算什麼呢？」

「第一代銅像裡的生物，反過來被它自己喚起的殭屍螞蟻的合併體再吞食，然後又把它的身體奪了過來。」

「所以呢？它還會死嗎？」

「我不知道。大概不會吧。」

「是喔。」士延平淡地說。「那也該是時候了。」

說完，他便從夾克裡掏出手槍。

「等一下，你要幹麼？」

「保險起見而已啦。」士延冷靜地把保險推開。

「嘿，你到底要幹麼？」

士延沒有回話，只是轉過身來，把手槍遞給嵐之。

「妳在我後頭，看情況怎樣再說吧。」

嵐之連忙縮回手，「為什麼？」

「因為……呃……妳不覺得每次我們一起行動，到頭來都看不出是怎麼回事嗎？妳看那時候大家全部擠在一起，搞到大家都死了，才知道原來它們根本不吃我們。現在我們兩個這樣……好像也看不出是怎麼回事嘛，那幹麼不乾脆讓一個人在後面看看再說？」

「那為什麼是你在前面？」

「畢竟……我比較早被它纏上嘛。從公園那時候它就一直想抓我，好像非要我跟它怎樣似的。」士延講完自己忍不住苦笑，「後來在實驗室也是，現在又跟在公園裡一樣；我跟妳講過當時的情況了，現在大概又要再來一次……而且我看這次跑不掉了。所以我想說至少，」他望著嵐之，「還可以讓妳看看要怎麼辦。」

「可是我不會……」

「我保險都開好了，妳就這樣，往前直直指著，然後扣下去！就好。」士延雙手平舉持槍，就跟喬當時教他的一樣。「之前妳說，如果妳被逼急的話就會開槍，對吧？」

嵐之猶豫著。

「好啦。總是留一點機會嘛。」士延再次把槍遞向嵐之。

嵐之望著士延。雖然一路走來她已經清楚知道這個人差不多就這樣了，但這一刻他臉上那種絕望的坦然，倒和之前的消極懶散不太一樣。很多人，包括她自己，都沒有過這種神情。於是她伸出手來，接下了手槍。

蔣公巨大的笑容已近在兩人眼前。

「老實說，我本來真的很期待，台灣可以一直像昨天那樣，滿爽的……」士延望著嵐之，還帶點不好意思。「我一點也不想恢復什麼原狀。可是看起來應該沒機會了。」

兩人周圍的視線又開始抖動扭曲起來，現在他們都已經很清楚，這就是蔣公的呼喚進入他們身體的徵兆。而且這一次，嵐之不打算再否認了。不是碰巧緊張而頭暈，也不是什麼身體不支而昏倒。她，就跟士延一樣，身體的一部分老早就被這生物替換，並一直在與甦醒的蔣公銅像共鳴。回想起來，這種感覺其實很小的時候就有過了——

◆

妮妮不見了。她一邊責怪士延，一邊焦急地找著洋娃娃。但她看見蔣公銅像眨了一下眼，微笑開始扭曲，然後自己的身體就無法動彈了。但是，接下來發生的事她還是看得一清二楚。士延在她面前搖搖晃晃，隨即倒在地上。這時銅像腳底開始不停流出黏液，淹沒了它站著的台階，流經士延身邊，像是有生命一樣地爬上他的身體。但她還是只能站在原地，感覺自己的聲帶、自己的舌頭、自己的頭腦都越來越像是別人的東西。那股黏液淹沒了她的腳板，沿腳踝一路撫摸著往上包覆，一股異樣的噁心直衝她越來越稀薄的意識裡。

有個活生生的東西正要傷害她，她用身體清楚感覺到了這個事實。於是她不由自主地在僅剩的自我裡用盡全力尖叫。她感覺到那陣尖叫從自我傳進了她的聲帶，又穿透了頭顱衝出她身體外。那像是她的聲音，也像是那東西給她的聲音。那片液體彷彿聽見了聲音似地起了反應，她感覺到它正在失去生命，並快速脫離她的身體。她看見液體從士延的口鼻中逆流出來，拚了命地要縮回蔣公銅像內，卻無力攀上底座，就那樣在整尊銅像底下化為一灘死水。

◆

嵐之感覺身體趴在崎嶇的地面上。當她張開眼睛，才看出那依舊是觸手——停歇的觸手像樹根一樣盤在她身下與四周，並向前收攏集中。槍仍緊握在她手中，她便爬起身來，扶著觸手往根部移動。在觸手匯聚處，也就是蔣公巨大頭顱一側的缺口裡，嵐之找到了士延。他面對著她坐在缺口中央凹陷處，黏液覆蓋著他全身。

「士延！」嵐之顧不得一切大喊出來，但周遭的觸手彷彿睡著了似地，只是輕微地脈動著。

「嵐之……」士延勉強抬起了頭。

一見士延還活著，嵐之立刻向前準備將他拉起。但士延吃力地扭了下頭。

「不要過來……」

嵐之停下腳步，望著士延。

「我已經……開始變成它了。」

「等一下！」嵐之著急地大喊，並舉起了槍，但不知道該瞄準何處——在那巨大的蔣公頭顱前手槍如此渺小，她的子彈就算再多也多不過那些觸手，況且打在上頭，它們會有感覺嗎？

於是她只能舉著槍，不知所措地掉下眼淚。這時她聽到士延的聲音。

「打我的頭。」

嵐之望向士延沾滿黏液的面孔。

「不行。」她哽咽地說。

「可以。快點……」

逐漸被黏液包覆的士延就像一尊光澤流動的蔣公銅像，嵐之逐漸無法從中分辨出他的面孔。於是她深吸一口氣，窮極她想像中的瞄準方式，將槍口對準了他的頭。因為不確定這樣是否真的是瞄準，她一度心生放棄的念頭，但隨即又逼著自己，去相信這樣開槍就會命中目標。

她心中的猶豫漸漸變成一個叫她開槍的聲音。然後她稍稍放空自己，讓自己不小心扣了扳機。

她閉上眼避開擊發後的下一幕，卻無法避開整隻蔣公發出的轟然慘叫，而不得不張開眼睛。周圍正在扭動，但不是自身被聲音召喚的錯亂，而是整隻巨大的蔣公正因痛苦而痙攣，觸手所構成的地面也跟著抽搐起來。士延的胸口中了一槍，雖然聲音被巨大蔣公所掩蓋，但仍能從表情看出極大的痛楚。從蔣公頭部滑動到士延身上的黏液確實停止滴落，而他整個人也跟著往前跪倒，本來穿過他背部的觸手也略微鬆脫。

嵐之連忙跑向士延，將他上身抬起，卻看見他胸前的傷口正快速地復原，而那些觸手又再度穿進他的背，並朝她纏了過來。

她本能地退開，重新舉起手槍。觸手再次將士延扯回凹洞中央，而她腳底下的觸手則一擁而上，把她的身體緊緊抓住。慌亂之中，她看見士延所在的位置逐漸離她遠去，而自己則被身上的觸手移往蔣公那和藹慈祥的巨大笑容前。

在絕望中，嵐之頭一次感覺自己的一切過往全在腦中串連起來，並像跑馬燈一樣一字不缺地飛過。或許因為這種絕望，她找回了失去一陣子的冷靜，還有自己還沒完全準備好接受的高速思考，並從連串的記憶中尋找和殺死蔣公銅像相關的一切。幼年的她在尖叫中擊退了士延身上的黏液。在村子入口中了一槍的她，在痛楚消失後看到了村內死去的銅像。胸口中了一槍的士延，讓眼前的蔣公也跟著痛苦起來。

於是她試著移動握著槍的右手，發現它幸運地沒被觸手纏死。於是她勾回了手臂，把槍口壓在自己的肚子上，然後閉緊雙眼，再次扣下扳機。

那種痛貫穿了她的身體和知覺。她好想去思考隨便一件與痛無關的事，但完全沒辦法。她只能後悔自己所做的一切，全力大聲哭喊。不知喊了多久，她才在汗水與眼淚的一片濕冷中，發著抖起身。

在她面前，巨大蔣公光滑的頭頂已砸落在地。頭顱旁的缺口外，觸手癱軟地垂落，經過她身下時，嵐之感覺那之中一點生命也沒有──完全沒有任何一丁點聲音了。

有個人形像娃娃一樣掉在不遠處。嵐之勉強站了起來，踩著滿地觸手走到他身邊。士延裸著身仰躺在地，皮膚已經變成了銅像一般的顏色。

「士延，」嵐之蹲了下來，悲傷地叫喚，「士延！」

士延彷彿聽見嵐之叫喚似地，直挺挺地抬起身。他的頭髮都沒了，光滑頭頂下的五官雖然還是原來的形狀，但全都緊閉著。嵐之驚駭莫名地退了幾步，想不起手槍何時被自己拋下了。然而，士延只是俐落地撐起自己，越過嵐之身邊，以最快的速度飛奔離去。

嵐之轉過身立在原地，目送士延消失在視線中。過了好一陣子，她才轉頭往大樓走去。她回到停車場，重新把那台破卡車開了出來，沿著空蕩的高架道路不停加速。她眼睛直盯著前方的標線，通過一個又一個路標，並踏緊了油門。突然，她在路中央煞住了車，無助地倒在方向盤上，哭了起來。

為了停止哭泣，她試著開始想接下來該往哪走。但當她發覺自己想不到時，眼淚就更停不下來了。

但就在這時，路面突然搖晃起來。

她原本以為是地震，但很快就發現那是重物撞擊地面的震動，而且以驚人的頻率此起彼落。不一會兒，嵐之便看見遠方有個巨大的黑影背著陽光，無視低矮建築物的阻礙，伴隨著崩塌聲朝橋這頭快步走來。當它以平穩的步伐攔腰撞斷了嵐之車後的高架橋面時，她便能清楚地看見，那還是蔣公——嘴邊掛著的觸手鬍鬚，正隨著左右張望的頭顱甩動著。巨大蔣公無視嵐之的存在，就只是在截斷的橋面間停了下來，像在聆聽遠方的聲音。然後，它又邁開步伐，往同個方向繼續前進。

震動依舊此起彼落，嵐之很快就看見遠方還有更多身影同樣朝高架橋而來。嵐之一下就想到是怎麼回事——它們越吃越高大，直到「聽」見了島外傳來的人聲，便停止了自相殘殺，不約而同地往聲音的方向前進。島外的人可能還不知道，這些怪物的體內恐怕都有了不死的銅像，而唯一能讓它們完全停止的，就只有她聲音中的痛苦與恐懼——知道這件事的，就只有她一個人了。

車頭前方，另一個巨大的身影也推擠著建物，逐漸接近了高架橋，就快要把嵐之的去路也攔腰撞斷。但嵐之只是平靜地打好檔，抓緊了方向盤，兩腳各自踩上踏板，然後鬆開離合器。

卡車朝著即將被蔣公奪走的最後一點路面飛馳而去。

嵐之還沒做好決定。但她知道，再也沒有什麼能傷到她了。

士延每向前跑一步，一段記憶就會鮮明地浮起，然後永遠消失。不只是他自己的記憶，蔣公銅像裡那個生物所遺留下來的，也和他自己的記憶融合了起來。只是說，士延並不會從蔣公銅像那兒看見或聽到什麼。就像夢一樣，人一旦在裡頭，就知道事情本來就是那樣，不需要思考為什麼。

一開始，那生物在蔣公銅像裡醒了過來，逐漸在一絲光線也沒有的金屬腔內伸開微弱的身體。穩定附著在內側之後，它便偷偷鑽出一部分，偶爾把小到看不見的一丁點孢子向外擴散出去，附在來來去去的人們身上，並從他們帶回的孢子，知道還有同類分散在其他地方。

原本就只是這樣而已，就像樹木似地緩緩繁衍。但金屬裡有一種不停在發散的力量，一直用力地改變著它，它一邊變化著，一邊感受著周遭的動靜。直到有一天，它察覺到好久沒出現的同類附著在聲音上靠近——先是士延和嵐之，然後是他們的同學，他們繞著它大喊大叫，它一有反應，他們卻又退到遠處，然後有什麼突然敲了它一下。

那是威脅。它呼喚自己在他們身上的同類抓住了士延和嵐之，然後把其餘的他們消化成自己的一部分。可是嵐之卻反過來用它的聲音說，死吧。

不知過了多久，一段新的記憶開始了。士延醒了過來，嵐之醒了過來，它也跟著醒了過來。它察覺到學校裡的蔣公銅像，於是它帶著他們的一部分擴散了進去。它在那裡面遇見了未曾變化的同類，便輕鬆地取代它占據了銅像，然後繼續往向外擴散——它不停在每個人身上、每個蔣公銅像裡面遇見同類，便不停用重生的自己取代，獨自占領了每尊銅像的內側，直到人們開始切割銅像、把銅像搬離原本的地方。再度察覺到威脅的它，這次讓自己消失得更徹底；它不再擴張，不再變化，就是休眠。只有一個地方例外，就是中正公園那一尊銅像。底下的土地、周圍的空氣都充滿著刺激它活絡的力量，使它被迫繼續變化，不僅以肉質填滿了銅像內部，還繼續向下生根，從正下方直接吸取整個台灣島遺棄在底下的毒物，而變得越來越活躍而敏銳。

所以當那個人爬上來劈開它外殼時，它立刻就消化了他。這是明顯的威脅，它因而對全體發出警告，使在所有銅像內休眠的自己全部醒過來，開始增生肉質，並長出它演化出來的新器官。士延也是在那時候接獲了它的警告，而在它的召喚下逐漸靠近，但它卻遭到了直接攻擊——從上方拉扯，然後用火焰焚燒。在威脅中它再度演化出能殺人的觸手，並用它帶著外殼逃走，但還是晚了一步。

這次把燒焦的它從休眠中弄醒的，就是士延。它幾乎是一清醒就發出了全面攻擊信號；全部的自己——從每個活人身上最細微的孢子，到全台灣每一尊蔣公銅像裡的肉質，立刻以最大的活力運作起來。可是，徹底活化的每個部分卻從此成為了不聽指揮的個體，它失去了與其他部分的連結，只能反覆地在自己醒來的空間裡尋找離開的地方，直到它再次清楚地感覺到，他們回來了，士延和嵐之帶著自己給他們的那一部分，主動向它靠近。但就在它們終於重逢的時候，已經脫離它掌控的部分——那巨大的蔣公銅像，居然把自己抓起來吞了下去。

然後就是它最後一次醒來了。它掌控住這全新的巨大身體和力量，摧毀了所有威脅，並再次抓住了士延和嵐之。那本來就是屬於它身體的兩部分，如今只是重新回歸——但就在徹底消化完士延的前一刻，嵐之再一次用它自己的聲音說，死吧，這一次更果斷而無法抵抗。於是，一切徹底回歸空無。

接著，那些屬於士延這個人的記憶也接連浮現，然後永遠地溶解消失。先是這幾天他走過的路、遇上的人、碰到的一連串離奇事件，以及心裡的種種滋味；接著是發生在那之前、發生在他自己身上的，許多普通到沒什麼好提的事情。漸漸地，士延忘了自己是誰，從什麼地方來，在這裡要做什麼，到最後連那股莫名的恐懼也消失了，只剩下一件沒能忘掉的事——還是小孩子的士延和嵐之，有一天跑到他們的遺跡裡，找著那個不知道被丟在哪的洋娃娃妮妮。

一切就停在這裡，沒有更之前的事，也沒有接下來的事了。

◆

「還真的在那裡。」蹲在窗邊的光復村村長望著屋內，小聲地說。

「真不懂怎麼會這樣，」阿良也盯著同個地方。「凱凱，你有看到嗎？」

軍用望遠鏡對凱凱來說還是太重，讓他一再失去想要對準的目標。

「看到了！」他突然大喊。

凱凱背後的欣潔連忙蓋住他嘴巴，並輕輕地對他發出噓聲警告。

「不會怎麼樣啦。」村長索性整個人從窗邊站起來。「這隻好像真的跟他們說的一樣，聽不到。」

「真不可思議……其他的蔣公就那樣消失了，結果過了這麼久，居然又出現一隻，而且又那麼奇怪。」

「凱凱啊，你用望遠鏡有看清楚什麼嗎？」欣潔問。

「我看到它手上抓著一隻洋娃娃。」

「洋娃娃？」

村長走在前頭，率先進了那廢棄建築的前廳。前廳正中央有一塊方形大石，像是本來有什麼立在上頭似的。地板已被爛葉、沙塵和髒水堆出了一層腐土，走在上頭根本發不出聲音，也看不出底下本來是什麼。那古怪的銅像人就坐在離大石不遠處，兩手抓著一個髒兮兮的東西，三個大人仔細一看，還真是個洋娃娃。

即便四人已經離它不遠，它還是頭也不抬。

村長抽出了刀子。

「你們在外面等，我來弄。」

「不要殺它啦，」凱凱突然說，「它好可憐。」

「可憐？它到處吃人耶。」

「可是大家都走了，就只剩它一個人。」

村長好氣又好笑地望向欣潔。

「村長啊，我看就算了啦。」欣潔也露出無奈的笑。

「我也覺得可以留下來看看，」阿良附和。「反正也不會有人特地走到這裡來，就讓專家以後再來研究吧？」

「好吧——」村長收起刀子。「弄髒還要洗，也是很麻煩的。那就繼續出發啦！」

四人往大廳外走去。凱凱趁著欣潔不注意時，偷偷把頭轉回去，對著坐在地上的土延悄悄地說：

「叔叔掰掰。」

把蔣公銅像寫長的念頭，是在《陸上怪獸警報》出版後不久就浮現的。坦白說，讀者反應的落差是一大因素。在整本怪獸小說中，〈蔣公銅像反攻全台〉所獲得的注目、回響、評價，和其他篇都完全不是同個等級。

說完全沒有不甘心的感覺是假的。〈蔣公銅像反攻全台〉是在整本《陸上怪獸警報》快完成時才突然想到的一個點子，當時還一度思考著到底是要用蒸汽龐克機關，還是用魔法神祕物質來填充銅像的內部？也因為想法突如其來，剩的時間不多，便採用了一種生還者事後報告的筆調，來概略回顧蔣公銅像肆虐全台的始末。

沒想到，這一篇到頭來居然成了招牌名片一樣的作品，漫畫版的《蔣公會吃人？》上市後更是明顯。那時候我就是會焦慮著，到底寫什麼樣的怪獸故事別人才願意看，什麼主題、形式，怎樣的篇幅、情節，全都會去想。在那樣的情況下，蔣公銅像的長篇化成了當時的答案（雖然對我而言，《陸上怪獸警報》的二十四個短篇其實都有長篇化的潛力和動力，畢竟那時候真的是什麼樣的自己都一股腦放了進去呀）。

二〇一六年六月左右，也就是《蔣公會吃人？》出版不到半年後，蔣公銅像大長篇（喜歡小叮噹總會忍不住加個「大」字）就有了第一份大綱，但正文卻一直拖著，直到有兩件事先後推了我一把。首先是線上創作平台 SOSreader（已更名為「方格子」）找上我，希望我提供定期發表的怪獸故事，我便想到或許能連載大長篇；就在計畫逐漸成形時，我又碰巧在臉書看到文化部的青年創作補助計畫，後來成功申請到經費，但得在一年後結案。

每週連載的進度，加上收尾的時間限制；沒有什麼比這更能催促長篇小說完成了。從二〇一七年三月首回刊載開始，我先是在工作之餘一週一週抵抗截稿時間，補助金入帳後才得以一口氣大量推進進度，終於在二〇一八年一月完成了全部內容（連載則是到三月），如今也總算出版了實體書，算是給當時在平台上贊助我印書的讀者一個交代。

這部長篇小說，有很大一部分已脫離原本短篇小說的設定，最明顯的就是銅像怪物的感染途徑，從原本的實體接觸，變成彷彿來自深海的克蘇魯召喚。除了覺得原來的途徑太老套單調之外，其實還有兩個更主要的理由，都來自於我平常就很在意的事。

一個是人和自己排斥的對象之間，那種暗中呼應的奇妙關聯。人最看不慣別人的，常常是對方身上的那一塊自己；也因為這樣，人總有著充分的潛力，能夠成為自己所排斥的那種人。另一方面，人們共同繼承的機制——來自家庭、學校、軍隊、職場以至於整個國家，一層疊一層的塑造——讓人們就算表面上因某些條件而對立，對付彼此的手段卻往往如出一轍。放在故事裡的話，就是每個人都覺得自己是人類的那一方，心中卻都有一尊等著立起的蔣公銅像——有些人應該會急著否認吧，但我很少覺得不是如此。

另一個是模糊但深刻的童年回憶。有些神奇的力量，只有在那種想像與現實尚未分開、甚至還能互相替換的初始世界中才能浮現。那之中當然有陰暗恐怖的地帶，甚至是在深深擁抱許久後，才在某一天開始懼怕起來。我始終希望寫出一部以這種回憶來開展冒險的小說，因而在《蔣公銅像的復仇》中踏出第一步；我以蔣公銅像來召喚這種記憶並加以攪動，讓拾回了扭曲記憶的主角們，在這個與童年惡夢重疊的災難世界裡走向結局。如果只是耳聰目明地躲著銅像竄出的感染蟲，恐怕就做不到這一點了。

畢竟，一切的開頭就是模糊恐懼——每個校園裡都有過的蔣公銅像鬼話，謠傳它會眨眼、轉身，甚至走下台座云云。一切的起因就是想像著，如果它真的動起來了會怎麼樣？如果它們全都動起來了，那又會怎麼樣？那以外的部分，尤其是現實中誰對誰錯，即便別人覺得是寫到蔣公銅像時唯一該回答的單選題，也不會是我的重點。雖然一開始說想要別人願意看而動筆，但到頭來，還是更想寫出自己啊。

總之，我的第一部長篇小說就這樣出版了。除了逗點文創結社，也要感謝大中和嘉悅在連載期間的協助，還有從那時就期待著這部小說的讀者們，以及，一直還對我有所期待的家人朋友們。

言寺
62

蔣公銅像的復仇

作者　唐澄暐
總編輯　陳夏民
編輯　達瑞
封面設計　朱疋
版面設計　adj.形容詞

出版　逗點文創結社
地址｜330桃園市中央街11巷4-1號
網站｜www.commabooks.com.tw
電話｜03-335-9366
傳真｜03-335-9303

總經銷　知己圖書股份有限公司
台北公司｜台北市106大安區辛亥路一段30號9樓
電話｜02-2367-2044
傳真｜02-2363-5741
台中公司｜台中市407工業區30路1號
電話｜04-2359-5819
傳真｜04-2359-5493

印刷　通南彩色印刷有限公司
ISBN　978-986-96837-6-0
定價　380元
初版一刷 2019年5月

國家圖書館出版品預行編目（CIP）資料｜蔣公銅像的復仇／唐澄暐著. —初版.—
桃園市：逗點文創結社，2019.05｜324面；14.8×21 公分. —（言寺；62）
ISBN 978-986-96837-6-0（平裝）｜857.63｜108003688

蔣公銅像的復仇

•

唐澄暐